얄팍한 사람은 운을 믿는다

강한 사람은 원인과 결과를 믿는다

- 랄프 왈도 에머슨

박유라, 최섬연에게 감사의 마음을 전합니다.
더불어 호네에게도 고맙습니다.

투토스
오만로
1,200km

끝날 음긺
끝이사 맏니고
끝이사 짐틀다

시코쿠
오헨로
1,200km

길을 걷고
길에서 만나고
길에서 잠들다

도쿠시마 徳島

高知

고치

에히메 愛媛

香川 가가와

1. 시코쿠 오헨로 순례 기초지식

시코쿠 오헨로 순례길은 일본 열도 시코쿠(四国)섬의 도쿠시마(德島), 고치(高知), 에히메(愛媛), 가가와(香川)의 4개 현(県)에 위치한 88개 진언종 사찰(일부 다른 종파의 사찰도 있음)을 참배하는 순례길이다.

이 길의 총 거리는 약 1,200km~1,400km 정도이다. 순례길은 고보다이시(홍법대사, 弘法大師, 774년~835년, 헤이안시대의 승려 쿠카이(공해, 空海)를 말하며 오다이시사마(お大師様)라고 친근하게 부르기도 한다. 본서에서는 '고보다이시'로 표기)가 시작했다고 전해지고 있으며, 많은 오헨로 순례길 관련 도서에서 그렇게 소개하고 있지만 확인된 정설은 없다. 처음에는 승려들의 수행을 위한 길이었지만 에도시대 중기 이후부터 일반인들도 참여하게 되었다고 한다. 사찰의 수가 어째서 88개소인가, '헨로'라는 단어의 어원은 무엇인가 등에 대해서도 갖가지 설이 있지만 역시 확인된 것은 없다. 불교사찰을 거쳐가는 길이지만 현재는 종교에 관계없이 누구나 찾아와 걸을 수 있다.

1번 절부터 23번 절은 도쿠시마현, 24번 절부터 39번 절 까지는 고치현, 40번 절부터 65번 절까지는 에히메현, 66번 절부터 88번 절까지는 가가와현에 위치하고 있다. 단, 66번 절 운펜지는 현재의 행정구역상으로 도쿠시마현에 속한다.

사찰에서 참배는 어떤 방법으로 해야 하고, 물품은 어떤 것을 꼭 갖추어야 한다는 등 시시콜콜한 얘기들이 많지만 오헨로 순례길은 기본적으로 걷는 길이다. 그냥 걸으면 된다. 스님에게는 어떤 방법으로 예를 표해야 하고, 누군가로부터 오셋타이를 받으면 어떻게 행동해야 하며, 헨로들 사이에서는 어떻게 해야 한다는 등 예법도 많지만 모두 다 잊고 그냥 인간에 대한 예의를 지키면 된다.

2. 사찰에서 참배 순서

저자는 간략하게 삼문에서 예를 표하고 경내에 들어선 후 손과 입을 씻고 본당, 대사당에 예를 표하며 오사메후다를 봉납하는 정도로 참배를 마쳤다. 일반적으로 진언종의 사찰 참배순서는 다음과 같다.

삼문에서 예를 표한다. >> 오테미즈바(御手水場)에서 손과 입을 깨끗하게 한다. >> 종루에서 종을 친다. 반드시 참배 전에 쳐야 한다. 사찰에 따라 종을 치는 것이 금지된 경우도 있다. 단, 이른 아침과 저녁에는 종을 치지 않는다. >> 와게사를 두르고 염주를 손에 쥔 후 몸가짐을 정리한다. >> 본당과 대사당에 오사메후다와 사경(寫經)을 봉납한다. >> 초 1개, 향 3개를 봉헌한다. 불전함에 금전을 봉헌한다. >> 독경하고 합장한다. >> 납경을 받는다. >> 본당에 예를 표하고 사찰을 나선다.

3. 순례(헨로)용품

용품을 구비하는 것은 각 순례자들이 재량껏 결정하면 된다. 개인적으로는 즈에(커버와 방울 포함)와 하쿠이, 오사메후다 정도로 간소하게 준비할 것을 권한다.

- 스게가사(菅笠) : 삿갓. 대나무로 만들며 강한 햇빛과 비를 막아주는 기능이 있으나 실제로 길을 걷다 보면 거추장스럽다는 헨로들이 많다. 수건이나 두건, 모자로 대체하는 것이 실용적이다. 사용하고자 한다면 비닐을 덧대어 비를 맞아도 방수가 가능한 것으로 구매하면 좋다. 산스크리트어(범어)가 앞으로 향하도록 쓴다.
- 와게사(輪袈裟) : 목에 걸어 가슴에 늘어뜨리는 폭 6㎝ 정도의 약식 법의(法衣). 아루키헨로들은 하지 않는 경우가 많다.
- 하쿠이(白衣) : 백의. 길에서 사망하는 헨로들이 많았던 예전에는 유사시 수의를 대신하기도 했다. '하쿠에'라고도 한다. 요즘에는 지역 주민들에게 수상한 사람이 아닌 순례자임을 알리는 기능이 크다고 할 수 있다.
- 즈다부쿠로(頭陀袋) : 납경장이나 향초, 오사메후다 등 헨로용품을 넣는 보조가방. 흰색이 많다. 납경을 받지 않는다면 그다지 필요치 않다.
- 곤고즈에(金剛杖) : 지팡이. 고보다이시의 상징이라고 하며 커버를 씌우는 윗 부분에 하늘, 바람, 불, 물, 땅을 의미하는 산스크리트어가 쓰여있다. 예전에 헨로가 길에서 사망하는 경우 묘비 대용으로 사용했다고 한다. 꼭 구매해야 한다고 안내하는 책도 있으나 등산용 스틱이나 나뭇가지를 사용해도 무방하다. 본서에서는 '즈에'로 표기하였다.
- 지레(持鈴) : 종. 귀신을 쫓는 소리를 낸다고 한다. 즈에커버에 방울을 다는 경우가 많기 때문에 실제로 가지고 다니는 헨로들은 많지 않다.
- 쥬즈(数珠) : 염주. 경을 외우며 참배를 할 때 손에 쥐고 돌린다. 아루키헨로들은 가지고 다니는 비율이 많지 않다.
- 뎃코(手甲) : 팔목과 손등을 덮는 수갑. 역시 갖추고 다니는 순례자들은 거의 없다.
- 갸한(脚絆) : 무릎 아랫부분을 감싸는 천. 산길에서 바지 속으로 흙이나 벌레가 들어가지 않도록 막아준다. 등산용품 등으로 대용 가능하다. 실제로 하고 다

니는 아루키헨로는 보지 못했다.

- •• 오사메후다(納め札) : 이름과 주소, 기원 등을 적어 참배시에 봉납한다. 오셋타이를 받으면 공양자에게 건네거나, 다른 헨로들과 통성명을 할 때 교환하기도 한다. 순례 횟수가 늘어나면 색깔이나 재질이 다른 오사메후다를 사용하기도 한다.
- •• 오사메후다이레(納め札入れ) : 오사메후다 케이스.
- •• 지카다비(地下足袋) : 엄지발가락과 나머지 네 발가락이 갈라진 왜버선 모양에 고무창을 댄 신발. 요즘은 축제(마쓰리) 때 많이 신는다. 아루키헨로는 대부분 운동화나 경등산화를 신는다.
- •• 노쿄쵸(納経帳) : 납경을 받는 노트.
- •• 교혼(経本) : 참배시에 외는 경을 적어둔 책.
- •• 센코(線香) : 향. 참배시에 향로에 피운다. 실제로 하는 헨로는 많지 않다.
- •• 로소쿠(ローソク) : 초. 참배시에 촛대에 올린다. 역시 실제로 하는 헨로는 많지 않다.

4. 용어설명

- ••• 후다쇼(札所) : 시코쿠 헨로길의 88개 사찰을 말한다.
- ••• 토오시우치(通し打ち) : 출발 지점에 관계 없이 헨로길을 한 번에 도는 것.
- ••• 준우치(順打ち) : 1번 절부터 순서대로 순례하는 것.
- ••• 갸쿠우치(逆打ち) : 88번 사찰부터 거꾸로 순례하는 것. 아무래도 길을 찾기가 더 어렵기 때문에 경험이 많은 헨로들이 주로 한다. 윤년(閏年)은 갸쿠우치를 하는 해라고도 한다. 갸쿠우치는 준우치보다 공력이 3배라는 얘기도 있으나 근거는 찾지 못했다. 아마도 길 찾기가 어려워 더 힘들기 때문에 생겨난 말인 것 같다. 갸쿠우치를 하면 도중에 고보다이시를 만날 수 있다는 얘기도 있다. 사카우치(逆打ち)라고도 한다.
- ••• 쿠기리우치(区切り打ち) : 구간을 나누어 순례하는 것. 4개의 현을 나누어 걷거나, 걷는 일자를 정해두고 걷는 등 여러 종류가 있다.
- ••• 잇코쿠우치(一国打ち) : 4개의 현을 하나씩 순례하는 것을 말한다. 쿠기리우치의 한 종류라고 할 수 있다.
- ••• 하츠간(発願) : 오헨로 순례를 결심하는 것.
- ••• 게치간(結願) : 88개 사찰을 모두 돌아 순례를 끝내는 것. 만간(満願)이라고도 한다. 본서에서는 '결원'으로 표기한다.
- ••• 오셋타이(お接待) : 헨로에게 물품이나 돈, 먹거리 등을 시주하거나 편의를

제공하는 것. 오셋타이를 하는 사람에게는 공양의 의미가 있으므로 거절하지 않는 것이 예의다.

••• 번외사찰 / 벌격영장(番街札所・別格霊場) : 88개 사찰 이외의 절 중에 영장(霊場)으로 지정된 사찰. 납경을 받을 수 있다.

••• 노쿄(納経) : 납경. 경을 봉납했다는 의미로 묵서(墨書)와 주인(朱印)을 받는 것. 보통 납경장에 받지만 두루마리나 하쿠이에 받는 경우도 있다. 불교 신자들의 경우 사후에 관에 함께 넣는 경우도 있다고 한다. 순례 중에 납경장이 젖어 다시 받는 경우도 있으므로 비를 맞지 않도록 유의해서 관리해야 한다. 본서에서는 '납경'이라고 표기한다.

••• 헨로 / 오헨로(遍路・お遍路) : 시코쿠 헨로길의 순례를 하는 것 또는 순례자를 말한다.

••• 아루키헨로(歩き遍路) : 걸어서 순례하는 헨로.

••• 바스헨로(バス遍路) : 버스를 타고 순례하는 헨로.

••• 지텐샤헨로(自転車遍路) : 자전거를 타고 순례하는 헨로.

••• 직업헨로/프로헨로(プロ遍路) : 결원 후에도 헨로길을 계속해서 도는 헨로. 지역 주민들이나 다른 헨로들에게 폐를 끼치는 경우가 많아 이미지가 좋지 않은 편이다. 하지만 구도의 한 방편으로 끊임 없이 순례를 하는 경우도 있으므로 속단할 수는 없다.

••• 슈마츠헨로, 니치요헨로(週末遍路・日曜遍路) : 주말이나 휴일에만 순례를 하는 헨로.

••• 젠콘야도(善根宿) : 오셋타이의 한 방법으로 헨로들에게 잠자리를 제공하는 곳.

••• 츠야도(通夜堂) : 사찰에서 헨로들에게 무료로 제공하는 잠자리. 보통 작은 건물에 잠만 잘 수 있는 간소한 공간이다.

••• 슈쿠보(宿坊) : 절에서 운영하는 숙박시설. 식사를 제공하며 템플스테이와 유사한 개념이다. 스님의 법회가 있는 경우 참가할 수 있다.

••• 아즈마야(東屋) : 정자(亭子). 헨로들을 위해 마련한 휴게소는 오셋타이쇼(お接待所)라고 한다. 본서에서는 아즈마야와 오셋타이쇼를 구분하지 않고 '휴게소' 또는 '헨로휴게소'로 표기한다.

••• 민슈쿠(民宿) : 민박. 지역에서 나는 식재료를 이용해 식사를 제공하는 경우가 많다.

••• 료칸(旅館) : 여관. 주로 관광객을 대상으로 하지만 요즘에는 스도마리를 위주로 하는 '비즈니스 료칸' 등이 늘어나고 있다.

••• 스도마리(素泊まり) : 숙박시설에서 식사제공 없이 잠만 자는 것. 식사비용만큼 저렴하게 머물 수 있다. 숙박시설을 예약 또는 체크인을 할 때는 스도마리

인지 확인할 필요가 있다.

- ••• 도교니닌(同行二人) : 동행이인. 혼자서 걷는 헨로길에도 항상 고보다이시가 함께 한다는 뜻으로 관용구처럼 굳어진 말이다. 즈에나 스게가사에 새겨진 경우가 많다.
- ••• 나무다이시헨조곤고(南無大師遍照金剛) : '고보다이시께 귀의한다.'라는 의미이다. 나무다이시(南無大師)는 '대사께 귀의함'이라는 뜻이고, 헨조곤고(遍照金剛)는 고보다이시가 당나라에서 밀교를 수행하면서 받은 관정명(灌頂名, 밀교의 법명)이다.
- ••• 삼문, 산문, 인왕문(三門·山門·仁王門) : 절의 대문. 삼문, 산문, 인왕문 등 여러 용어로 불리는데 본서에서는 '삼문'을 택했다.
- ••• 센타츠(先達) : 오헨로 순례를 안내하는 자격을 가진 사람. 일정한 기준(몇 년 안에 몇 회 이상 결원)을 충족하는 헨로를 대상으로 88개 사찰의 주지가 추천하고 신청서를 제출한 자들 중에 시코쿠 4개 현 도회(都會)의 1차 심사를 거친 후 '시코쿠 88개소 영장회'의 2차 심사를 통해 선발한다. 주로 단체헨로를 인솔하는 경우가 많다.
- ••• 혼존(本尊) : 본존. 사찰의 상징으로서 본당에 안치하는 불상.
- ••• 쥬닌(朱印) : 납경을 받을 때 찍는 사찰의 빨간 도장. 쥬닌은 해당 사찰 본존의 분신이라고 여겨진다.
- ••• 카사네인(重ね印) : 한 번 결원한 후에 다시 순례를 하면 납경장에 묵서를 이중으로 쓰지 않는 대신 쥬닌만 더해서 찍는데 이것을 카사네인이라고 한다.
- ••• 헨로고로가시(遍路転がし) : 헨로길 중에 유난히 험한 구간. 대표적으로 12번 절 쇼산지 산길, 60번 절 요코미네지 산길 등이 있다.

5. 준비물품

순례길을 걸으면 배낭의 무게가 조금이라도 가벼운 것이 최선이다. 따라서 물품은 최대한 간소하게 준비하는 것이 좋다. 노숙을 하는 경우 침낭은 필수이지만 젠콘야도나 츠야도, 헨로휴게소, 버스정류장, 전차역 등을 적절히 이용하면 텐트는 꼭 필요하지 않다. 길을 걷다 보면 식량이나 물을 일정량 가지고 다녀야 하기 때문에 처음 준비한 배낭 무게에 2kg 정도의 무게를 더 짊어져야 한다고 가정하는 것이 좋다. 여권이나 돈, 지도책, 납경장 등 종이 재질의 물품이 젖지 않도록 비닐 등을 이용하여 포장한 후 배낭에 넣어둘 것을 권한다. 일상용품이나 위생용품 등은 현지에서 구매할 수 있으므로 미리 준비할 필요는 없다. 다시 한 번 강조하지만, 무엇이 꼭 필요하고 무엇이 필요치 않다 보다는 '첫째도 가볍게, 둘째도

가볍게'가 중요하다. 힘들 때는 1kg의 무게를 줄여주는 대가로 영혼이라도 팔고
싶어진다.

프롤로그

이런 여행은 처음이다. 예상 일정 40일이 넘는 여정에 숙박 예약은 출발일 당일만 달랑 하고 떠난, 그래서 어딘가 어색한.. 불교 신자도 아니건만 불교 순례길에 나선 것도 무언가 이질적이다. 거창한 계획이나 숭고한 뜻이 있는 것도 아니었다. 사실, 달리 할 일이 없어서 도피하는 것인지도 모르겠다.

대부분의 사람들이 그렇겠지만 학생이라는 보호막을 벗은 후에 나름대로는 치열하게 살아왔다. 하지만 자산의 분배가 완료된 성숙한 자본주의 사회에서 최하층 도시 빈민의 삶은 그다지 순탄하게 흐르지 않는다. 자산의 여유가 없는 만큼 인생의 마디마디에서 해야 할 일을 제 때에 해내야만 한다. 단 한 번이라도 삐끗하면 두 번의 기회가 주어지지 않는다. 가난이란, 복수의 기회가 주어지지 않는 신분이다. 단 한 번의 기회조차 없는 것 보다는 그나마 나은 것인가. 지나고 나서야 알았다. 한 번의 기회가 그 순간이었음을. 이미 지나간 그 시절이었음을.

어느 순간, 그 한 번의 어긋남이 있었고 삶은 어그러졌다. 그다지 슬프지는 않았던 것 같다. 주사위를 연속으로 던져서 홀수만이 계속 나오기를 기대할 수는 없다. 언젠가는 반드시 짝수가 나오게 마련이고 그 일이 일어난 것뿐이었다. 나는 그렇게 획기적으로 운이 좋은 사람은 아니었던 것이다. 그리고 내심 싫지 않았던 것도 사실이었다. 원하는 시간에 원하는 곳에서 원하는 행위를 할 수 없는 삶이 타고난 성정과 영 맞지 않았다.
환언하면, 21세기 대한민국에서 살아가는 갑남을녀들의 비일비재한 일상이다.
유약하게 자라난 것인지 일반적인 생각을 따라가지 못하기 때문인지 일상이 힘들었다. 그래서 다만 잠시라도 벗어나고 싶었다. 벗어날 수 없다는 것을 본능적으로 알기 때문에, 더욱 벗어나고 싶었다. 그래도 나름 열심히 살았는데 '잠시라도' 라는 부사 하나쯤은 내 것이고 싶었다.

후유증이 긴 여행이었다.
야생동물의 세계에서 절대적인 사이즈가 중요한 것처럼 여행은 그 기간과 후유증이 정비례하는 경향이 있다. 하지만 그 후유증을, 여행의 감상을 글로 풀어내는 것은 또 다른 문제였다. 흐린 하늘 흩어진 구름처럼 대략적인 형상은 있으나 그 형태를 대강이라도 포착하기는 쉽지 않았다.
40일이 넘는 긴 여정. 온전히 걸음으로 쌓아가는 시간은 고통스러운 것이었다.
"인생은 고통이야. 몰랐어?"
잘 몰랐다. 어쩌면 몰라서 떠날 수 있었다. 고통과 다음 고통의 사이 햇살처럼 비치는 작은 행복은 추억으로 남아 고통을 견디게 하는 원동력이 되어 주었다.

　내게 2016년의 장마는 유난히 길었다. 여행의 한복판, 5월 중순부터 시코쿠에서 시작된 장마는 서울로 돌아온 뒤 7월 중순까지 두 달 동안 나를 따라다녔기 때문이다. 하나의 연속된 시간으로서 계속되는 장마에 어느새 익숙해졌다. 친근감마저 느껴지는 습한 공기 때문일까. 때로는 장마가 끝나면 또다시 아무것도 없는 텅 빈 시공간이 기다리고 있을 것 같아 두려워졌다. 그래서 이 글을 쓰기 시작했다. 어딘가에 남겨두면 두려움이 조금이나마 사라질 것 같았기 때문이다.

Day 1. 4월 29일. 맑음
흐릿한 커피 향기처럼

흔한 저가항공사의 티켓으로 오사카 간사이공항에 내렸다. 미리 조사해둔 경로를 따라 공항 버스정류장에서 시코쿠의 도쿠시마행 버스를 탔다. 골든위크(4월 29일 쇼와일왕의 생일을 기념한 쇼와의 날, 5월 3일 헌법기념일, 4일 숲의 날, 5일 어린이날로 이어지는 연휴기간. 주말을 포함하면 약 1주일 이상이 된다. 일본어로는 고루덴위쿠 또는 오곤슈칸(황금주간, 黃金週間)이라고 한다.) 기간이기 때문에 예상시간보다 늦게 도착할 수 있다는 안내방송이 무안하게도 길은 한산하기만 하다.

차창 사이로 비스듬히 올려다보니 어느새 구름이 걷히고 멀리까지 보이는 맑은 날이다. 버스는 3시간 남짓 달려 나를 JR도쿠시마역 광장의 버스정류장에 토해냈다. 예약해 둔 호텔은 걸어서 20분 정도 걸린다. 저렴한 숙박료가 제 1조건이었기에 선택의 여지가 없었다. 13킬로그램 정도 중력을 받는 배낭. 최소한의 것만을 챙겼다고 생각했는데도 벌써부터 어깨를 짓누른다.

하룻밤 3,000엔의 저렴한 비즈니스호텔. 동네 사랑방 같은 로비가 정답다. 카운터의 벨을 누르자 한참 후에 예순 살 정도 되어 보이는 아주머니가 나온다. 체크인을 하면서 오헨로 순례를 하러 왔다고 실없는 소리를 건네본다. 헨로들이 많이 온다고, 아주머니는 녹음된 것 같은 기계적인 대답으로 반응한다. 내게는 설렘이지만 그녀에게는 일상인 것이리라. 내 숙박계를 보기 전까지는.

"한국에서 오셨어요? 한국 사람은 별로 없는데 대단하네요."

로비에 무료 커피가 있어서 한 숨 돌리며 담배를 한 대 피워 물었다. 혈관을 파고 드는 카페인과 니코틴이 전신을 한껏 이완시킨다. 완전자동 커피머신 옆에 놓인 TV에서는 나른한 오후의 흐물흐물한 공기를 깨뜨리는 아나운서의 요란스러운 목소리가 낭랑하다. 투입 원두량을 최소한으로 조절해 놓은 듯 흐릿한 커피 향기. 곁에 있어도 보고 싶은 그대처럼 마시고 있어도 커피를 마시고 싶게 만든다.

방에 짐을 내려놓고 시계를 보니 오후 6시 정각이다. 운동과는 담을 쌓고 살아온 지난 5년의 시간만큼 등이 땀으로 흥건하다. 20분 정도 걸었을 뿐인데.. 순례길 어딘가에서 쓰러져 이국땅에서 아무도 모르게 저승행 열차를 타는 것 아닌가 하는, 대단히 그럴싸한 하나의 시나리오가 머릿속에 퍼뜩 떠오른다. 그래도 뭐 어쩌겠는가. 저질렀으니 어떤 끝이든지 봐야 한다.

슬렁슬렁 도쿠시마역 번화가로 다시 걸어나왔다. 역사(駅舎)의 여행사 앞에 비치된 오헨로 순례 팸플릿을 챙겨 넣고 저녁거리 도시락과 내일 먹을 식량으로 빵과 캔커피를 샀다. 순례의 출발점인 1번 절 료젠지(영산사, 靈山寺)로 가는 교통편도 미리 알아본다. JR도쿠시마역에서 열차를 타고 JR반도역에 내려 걸어가는게 가장 합리적이다. 노선버스는 료젠지 바로 앞까지 가지만 시간도 더 걸리고 요금이 두 배 정도이다. 효율성과 합리성으로 무장한 근대의 인간에게 비싸고 오래 걸린다는 것은 죄악처럼 느껴지는 법이다.

호텔로 돌아와 TV 뉴스를 틀어놓고 짐을 다시 꾸렸다. 더 이상 무게를 줄일 여지는 없지만 상하좌우 균형을 다시 맞추고 나니 짊어지기에 조금은 수월해진 것 같기도 하다. 뉴스의 끝 무렵에 일기예보가 흘러나온다. 다행히 5월 2일까지 비 예보는 없다. 아침 비행기 시간에 늦을까 싶어 밤을 새웠더니 밀어 올려도 눈꺼풀이 스르르 내려온다.

Day 1. 소비내역

- 간사이공항~도쿠시마행 버스티켓 4,100엔

- 점심도시락, 간식, 바나나 814엔

- 숙박비(도쿠시마 그린호텔) 3,000엔

- 저녁도시락, 간식 및 비상식량(땅콩) 546엔

- 소계 : 8,460엔

- 누계 : 8,460엔

Day 2. 4월 30일. 맑음
첫 번째 인연, 호시야마상 부부

　JR도쿠시마역에서 아침 첫 열차를 타고 JR반도역에 도착했다. 아침 6시 40분 남짓 되었다. 이슬 내음이 순례의 시작을 상쾌하게 도와준다. 상쾌한데, 그러나 현실은... 길을 모르겠다. 역사를 나서자마자 미아가 된 것 같은 기분이다. 역 앞에서 지나가는 아저씨에게 길을 물었다.

　"저 료젠지까지 가려면 어느 방향인가요?"

　"순례 가는거예요? 이 초록색 선을 따라가면 료젠지예요."

　아저씨의 대답에 길바닥을 보니 일반적인 도로와는 다르게 초록색 실선이 이어져 있다. 실선을 따라 10분 정도 걸어 도로 좌우에 선 돌기둥을 만났다. '시코쿠 제 1번 영장(靈場) 료젠지.' 이제 본격적인 시작인가. 고개를 들어보니 200여 미터 앞에 절 입구가 눈에 들어온다. 두근두근. 몸 속 어딘가에서 아드레날린이 나오기 시작했다.

JR반도역에서 이어지는 주택가 사이의 이면도로가 끝나고 넓은 대로의 건너편에 1번 절 료젠지의 삼문이 서있다. 어느새 초록색 실선은 임무를 마치고 보통의 흰색 차선으로 바뀌어 있었다. 인터넷에서 보았던 순례복장을 한 마네킹이 반겨준다. '헨로님, 순례를 하시려면 이 정도는 갖춰 입으셔야죠.'라고 무언의 호객을 하는 것 같다. 어딘가에서 1번 사찰의 용품 가격이 가장 비싸다는 정보를 보았다. 그래서 3~4번 절에서 구매할 요량으로 이곳에서는 참배만 하기로 했다. 하지만 지나고 보니 용품 가격은 어디나 비슷했던 것 같다. 그냥 1번 사찰에서 갖추는 것도 괜찮을 것이다.

경내에 들어서니 생각했던 것보다 참배객들이 많다. 아마도 나처럼 순례를 시작하는 사람들일 것이다. 단체로 온 사람들이 많고, 차로 순례하는 사람, 오토바이로 순례하는 사람 등 다양하다.

미리 알아본 참배의 순서는 조금 복잡했지만 나는 본당과 대사당 참배, 오사메후다 봉납 정도만 하기로 정해두었다. 납경도 받지 않기로 했다. 용품을 갖출 때까지는 오사메후다 봉납도 보류다. 간단하게 본당과 대사당에 참배만 드렸다. 경내를 돌아보며 사진을 몇 장 찍었다. 아직은 절반 정도 관광객 같은 움직임이다. 걷다 보면 어느새 순례자의 마음이 되겠지. 조급함은 내려놓자.

대로를 따라 2번 절 고쿠라쿠지(극락사, 極楽寺)로 향한다. 방향을 일러주는 이정표가 여기저기 눈에 밟힌다. 친절하다. 이정표에 의지해 30분 정도 걸었더니 금세 고쿠라쿠지에 도착했다.

고보다이시가 직접 심었다는 커다란 장수 삼나무가 유명한 고쿠라쿠지. 료젠지와는 다르게 조용하다. 부부인 듯 함께 참배하는 중년의 커플을 보았을 뿐이다. 시운전을 마친 기계처럼 약간 데워진 몸이 본격적으로 습기를 뿜어내기 시작했다. 어딘가에서 들려오는 새의 지저귐, 물 흐르는 소리, 나뭇잎이 흔들리는 소리가 몸 안에 스민다. 좋다. 무리하지 말자는 생각에 잠시 휴식시간을 갖기로 했다.

 10분쯤 쉬고 다시 길을 나섰다. 3번 절 콘센지(금천사, 金泉寺)로 향하는 길도 이정표가 잘 되어 있어서 길찾기에 어려움은 없다. 조용한 주택가 길에서 동네 주민이 만들어 내놓은 볼링공 모양의 이정표가 귀엽다. 보고 있자니 입꼬리가 조용히 올라간다. '감사합니다.' 누구에게인지 모르겠지만 머릿속에서 독백이 튀어나왔다. 길 사이사이로 모내기를 마친 논이 나오고, 우렁이가 사는 논길 사이를 지나면 콘센지에 도착한다. 이제 본격적으로 땀구멍이 열리기 시작했다. 배낭을 내려놓으니 등에 밴 물기가 선명하다. 여행의 낭만은 이제 제 역할을 다했다는 듯 어디론가 떠나버릴 준비를 하는 것 같다.

 4번 절 다이니치지(대일사, 大日寺)로 향하는 길, 담벼락에 붙은 일본공산당 포스터가 눈길을 끌었다. 대학시절 수강한 '일본문학' 시간에 읽었던 일본 프롤레타리아문학의 대표작 <게공선, 蟹工船>이 생각난다. '선박이 아니라 선박법이 적용되지 않고 공장이 아니라 공장법이 적용되지 않는 곳'이라는 대목이 인상적이었다. 그런 생각을 하며 걷다가 흠칫 놀랐다. 길 곁에 앉아 꾸벅꾸벅 졸고 있는 검은고양이 한 마리가 시야에 들어왔기 때문이다. 오고 가는 헨로들에게 적응이 되었는지 사람의 발자국 소리 따위는 이 묘선생을 깨우지 못했다. 조용히 사진을 한 장 찍고 조심스레 물러섰다.

 몇 번 방향을 틀면서 나아가다 보니 이제 동서남북의 감각은 사라졌지만 이정표 덕분에 걱정은 덜었다. 미리 오프라인 상태에서 사용 가능한 인터넷 지도를 다운받아 왔는데 휴대폰의 센서가 GPS 신호를 잘 잡지 못하고, 화면도 작아 실용성은 거의 없다시피 하다. 조만간 책으로 된 지도를 사야겠다.

 교통 표지판에 붙은 안내를 발견했다. 다이니치지까지는 2.5km가 남았다. '40분 정도면 도착하려나?' 다행히 아직은 걸을만하다. 주택가와 논밭이 사이 좋게 구분된 길을 따라 가다가 때때로 작은 오솔길을 따라 걷는다. '걷는다는 건 좋구나...' 하지만 이런 기분도 발에 물집이 올라오기 시작하면 사라지겠지.

많이 걸어서 발에 물집이 생긴 경험은 군대 시절로 거슬러 올라간다. 신병훈련
소에서의 막바지 훈련은 완전군장 행군이었다. 약 40km 정도를 하루 만에 주파
했는데 발에 물집이 생겨서 꽤나 고통스러웠던 기억이 남아있다. 하지만 군대에
서의 행군은 거기서 끝. 행군 이후 상처는 금세 아물었고 전역하는 날까지 더 이
상 행군은 없었다. 그래서 나는 물집이 생긴 이후 그것이 체화(體化)되는 과정은
모른다. 이번 순례에는 그 미지의 감각도 한 부분을 차지하며 기다리고 있을 것
이다. 설레는 것은 아니지만 피할 수는 없으니 묵묵히 뚫고 가려 한다. 즐기긴 싫
고.

이제 슬슬 다이니치지가 나오지 않을까 싶으니 오솔길이 끝나고 신작로 같은
넓은 길이 펼쳐졌다. 그리고 그리 멀지 않은 곳에 다이니치지가 있었다. 경내는
버스를 타고 단체로 순례하는 헨로들로 북적인다. 그들 사이에서 나도 참배를 마
치고 조용한 벤치에 자리를 잡았다. 카페의 창가 자리에 앉아 사람구경 하는 것
을 좋아하는 나는 저 단체헨로들을 관찰해본다. 모두 서른 명 정도, 절반 정도는
노인, 열 살 남짓한 아이들을 동반한 가족이 다해서 열 명 정도, 젊은이들이 다섯
명 쯤. 이제 겨우 반나절, 헨로길은 갓 시작되었을 뿐인데 아루키헨로와 단체헨
로를 구분하기는 쉽다. 땀에 젖기 시작한 옷과 커다란 배낭에 흙 묻은 신발과 바
짓단 그리고 약간 촛점을 잃은 눈빛은 나의 것이고, 뽀송뽀송한 옷과 깨끗한 신
발, 작은 보조가방과 생기 있는 기운은 저들의 것이다. 벌써부터 부러워진다. 심
지어 나보다 몇 시간 늦게 출발했을 것인데, 이들은 반나절 만에 너무나 쉽게 나
를 따라잡았고 몇 분 후에는 나보다 먼저 출발한 다른 아루키헨로들을 따라잡을
것이다. 이것은 너무나 확실하고 그래서 나는 무력하다.
달팽이처럼 필요한 모든 짐을 짊어진 어깨.

무료 혹은 가능한 가장 저렴한 잠자리와 식사.

기상 상황으로부터의 무방비.

그리고 외로움.

갓난아이처럼, 나는 이 길에서 가장 약한 존재처럼 보였다. 아이러니한 것은 스스로 이 상황으로 자신을 밀어 넣었다는 것이다.

생각은 거기까지. 뭐 그러든지 말든지 단체헨로들이 떠난 뒤에도 나는 벤치에 앉아 햇살과 바람을 즐겼다. 어쩌면 가장 좋은 것인데 이것들은 공짜다. '봄 볕에 는 딸을 쬐이고 가을 볕에는 며느리를 쬐인다.'고 했던가. 봄 햇살과 바람을 한껏 들인 나의 몸과 마음은 마법에 걸린 것처럼 긍정의 마인드로 전환되었다. 머릿속 가장 깊은 곳에서부터 회색빛 뇌가 상큼한 노란색으로 물들어가는 느낌이다. 노란색 뇌를 품고 다시 씩씩하게 일어섰다. 경내는 조용하고 네 다섯 종류의 각기 다른 새소리가 치명적이다. 대부분의 삶을 도시에서 살아온 나는 이들을 구분하지 못한다. 떠나면서 어쩐지 새들에게 미안한 마음이 들었다.

다이니치지에서 내려오는 길가의 한적한 카페는 얼핏 보면 진짜 사람처럼 꾸민 인형을 담벼락에 앉혀 놓았다.

"안녕?"

노랑색 뇌 때문에 들떠서일까? 실없이 인형에게 인사를 건넸다. 물론 나의 인사는 햇빛 속으로 흩어지지만 집요하게 대답을 들어야겠다고 할 만큼 미치지는 않았다.

5번 절 지조지(지장사, 地蔵寺)는 다이니치지에서 가까웠다. 20분도 걷지 않은 것 같은데 어느새 지조지의 경내에 들어와 있었다. 아루키헨로의 길은 삼문이 아닌 뒷문으로 이어져 있어서 절 한복판에서야 도착했음을 알아차린 것이다.

산기슭에 자리잡은 탓인지 손 씻는 곳에서는 초록빛 애벌레를, 돌담 사이에서는 작은 도마뱀을 만났다. 다이니치지의 새들처럼, 이들 역시 어떤 이름을 가진 애벌레인지 혹은 도매뱀인지 알지 못한다.

자전거헨로와 아루키헨로 몇 명이 경내에서 각자 바빴고, 삼문으로 나오는 길에 다이니치지에서 먼저 떠났던 단체헨로들과 다시 마주쳤다. 뒷문으로 들어왔으므로 삼문에서 사진을 한 장 찍고 이정표를 찾았다. 삼거리인데 이정표가 보이지 않는다. 마침 삼문 앞에서 무언가 판매하는 분들이 있어서 길을 물었다.

"안라쿠지(안락사, 安楽寺)는 저쪽으로 가면 돼요."

구릿빛 피부에 건강해 보이는 중년의 남자가 방향을 알려주었다. 감사 인사를 하고 발걸음을 떼려는데 그가 다시 말을 건넨다.

"잠깐만요, 이거 좀 갖고 가요."

남자는 입이 터진 커다란 과자봉지를 내밀었다. 많이 집기는 민망해서 반 주먹 정도만 집어 들었다.

"감사합니다. 잘 먹을게요."

인사를 하고 조금 걸어온 후 손에 쥔 과자를 물끄러미 바라보았다. 첫 오셋타이다. 가슴 한 켠이 살짝 따뜻해진다. 기댈 곳 없는 길 위의 여행자에게 과자 몇 개는 결코 작지 않은 따뜻함으로 다가옴을 알았다. 사내가 알려준 이정표를 따라 조금 걸으니 큰 도롯가에 다다랐다. 교차로에서 방향을 잡고 한 바퀴 둘러보니 헨로휴게소라는 작은 간판이 보인다. 거리는 50m 정도 떨어진 것으로 보이는데 진행방향과는 반대방향이다. 첫 오셋타이처럼 처음 만난 헨로휴게소라 잠깐 쉬어가기로 했다. 어느새 해가 정수리에 내리쬐는 시간이라 더위가 머리를 내밀기 시작했다.

헨로휴게소는 한 가게에서 여행자들을 위해 담벼락 한 켠을 내어준 곳이었다. 짙은 녹색의 나무 벤치와 테이블에 차와 사탕을 가지런히 놓아둔 마음씨가 곱다.

<오헨로상, 차 드시고 비가 올 때는 가게 안에서 쉬세요. 화장실도 이용하세요.>

차 향기를 음미하는 헨로의 그림을 곁들인 작은 간판이 마음 놓고 쉬어가라 한다. 벤치에 절반 정도 걸린 그늘에 가방을 내려 놓으니 절로 에구구 소리가 나온다. 첫 오셋타이의 감격 때문에 배낭의 무게를 잠시 잊었구나. 따뜻한 차를 한 잔 마시며 잠깐 휴식을 취하고 나니 주변이 눈에 들어온다. 널찍한 신작로를 따라 늘어선 낮은 건물들 사이로 잊지 않고 그늘을 찾아주는 봄바람이 향긋하다. 고마운 휴식처를 제공해주는 가게가 어떤 곳인가 궁금해 가게 입구를 살펴보았다. 입구의 칠판을 보니 레스토랑 같은데 '주인장은 현재 여행중' 이라는 글귀가 쓰여 있다. 여행을 떠나면서도 헨로들을 위한 마음만은 남겨두고 간 주인장의 배려가 감사하다.

따뜻한 차가 위장을 자극한 것 같다. 허기를 달래려 어제 사둔 빵을 꺼냈다. 조금 부실한 점심이지만 헨로길을 마칠 때까지는 익숙해져야 할 테니 불만은 없다. 90퍼센트 이상의 확률로 나중엔 불만이 생길 것 같긴 하다. 빵을 다 먹을 때쯤 내가 걸어온 방향에서 헨로 복장의 사람 두 명이 걸어오는 것이 보였다. 헨로길의 반대방향으로 걸어오는 것을 보니 저들도 나처럼 헨로휴게소 안내판을 본 것이리라. 내게로 점점 가까워지는 두 사람. 대략 60대 정도로 보이는 남자와 여자다. 아마도 부부가 헨로길을 걷는 것 같다. 벤치 반대편에 가방을 두고 앉아서 쉬던 나는 앉아있던 자리를 정리하고 벤치 한 쪽을 비워 두었다. 얼마 후 예상대로 헨로휴게소로 걸어오는 두 사람. 다른 헨로들과 직접 맞닥뜨리는 건 처음이라 조금 긴장이 되었다.

"안녕하세요."

먼저 인사를 건네자,

"네, 안녕하세요."

가 돌아왔다. 가방을 내려두고 자리를 잡는 이들을 겸연쩍게 바라보게 되었다. 이들도 나의 존재를 의식한 듯 조금 어색한 분위기다. 하지만 한 테이블을 사이에 두고 맞은편에 앉은 사람을 마냥 무시할 수는 없다. 누가 먼저랄 것도 없이 통성명을 했다.

시코쿠 헨로길의 첫 번째 인연. 나가노현에서 왔다고 하는 이들은 호시야마상 부부였다. 시간이 있을 때마다 조금씩 오헨로 순례를 한다고 하는데 이번에는 골든위크를 맞아 시간을 냈다고 한다. 약 일주일 동안 20번 절 까지를 목표로 걷고 있었다. 호시야마상은 자식뻘의 한국인이 아루키헨로를 하는 것을 기특하게 여겼는지, 헨로길에서 주의해야 할 사항이나 최소한 갖춰야 하는 물품, 복장 등에 대해서도 알려주었다. 1번 절이 비싸다는 얘기를 들어서 중간에 물품을 살 예정이라고 하니 3번~5번 절까지는 물품판매소가 없으니 6번 절에서 사야 한단다. 불교 신자가 아니면 모든 물품을 갖출 필요는 없지만 지역 주민들에게 위험한 사람이 아닌 순례자라는 것을 알리는 의미로 하쿠이와 즈에 정도는 갖추는 것이 좋다고도 했다. 그리고 즈에에 방울을 달면 산길 등에서 야생동물을 쫓는 효과도 있으니 좋다고 알려주었다. 마침 어떤 물품을 사야 하는지 고민하고 있던 차에 꼭 필요한 사항을 알게 된 셈이다. 즐겁게 대화를 나누다 보니 훌쩍 30분 정도가 지났다. 편하게 쉬시라고 먼저 일어나려고 하는데,

"점심시간인데 밥 먹었어요? 헨로길에서 만난 것을 보니 우리 인연이 있는 것 같은데 식사 같이해요.."

라는 호시야마상의 제안에,

"조금 전에 빵을 하나 먹기는 했는데요.."

라고 하니,

"젊은 청년이 그걸로 되나. 같이 먹어요. 동네 사람에게 물었더니 저쪽에 맛있는 식당이 있다고 하더라고."

부인께서 말씀하시며 먼저 자리를 일어나 이끈다. 아,, 죄송한데 하는 생각을 하며 어정쩡하게 따라 나서게 되었다.

헨로휴게소에서 약 100미터 정도 거리에 있는 식당으로 들어섰다. 동네 사랑방 같은 분위기의 편안함이 느껴지는 곳이다. 처음 뵙는 분에게 얻어먹기도 면구스러워 작은 우동 하나를 주문하려고 하는데

"아루키헨로는 에너지 소비가 많으니까 든든히 먹어야 해요. 이 텐동정식 맛있겠네 어때요?"

하서서,

"아, 네 감사합니다."

라고 대답해버렸다.

"그리고 계란말이도 하나 시킵시다. 단백질 보충을 해야지."

라고 하시며 계란말이도 추가.

아침 일찍 일어나 부지런히 걸었더니 운동량이 많았던가. 게눈 감추듯 텐동정
식을 먹어치웠다. 식사를 함께 하면 사람은 더 가까워진다. 알고 보니 호시야마
상 부부의 딸이 한국인과 결혼해서 서울에 살고 있다고 한다. 아마도 그래서 처
음 만난 한국인에게 식사를 제안하신 것 같다. 이 부부의 한국과의 인연이 시코
쿠 헨로길에서 내게도 이어졌다.
 "손 상은 젊으니까 우리가 따라갈 수 없을 거예요. 먼저 가세요."
 "네, 그럼 조심해서 가세요."
 인사를 건네고 먼저 발길을 옮겼다. 조금 앞서 다시 뒤를 돌아보니 부부는 천천
히 내 뒤를 따라 걷고 있었다. 손을 크게 한 번 흔들고 사진을 찍었다. 무모하게
저지른 순례길이지만 첫 인연이 너무 따뜻함에 감사함을 느낀다. 오헨로들은 이
럴 때 고보다이시가 살펴주고 있다고 하는것 같다.

 다시 혼자가 된 길. 가방의 무게와 더위가 다시 엄습할 무렵 작은 헨로휴게소가
나타났다. 쉬어갈 타이밍에 휴게소가 있으니 쉬어갈 수 밖에. 나무재질의 만듦새
가 좋은 휴게소다. 방명록이 놓여 있기에 펼쳐보니 앞서간 이들의 흔적이 반갑
다. 일본인이 가장 많지만 외국인들도 30% 정도는 되는 듯하다. 끝까지 포기하
지 않기를 바라는 마음을 남겨두었다.
 휴게소가 편안해서 너무 오래 쉬면 잠들 것 같아 다시 길을 나섰다. '이래도 길
을 잃을 테냐?' 싶게 길가에는 이정표가 풍성하다. 해가 넘어가는 것이 조금씩 느
껴지는 시간이기에 시계를 보니 오후 3시 남짓이다. 보통 첫 날에는 6번 절까지
걷는다고 하는데 페이스가 조금 빠른가? 호시야마상 부부 덕분에 밥을 든든하게
먹어서 그런지 아직은 힘이 충분하다. 무리해서는 안되겠지만 일단 가는데 까지
가 보고 싶다는 생각이 든다.
 30분 남짓 더 걸으니 6번 절 안라쿠지
가 나타났다. 조용한 경내에서 잠시 쉬
다가 경내의 헨로용품점에서 하쿠이와
즈에, 즈에커버, 방울 그리고 오사메후
다를 구매했다. 하쿠이를 입고 즈에를

손에 쥐니 조금 더 오헨로상에 가까워진 기분이
다. 하루를 마무리하기에는 좀 이른 시간이라 더
걷기로 마음을 정하고 7번절 주라쿠지(십락사,
十楽寺)를 향해 걸음을 옮겼다. 즈에에 달아둔
방울이 규칙적으로 소리를 낸다. 음악도 아니건
만 인기척 없는 길가에 피어나는 외로움을 조금
덜어준다.

7번 절 주라쿠지는 안라쿠지에서 그다지 멀지
않다. 약 20분 정도 걸렸으니 1.5km 남짓의 거
리이다. 시멘트로 만든 산문이 그다지 품격이 있
어 보이지는 않는다. 경내에서 잠깐 앉아 있으려
니 호시야마상 부부가 도착했다. 부인께서 먼저
인사를 건넨다.

"다시 만났네요. 호호"
"네, 제가 걸음이 좀 느린가 봐요."

호시야마상 부부는 내가 방명록을 적었던 헨로
휴게소에서 쉬지 않았고 6번 절에서 물품구매도
하지 않았으니 어쩌면 다시 만난 것이 당연했다.
8번 절 구마다니지(웅곡사, 熊谷寺) 근처에 민박
을 예약해 두었다는 호시야마상 부부는 또 만나자는 말을 남기고 먼저 떠났다.

곧 날이 저물 듯 해가 사위어 가는 것이 보인다. 첫 날 어디서 묵어야 할지 결정
해야 할 시간이 되었다. 물론 숙박업소에서 자는 것이 가장 편안하겠지만 그러자
면 비용이 많이 소요되는 것은 자명하다. 오헨로 준비를 하면서 세워둔 계획은
악천후인 날이나 몸이 많이 피곤한 날만 숙박업소를 이용하는 것. 오늘 같이 화
창한 날은 노숙이 원칙이다. 어깨를 짓누르는 배낭의 무게 중에서 가장 많은 지
분을 차지한 물품도 1인용 텐트와 침낭이다. 현재 시간은 오후 4시 가 조금 지난
시간, 8번 절 구마다니지 까지 거리는 4km가 조금 넘는다. 5시 즈음 도착해서
잠 잘 곳을 찾아보자는 결론을 내리고 다시 배낭을 짊어지고 일어섰다.

8번 절을 향해서 30분쯤 걸으니 어느새 길은 완만한 오르막이 되었다. 평지보다 다리에 힘이 더 들어가고 날숨의 온도가 체온을 훨씬 웃도는 것 같다. '1시간 걷고 10분 휴식'이라는 순진한 계획은 첫날부터 틀어진 듯하다. 상상 속의 멋진 오헨로상은 안드로메다로 날아간 지 오래되었고 헉헉대며 쉴 곳을 찾는 저질체력의 아저씨만 남았다. '아! 20대 때는 날아 다녔는데.' 물론 거짓이다. 날아다니는 사람이 어딨겠나.
　완만한 오르막 길의 끝이 보이는 지점까지 올라왔다. 그리고 작은 기적을 만났다. 길 왼쪽에 '농가의 직매소'라는 간판의 채소가게가 나왔다. 주변에 민가도 없는, 이런 곳에 누가 물건을 사러 올까 싶은 장소에 채소가게라니.. 하지만 진짜 작은 기적은 채소가게 옆에 있는 헨로휴게소였다. 철제 프레임과 비닐로 만든, 흡사 비닐하우스 같은 외관을 보고는 정말 휴게소가 맞나 싶었는데 살짝 문을 열어보니 초로의 노부부가 쉬어가라고 손짓을 한다.

　"어서와요. 힘들죠, 차도 한 잔 마시고 쉬었다 가세요."
　"감사합니다. 실례하겠습니다."
　오헨로 순례자들을 위해 오랜 시간 휴게소를 운영하고 있는 이 노부부의 이름은 히로이치. 80세를 훌쩍 넘기고 허리도 구부정한 히로이치상은 휴게소 내부를 이것저것 설명해주기 바쁘고 부인께서는 차와 다과를 내주시며 자꾸 먹으라고 하신다.
　"여기 있는 오사메후다들은 우리 휴게소에 들렀던 오헨로상들이 두고 간 것이에요."

"와 대단하네요. 비단으로 된 것도 있고 녹색, 빨강색도 있네요."

"맞아요. 비단으로 된 오사메후다는 100번 이상 순례를 한 사람들 것이고 다른 것들도 최소한 수십 번 씩 순례를 한 사람들이 준 것이에요."

히로이치상은 한국 사람들도 가끔 온다고 하셨다. 헨로길은 누구의 것도 아니고 모든 사람들의 것이니, 헨로길을 걷고 휴게소에 들러주는 모든 사람들에게 감사한다고 말했다. 시코쿠는 어떤 곳이냐고 물으니 조용한 시골이지만 헨로들이 있어 전 세계의 사람들을 만나볼 수 있는 특별한 곳이라고 하는데, 시코쿠와 헨로길에 대한 자부심이 깃들어 있는 말투였다. 휴게소에서 조금 더 올라가면 미키 다케오(三木武夫, 도쿠시마현 아와시 출생. 일본의 제 66대 총리대신이며 1974년~1976년까지 재임했다.)라는 전 총리대신의 동상이 있는데 그가 시코쿠 출신이라고도 소개해 주었다. 이런 저런 얘기를 나누다 보니 어느새 오후 5시가 넘었다. 좋은 사람들과의 대화는 시간을 왜곡한다. 오래된 시간과 비례하여 히로이치상 휴게소의 내부는 낡고 허름하다. 하지만 비루함과는 다르다. 이 부부와 얘기를 나누는 동안 알 수 있었다. 시간을 묵묵히 밟아온 노인의 허름함은 편안함과 평화로움의 다른 표현이라는 것을..

히로이치상 부부에게 인사를 하고 다시 길에 나섰다. 아직 하늘은 밝았지만 그 밝음의 종류는 몇 시간 전과는 사뭇 달랐다. 곧 노을을 예감하는 푸른 하늘이다. 서둘러 8번 절 구마다니지를 향해 걸었다. 중간에 나오는 작은 공원에서 히로이치상이 말씀하신 미키 다케오 동상을 지나니 다시 아무도 없는 길이 이어진다.

오후 5시 30분이 조금 못되어 구마다니지에 도착했다. 곰계곡이라는 이름에 걸맞게 계곡지형의 안쪽에 자리잡은 고즈넉한 절이다. 늦은 시간이라 경내에는 아무도 없었다. 참배를 마치고 문 닫은 납경소 앞의 벤치에 앉았다. 오늘 머물 곳을 찾아야 하는데 난감하다. 좀 더 걷자니 곧 해가 질 것 같고 그렇다고 사찰 경내에 무단으로 텐트를 칠 수도 없는 노릇이다. 20분 정도 앉아서 어떻게 할지 고민하고 있으니 해가 저물어 간다. 마음은 조급한데 어떻게 해야 할지 모르겠다. 경험 없는 아기헨로에게 첫 위기가 찾아왔다. 그 순간 작은 기적이 또 한 번 일어났다. 납경소 뒤쪽의 건물에서 문이 열리는 소리가 났다. 누군가 걸어오는 인기척이 느껴진다. 잠시 후 젊은 스님 한 분이 모습을 드러냈다. 퇴근하는 듯 주차장으로 향하고 있었다. 얼른 일어나 스님에게 물었다.

"저 스님, 아루키헨로를 하고 있는데 혹시 이 근처에 텐트를 펼칠 곳이 있을까요?"

"그래요? 그럼 납경소 지나서 자판기 옆에 공터에 텐트를 펴세요. 자판기 옆에 수도가 있으니 사용하시면 됩니다."

"아 감사합니다! 정말 감사합니다. 오늘이 첫 날이라 잘 몰라서 당황하고 있었거든요."

스님은 웃으며 건강하게 결원하라고 덕담을 해주었다. 마법처럼 나타난 스님은 곧 요술처럼 떠났고 나는 스님이 알려준 장소에 텐트를 쳤다. 마음이 급해서일까. 텐트는 생각처럼 쉽게 칠 수 없었다. '미리 예행연습이라도 해보고 올 걸..' 하는 자책은 '인터넷에서 제일 싼 텐트를 사와서 잘 안쳐지나?' 하는 알 수 없는 누군가를 향한 힐난으로 이어졌다. 땀을 흘리며 어찌어찌 텐트를 펼치고 시계를 보니 오후 6시 30분이 다 되었다. 짐을 텐트에 넣고 스님이 알려준 수돗가로 가서 간단히 씻고 나니 배가 고프다. 비상식량으로 사두었던 땅콩을 꺼내 저녁 대신 씹어먹고 있자니 뭔가 서글퍼진다. 미리 다운로드 받아 온 팟캐스트를 틀어두니 사람소리가 나고 조금은 마음이 진정되었다. 기록을 위해 노트를 펼쳤다. 첫날인데 참 많은 일을 겪었다. 좋은 사람들을 만났고 많은 것을 받았다. 처음 만난 내게 그들은 아무것도 바라지 않고 많은 것을 내주었다. 나도 내 것을 누군가에게 내어 줄 수 있기를, 그리고 아마도 반드시 겪게 될 나쁜 일들도 용서할 수 있기를 바래본다. 사방이 어두워지고 풀벌레들이 시끄럽게 울어댔지만 피곤한 몸은 전혀 개의치 않고 깊은 심연 속으로 끝없이 내려갔다. 불편한 잠자리 때문에 한 시간도 못되어 깨어나긴 했지만..

Day 2. 소비내역

물 110엔

전차요금(도쿠시마역~반도역) 260엔

순례용품 즈에 1,000엔

순례용품 즈에 커버 200엔

순례용품 방울 200엔

순례용품 하쿠이 1,600엔

순례용품 오사메후다 200엔

물 110엔

소계 : 3,680엔

누계 : 12,140엔

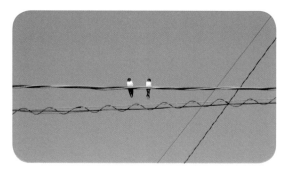

Day 3. 5월 1일. 맑음
일본 제비들의 격려사

잠자리가 바뀌어서였을까? 불편한 잠자리였기 때문일까? 꽤 피곤한 하루였음에도 어젯밤에는 쉽게 잠들지 못했다.
늦게까지 뒤척이다 자정이 되어서야 잠이 들었다. 하지만 몇 시에 잠이 들었든 헨로길의 아침은 서둘러 찾아왔다. 알람을 맞춰둔 것도 아닌데 눈을 떠보니 새벽 4시 30분이 막 지난 시각이다. 텐트를 정리하고 다시 출발준비를 하니 오전 5시 10분. 누군가에게 두들겨 맞은 것처럼 온 몸이 쑤신다. 몸 관리를 하지 않고 하릴없이 흘려 보낸 지난 시간을 아쉬워하며 무거운 발걸음을 뗀다. '아,, 그냥 돌아갈까? 더 걸었다가는 돌아가기도 애매해질 것 같은데.. 누가 알아준다고 외국까지 와서 이 짓을 하는지.. 어젯밤부터 땅콩만 먹어서 그런지 속도 안 좋고..' 패배적인 생각에 젖어 터덜터덜 걷고 있는데 어딘가에서 새소리가 공기를 청명하게 울린다. 제비 두 마리가 전깃줄에 나란히 앉아 나를 내려다보고 있다.
 '어이 인간 친구, 하루 만에 포기하는거야? 인생이 긴 것처럼 순례길도 마라톤이라고. 겁내지 말고 천천히 한 걸음씩 힘내봐. 응원할게. 난 일본제비라 박씨를 물어다 주진 않지만 말이지.'
 제비들이 정말로 내게 격려를 해 준 것은 아니겠지만 그들의 지저귐이 어쩐지 힘이 되었다. 내 마음을 아는 듯이 카메라를 꺼내 사진을 찍을 때까지 제비들은 그대로 있어주었다. '그래 벌써 포기하기엔 백만 년 이르지.' 때맞춰 예열이 끝난 자동차처럼 다리에 힘이 붙는 느낌이다. 즈에의 방울소리가 새들의 격려사에 박자를 맞춘다. 딸랑 딸랑.

9번 절 호린지(법륜사, 法輪寺)는 멀지 않았다. 잠시 쉬고 싶다는 생각이 들 때쯤 알맞게 도착했다. 이른 아침이라 경내에는 아무도 없었고, 오롯이 나를 맞이하기 위해 존재하는 듯한 소담스런 공간만이 아름다웠다. 새벽의 고요함을 깨뜨리지 않으려 조심스레 참배를 하는데 불전함에 놓인 과자봉지가 눈길을 끈다. 그러고 보니 어제도 들렀던 절마다 불전함에 이 과자가 놓여 있었던 기억이 난다. 과자회사에서 사찰에 협찬을 할 것 같지는 않고(협찬을 한다고 해도 불전함에 과자를 놓아둘 것 같지도 않고) 뭔가 이유가 있을 것 같은데 알 수가 없다. 누가 어떤 이유로 과자를 놓아두는지는 모르지만 의식의 경계 안으로 들어온 이상 다음 절에도 불전함에 과자가 놓여 있을지 확인하게 될 것만 같다.

　10번 절 기리하타지(절번사, 切幡寺)로 떠나려는데 경내 게시판에 걸린 포스터가 눈길을 끈다. <오헨로상 도조>라는 제목의 뮤지컬 공연을 알리는 포스터였다. 1월 23일부터 공연을 시작했다는데 포스터가 걸려있는 것을 보니 아직 공연 중인 듯하다. '시코쿠 헨로길에서 만난, 젊은이들과 망령들의, 불가사의하고 유쾌한 이야기' 라는 광고문구가 흥미롭다. 길에서 극장을 만나게 된다면 찾아봐야지.

　　　　　　　　　　기리하타지로 가는 길은 주택가 사이로 정답게 이어진다. 이른 아침은 헨로들을 위한 시간인 듯, 거리엔 사람들이 보이지 않는다. 길가의 헨로휴게소에는 먼지가 내려앉아 있지만 누군가 채워 놓은 따뜻한 물과 비워둔 재털이가 최소한의 관리는 되는 곳임을 역설하고 있다. 따뜻한 차를 한 모금 마시고 자리에 앉으니 몸이 풀린다. 카페인

부족을 심각하게 주장하는 뇌가 심술을 부린다. '지금은 니코틴으로 참아줘.' 담배 한 개비를 피우고 다시 중력을 거슬러 다리를 폈다.

　주택가 길이 끝나는가 싶더니 이정표는 나를 언덕길로 이끈다. 기리하타지는 꽤 급한 경사의 언덕과 돌계단을 올라오는 자에게만 허락되는 절이다. 완만하거나 평탄했던 지금까지는 연습게임이었던 걸까. 이제 슬슬 헨로길의 본게임이 조금씩 모습을 드러내는 것 같다. 그래도 다행인 것은 언덕길이 시작되는 지점에는 아루키헨로들을 위해 가방을 무료로 맡아주는 헨로용품점이 있다는 점이다. 이런 서비스도 오헨로들을 위한 오셋타이의 하나가 아닐까 싶다. 이른 시간이라 사람이 없을까 걱정했는데 다행히 한 용품점에 점원이 있었다.

　"안녕하세요. 아루키헨로인데 기리하타지에 다녀오는 동안 짐을 맡아주실 수 있나요?"

　"네, 그러세요. 저쪽에 놓아두시면 됩니다."

   15kg 정도가 가벼워지니 무서운 돌계단은 가벼운 산책길로 변했다. 세상은 그대로인데 나의 사정이 변함에 따라 두려움이 즐거움으로 바뀌기도 한다. 돌계단을 올라온 만큼의 수고로움은 멋진 풍경이라는 보답으로 어김없이 돌아왔다. 기리하타지에서 내려다보는 마을은 평화로운 농촌풍경 포스터에 실릴 만큼 아름답다. 몇몇 사람들이 대사당 앞에서 경을 외우고 있기에 방해되지 않게 조용히 참배를 마쳤다. 어제 구입한 오사메후다를 처음으로 적어 오사메후다함에 넣었다. 간단한 종이 한 장이지만 무언가 바라는 것이 생긴다. 불교 신자도 아니면서 염치가 없는 것 같아 말로 내뱉지는 못했다.

   절의 위치 때문인지 어제부터 지나온 10개 사찰 중에 이곳이 가장 정겹게 다가온다. 좋은 친구를 만난 것처럼 편안한 마음이 되어 한동안 벤치에 가만히 앉아 있었다. 봄바람에 나뭇잎이 흔들리는 소리가 들린다. 문학적인 수사라고만 생각했는데, 이런 소리가 정말로 있었다. 아침에 포기하려 했던 내가 너무 부끄러웠다. 제비들이 옳았다.

   기리하타지를 내려와 맡겨둔 짐을 찾았다. 짐을 맡아준 것이 고맙기도 하고 지도책은 어차피 필요한 것이니 기왕이면 고마운 가게에서 지도책을 구매했다. 가게 앞의 평상에 걸터앉아 지도책을 펼쳐보니 11번 절 후지이데라(등정사, 藤井寺)까지는 9.3km 라고 표기되어 있다. 지금까지 사찰 간 거리가 5km가 넘는 경우는 없었는데 이제부터는 정말로 본격적인 헨로길이 시작되려나 보다.

짐을 맡아주었던 가게의 점원에게 인사를 하고 다시 길을 나섰다. 지도책이 있으니 마음 한 컨이 든든하다. 다시 주택가 사잇길을 10여 분쯤 걷고 있는데 맞은편에서 걸어 오는 한 아주머니가 손짓을 한다.

"오헨로상, 고생이 많네요. 이거 받아요."

아주머니는 작은 종이박스에서 하얀 찐빵 하나를 꺼내 주었다. 감사 인사를 드리고 조금 걸으니 아침에 약간의 땅콩으로 채운 뱃속이 아우성이다. 비닐 포장을 벗겨내고 한 입 베어 문 찐빵이 너무나 부드럽고 달다. 시장이 반찬이기는 하지만 거기에 더해 아주머니의 따뜻한 마음도 한 스푼 첨가된 고마운 찐빵이다. 조금 부족하기는 하지만 점심까지는 핏속에 당분이 돌 것 같다.

그런데 아주머니의 오셋타이에 기분이 조금 들떴던 걸까? 뭔가 이상한 느낌이 들었다. 한동안 이정표가 없는 길을 걷고 있다는 것을 곧 알아챈 것이다. 일탈에 따르는 본능적인 불안함이 엄습한다. 길가에서 지도책을 다시 펼쳐 들었는데 현재 위치를 모르겠다. 30분 이상을 걸어왔기 때문에 다시 돌아가려니 너무 비효율적일 것 같았다. 지나가는 사람도 없어서 물어볼 수도 없고, 지도책을 샀다고 의기양양하던 것이 얼마 되지도 않았는데 갑자기 길치가 되어버렸다. 주변을 둘러보니 200미터쯤 떨어진 곳에 편의점 간판이 보인다. 진행하던 방향도 아니고 돌아가는 방향도 아닌 제 3의 방향이지만 선택지가 없으니 일단 편의점으로 갔다. 점원에게 길만 묻기엔 미안해서 점심으로 먹을 도시락과 물을 구매하면서 길을 물었다. 다행히 길을 많이 벗어나지는 않았지만 기리하타지에서 후지이데라로 가는 두 갈래 길 중에 더 멀리 돌아가는 루트에 가까운 곳을 헤매고 있었다. 아마도 길이 갈라지는 지점에서 이정표를 놓쳐버린 것 같다. 원래 내가 가려던 9.3km의 길이 아닌 10km가 넘는 길 쪽으로 내려온 것이다. 지금까지 이정표가 너무 잘 되어 있어서 조금 방심했다. 찾기 쉬운 널찍한 길도 있지만 구불구불 헷갈리는 길도 있기 마련이다. 너무 많이 벗어나기 전에 알아챌 수 있다면 다행이겠지. 길은 잃었지만 오히려 조금 기운이 난다. 게다가 이 돌아가는 길은 폭이 넓은 강을 건너는 것으로 되어 있다. 뭐 그것도 멋지지 않겠는가 싶었다.

이번에는 신중하게 지도를 살피고 걸었다. 구조물 뒤로 멀리 강을 가로지르는 다리가 보이는데 예상했던 것 보다 강 폭이 꽤 넓었다. 눈대중으로도 한강 너비 정도는 되는 것 같다. 그럼 1.5km 정도는 된다는 건데.. 어느덧 해가 하늘 가운데 걸려 있었고 어김없이 땀이 조금씩 흐른다. 배낭의 무게는 그대로일 텐데 요술처럼 중력을 점점 더 끌어들이는 느낌이다. 가장 큰 문제는 편의점을 나올 무렵부터 왼쪽 발가락 어딘가가 물컹한 느낌이라는 것이다. 직감적으로 물집이 생겼음을 알았다. 편리한 교통수단에 익숙한 도시인의 연약한 발은 헨로길 하루 만에 탈피가 필요함을 호소하고 있었다.

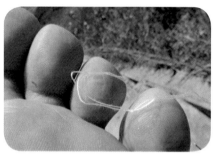

강둑의 시멘트 계단에 자리를 잡고 앉아 양말을 벗어 보니 왼쪽 네 번째 발가락에 물집이 잡혀 있었다. 반짇고리 세트를 꺼내 실로 물집을 터트렸다. 발바닥 여기저기에서 다음 물집 후보군들이 경쟁적으로 떠오르고 있었다. 예상했던 물집이었지만 생각보다 빨리 생겨버렸다. 강둑에 앉아 발바닥의 물집을 터트리려 쪼그려 앉아있는 상황이 뭔가 한 편의 부조리극을 보는 것 같아 헛웃음이 났다.

다시 채비를 하고 내디딘 발걸음은 현저하게 느렸다. 눈으로 물집을 확인한 이상 뇌에서 더 이상 걷지 말라는 신호를 온 몸 구석구석으로 보내고 있는 탓이다. 통증의 전기신호가 머릿속에서 증폭되고 있었다. 일단은 다리를 건너자.

절룩거리며 다리를 건너 조금 더 가니 강으로 모여드는 하천의 지류가 흐르고 주변에 작은 공원이 나를 반긴다. 벤치에 아무렇게나 배낭을 던져두고 수돗가에서 세수를 했다. 앉은 김에 편의점에서 산 도시락을 먹었다. 배가 고프기 보다는 짐의 무게를 조금이라도 줄여보고 싶었기 때문이다. 어차피 뱃속에서 무게를 가질 텐데 참 바보 같은 생각이라는 생각을 하면서 도시락을 먹었다.

11번 절 후지이데라를 약 1km를 남겨두고 길이 다시 갈라진다. 확실히 하려고 지나가는 동네 아저씨에게 길을 물었다.

"이 길이 후지이데라 가는 길 맞나요?"

"후지이데라? 후지이지 말하는건가? 그렇다면 이 길이 맞는데?"

"아, 후지이데라라고 하지 않나요? 여기 책에 그렇게 나와 있어서요."

"아 그런가? 뭐 뜻만 통하면 되지 하하."

같은 한자라도 여러가지로 발음하는 일본어의 특성이 이런 곳에서 드러난다. 일본인이라고 해도 틀리는 경우가 많기 때문에 유의할 필요가 있다. 어쩌면 이러한 언어의 불확실성이 일본인들의 편집증적인 성향에 한 몫을 하지 않았나 싶기도 하다. 무사들이 지배하는 사회에서 한 번만 틀리면 목이 달아날 테니까. 지금이야, 아저씨 말처럼 뭐 어떤가 뜻만 통하면 되지 하하.

후지이데라는 산기슭에 자리한 절이다. 헨로고로가시(헨로가 굴러 떨어짐)로 악명이 높은 12번 절 쇼산지(소산사, 燒山寺)로 가는 산길이 이어진다. 후지이데라에 도착하니 이미 오후 3시가 훌쩍 넘은 시간이다. 쇼산지는 산길을 올라가는 13km 남짓의 거리. 이 시간에 쇼산지로 가기에는 무리이기 때문에 근처에서 잠자리를 해결할 만한 곳을 찾아보기로 했다.

미리 조사해 둔 자료에는 후지이데라에서 30분 정도 거리의 카모노유(지도책에는 시영카모지마온천(市営鴨島温泉) 이라고 기재되어 있다. 오헨로들은 목욕비도 360엔으로 할인해 줌.)라는 곳에서 젠콘야도를 운영한다고 하니 찾아가 보기로 했다.

오후 5시가 넘어 도착한 젠콘야도에는 2개의 작은 방이 있는데 먼저 도착한 사람들이 이미 자리를 잡고 있었다. 에히메현에서 왔다는 한 자전거헨로는 방에 자리를 잡지 못하고 주차장에 텐트를 치려고 준비하고 있었다. 나도 텐트를 쳐야하나 생각하며 잠시 평상에 앉아 있는데 마당 쪽 방에 미리 자리를 잡은 두 사람 중 한 아저씨가 말을 건네 왔다.

"거기 젊은이는 자리가 없나? 우리가 좀 양보하면 한 명 더 잘 수 있을 것 같은데 어때?"

이렇게 말하며 누워있는 젊은이에게 동의를 구하는 듯한 고갯짓을 하는 아저씨. 누워있던 젊은이는 심드렁하게 대답한다.

"뭐, 그러시던가."

그다지 반기지 않는 듯한 젊은이의 말투가 달갑지는 않았지만 텐트를 치기는 귀찮아서 끼어들어 자리를 잡았다. 주차장 한 컨, 목조 뼈대에 슬레이트를 올리고 다다미를 깔아둔 이 공간에는 지금껏 묵어간 헨로들의 오사메후다가 빼곡하게 붙어 있다. 감사하는 마음을 담아 나도 한 장 붙여두었다.

　내게 자리를 제의한 아저씨의 이름은 '잇큐'이고, 누워있던 젊은이는 '히로베'라고 했다. 잇큐 아저씨는 6번째 헨로를 하고 있다고 하는데 꽤나 수다스러운 성격이었다. 내가 한국인이라는 것을 알고는 흥미가 생겼는지 한국에 대해 알고 있는 것들을 이것저것 얘기했다. 자리를 제안해 준 것이 고마워서 단순히 말이 많을 뿐이라면 들어줄 생각이었는데, 한일간의 역사나 현재 우리나라의 상황에 대해 상당히 왜곡된 얘기를 하기에 듣기가 거북했다. 전형적인 일본 우익의 논리를 전개하며 은근히 무시하는 듯한 태도에 그만하라고 한 마디 쏘아붙이고는 저녁거리를 사러 편의점에 다녀왔다. 그러나 애석하게도 이 아저씨는 수다스러움에 더해 눈치도 없었다. 평상에 앉아 저녁을 먹고 있는데 계속해서 내게 얘기를 걸어온다.

　"내가 어릴 때는 말이지. 동네에 조선여자들이 많았어. 전쟁이 끝났는데 그 여자들은 어느 하나 한국으로 돌아가고 싶지 않다고 하더라고. 가면 굶어 죽는다고 말이지 헤헤."

　어제는 호시야마상이나 히로이치 할아버지 같이 좋은 사람들만 만나더니 호사다마라고 이런 사람도 만나는구나. 도저히 더는 참을 수가 없어서 전투태세로 전환하려는 찰나 가만히 누워 있던 젊은이가 끼어 들었다.

　"저기, 목욕 안 했으면 가지 않을래?"

　히로베는 과묵하지만 꽤 괜찮은 녀석이었다. 나이는 나보다 한 살 많은데 고향 나가노의 공장에서 10년 넘게 일하다가 최근에 돌아가신 어머니를 위해서 헨로길에 나섰다고 했다. 잇큐 아저씨는 갈 데가 없어서 헨로를 하는 사람이니 내게 조금 이해해 달라고 했다. 소위 말하는 <직업헨로>라는 것이다.

　목욕을 하는 동안 몸이 이완되고 잇큐 아저씨에 대한 분노도 많이 사라졌다. 다시 돌아오니 잇큐 아저씨는 주차장에 텐트를 친 자전거헨로와 목하 대화중이었다. 남아 있던 분노도 거둬들이고 잠을 청했다. 그래도 지붕이 있는 공간이라 어제보다는 일찍 잘 수 있었다.

Day 3. 소비내역

헨로지도 최신판 2,700엔

점심도시락, 음료 492엔

저녁도시락 및 비상 간식 933엔

온천 360엔

소계 : 4,485엔

누계 : 16,625엔

Day 4. 5월 2일. 맑음
쇼산지 등반은 보디블로

    12번 절 쇼산지는 산악 지형의 해발 800미터 가까운 높이에 위치한 절이다. 예전에는 험한 구간에서 헨로들이 굴러 떨어지거나 때로는 죽기도 해서 '헨로고로가시'라는 말도 전해진다고 한다. 어제 친해진 히로베와 길을 함께 하기로 했다. 자전거 헨로 아저씨는 산길을 갈 수 없기 때문에 다른 루트로 떠났고 잇큐 아저씨는 젠콘야도에서 하루 더 쉴 거라고 했다. 고난의 과정에 친구가 생겨 마음이 든든하다. 쇼산지로 가는 길은 11번 절 후지이데라 뒷편의 등산로부터 시작하기 때문에 후지이데라에 다시 한 번 들러 무사히 쇼산지에 올라가기를 기원하고 출발했다. 오전 6시가 갓 넘은 시각이었다.

쇼산지로 가는 길은 예상했던 대로 힘들었다. 나는 짐도 비효율적으로 꾸려서 (준비할 때는 몰랐는데 다른 아루키헨로들을 보니 텐트나 배낭, 침낭 등이 기능성 제품이 많아 내 것보다 부피가 작고 한결 가벼웠다. 나처럼 짐의 무게가 10kg을 넘는 경우는 별로 없었다.) 히로베를 따라가기가 힘들었다. 어제부터 생겨나기 시작한 발바닥의 물집도 속도를 늦추는 데 한 몫을 단단히 하고있다. 나보다 무거워 보이는 짐을 메고 가는 거구의 서양인 헨로가 한 명 있었는데 그는 묵묵히 그리고 빠르게 앞서갔다. 히로베와는 페이스가 맞지 않아 그가 앞서가다가 나를 기다려주는 상황이 되었다.

쇼산지로 오르는 산길은 입에서 단내가 나도록 힘들지만 다양한 경치와 변화무쌍한 길 때문에 지루할 틈은 없었다. 오솔길처럼 평탄한 구간, 급격하게 올라가는 경사 구간, 나무가 빽빽하게 들어차 맑은 날임에도 밤처럼 어두운 구간, 사방이 탁 트여 시원한 경치를 보여주는 구간이 어우러져 길을 밟아가는 헨로들의 마음을 달래준다.

영원처럼 느껴지는 시간을 걸었다고 생각했는데 이정표는 겨우 5.2km를 주파했음을 알려주었다. 감각적으로는 쇼산지에 벌써 도착해 있어야 할 것 같은데 야속하다. 그래도 이 길의 모든 헨로들은 스스로의 에너지를 소비하는 만큼 목표에 가까워지고 있기 때문에 공정하다. 그래서 억울하지는 않았다.

이정표를 지나 오르막과 내리막이 다이나믹하게 이어지더니 암자 류스이안(柳水庵)에 도착했다. 쉴 수 있는 벤치도 있고 화장실도 있어서 쇼산지 가는 길의 중간 기착지 같은 곳이다. 앞서거니 뒷서거니 했던 아루키헨로들을 이 곳에서 다시 한 번 만난다. 무언의 동지의식 같은 것이 생겨난 듯 눈인사를 교환하고 히로베와 함께 자리를 잡았다. 지도책을 보니 절반쯤 왔다. 시간은 오전 11시 남짓 되었다. 빠른 사람들은 6시간 정도면 쇼산지에 도착한다고 하는데 말도 안된다는 생각을 했다. 짐이 없이 가벼운 트레킹 차림이라면 가능할지도 모르겠다.

류스이안의 벤치에 잠깐 앉아 있다 보니 '바로 아래쪽에 헨로휴게소가 있습니다.' 라는 안내판이 눈에 띄었다. 어떤 곳인지 궁금하기도 해서 휴게소를 찾아 내려가 보았다.

휴게소는 류스이안에서 가까웠다. 좁은 길을 돌아 나오면 양지바르고 탁 트인 땅이 펼쳐지면서 작지 않은 크기의 건물 한 채가 당당하게 서 있다. 지형상으로 보면 휴게소를 만들기 위해 산을 조금 깎은 듯하다. 마실 수 있는 물도 끌어다 놓아서 운치를 더한다. 히로베도 피곤했는지 휴게소 안의 마룻바닥에 누워 금세 잠이 들었다. 나 역시 신발을 벗고 다리를 쭉 펴니 일어나기가 싫었다. 새들이 지저귐으로 합주하는 오케스트라와 졸졸 물 소리가 완벽한 하모니를 이룬다. 잠든 히로베의 코고는 소리도 자연의 하모니에 박자를 맞추는 것이 재미있었다. 툇마루에 앉아 올려다 보니 구름 한 점 없는 하늘에 비행기 한 대가 기다란 직선을 그리고 있었다.

잠깐의 오수를 즐기고 남은 절반의 산길로 뛰어들었다. 처음에는 계곡이 흐르는 걷기에 괜찮은 길이 열리더니 어느 사이엔가 산세는 더욱 깊어져서 험한 길이 오래 이어졌다.

히로베와는 쇼산지에서 만나기로 하고 다시 혼자가 되어 걸었다. 휴게소에서 꽤 오래 쉬었지만 물집은 성에 차지 않는 듯 계속해서 아우성이었다. 걷는 시간과 쉬는 시간이 1대 1의 비율이 된 지는 한참 전이고 어제 포기하지 않은 것이 다시 후회되기 시작했다. 만화 드래곤볼에 나오는 시간과 공간의 방에 갇힌 듯 주변의 시공간이 너무나 느리게 흐르는 느낌이다.

그렇게 두어 시간쯤 걸었을까? 산중에 홀연히 돌계단이 나타났다. 돌계단 끝에서 아래를 내려다보는 고보대사상과 그 앞에서 참배를 드리고 있는 한 헨로의 모습이 너무나 반가웠다. 나는 쇼산지에 도착한 것으로 생각했지만 지도책을 보니 이곳은 죠렌안(浄蓮庵)이었다. 하지만 뜻밖의 만남이 나를 기다리고 있었는데, 첫날 만났던 호시야마상 부부와 재회한 것이다. 계단을 다 올라서야 참배를 드리고 있는 사람이 호시야마상 부인인 것을 알았고 반가움에 인사를 나눴다. 두 분은 막 점심식사를 하려는 참이었는데 이번에도 내게 주먹밥을 나누어 주었다.

"이거 어제 머물렀던 민박집에서 싸 준 건데 맛이 있을지 몰라. 한 번 먹어봐요."

나는 빵을 가지고 있다고 말하며 손사래를 쳤지만 호시야마상은 젊은이가 많이 먹어야 한다며 한사코 주먹밥을 안겨 주었다. 그리고 남는 것이 있다며 벌레 방지용 팔찌도 한 개 건네 주었다. 감사한 마음에 내가 드릴 것은 없어서 오사메후다를 한 장 써드렸다.

"한자를 잘 쓰네요. 한국에서는 한글을 쓰지 않나요?"

"제가 중고등학교에 다닐 때는 한문 수업 시간이 있었어요. 지금은 없어졌다는 얘기도 있지만요. 저는 일본어를 배울 때 따로 한자를 더 공부한 덕에 조금이지만 한자를 쓸 수 있습니다."

"아 그렇군요. 감사합니다. 한국 분의 오사메후다를 받아 왠지 더 특별하네요."
즐거운 대화를 나누고 호시야마상 부부는 먼저 길을 나섰다. 나는 조금 더 쉬기로 했다.

"이 곳 죠렌안은 저 삼나무가 유명해요. 고보대사가 심었다는 얘기가 있어요."
작별인사를 하며 호시야마상은 고보대사상 뒤의 삼나무를 가리키며 알려주었다. 새삼스레 다시 한 번 살펴본 삼나무는 과연 주위를 압도하는 크기와 분위기를 내뿜고 있었다. 지도책에도 따로 표기가 되어 있을 만큼 이 삼나무는 유명한 나무였다.

죠렌안을 지나 얼마를 더 가면 사방이 탁 트인 산등성이로 나오게 된다. 내가 저 산을 올라왔다는 것이 믿기지 않을 만큼 울창한 삼림이 발걸음을 다시 가볍게 한다. 하지만 길은 다시 계곡을 지나 필연적으로 오르막을 준비해 두었다. 지구를 어깨에 짊어진 아틀라스의 심정이 되었을 무렵 <헨로고로가시 6/6>이라는 푯말이 새초롬하게 서서 이렇게 속삭이는 듯했다. '난 네가 포기할 줄 알았는데 여기까지 왔네. 거의 다 왔으니까 조금 더 힘내 보라고.' 기억을 더듬어 보니 저 푯말은 1/6부터 있었던 것 같다.

푯말을 지나 30분쯤 더 걸었을까? 좁은 오솔길이 갑자기 끝나고 탁 트인 너른 길이 펼쳐진다. 저절로 난 길이 아니고 사람이 만든 길임을 알 수 있었다. 이번에는 진짜로 도착이다. 쇼산지는 지금까지 지나온 사찰 중에 규모가 가장 컸다. 진입로를 지나 삼문을 마주한 순간, 처음으로 무언가 해냈다는 기쁨이 가슴속에서 솟구쳐 나옴을 느꼈다. 올라오는 내내 괴롭히던 발의 통증도 이때만큼은 느낄 수가 없었다. '러너스 하이' 또는 '아드레날린 드라이드' 혹은 그 둘이 합쳐진 어떤 감정의 상태였다.

쇼산지는 절의 규모도 크지만 두 세 아름드리쯤 되는 거대한 삼나무들과 작은 돌멩이가 깔린 하얀 길이 사찰의 엄숙함과 고요함을 상징한다. 먼저 도착해서 참배를 드리고 있는 히로베와 다시 만나 경내의 우동가게에서 우동을 한 그릇 먹었다. 산중 사찰의 경내에 뜬금없는 우동가게지만 그래서 이 우동집이 유명하다고 히로베는 말했다. 우동 자체는 그다지 맛있다고 할 수 없었지만 헨로고로가시를 넘어 무사히 도착한 아루키헨로들에게는 유명한 사누키 우동이나 이나니와 우동이 부럽지 않을 맛이다. 이 맛은 자동차를 이용해 올라오는 순례자들은 절대 알 수 없을 것이다. 이곳까지 오르기 위해 그들 보다는 공력을 조금 더 들었다고 할 수 있을 테니 그 정도는 인정받고 싶었다.

우동을 먹고 경내를 돌아보던 중 먼저 올라와 있던 호시야마상 부부와도 짧은 재회. 오늘도 역시 민박집 예약 시간에 늦지 않게 부부는 먼저 출발했고 나는 그늘에 앉아 지도책을 펼쳤다. 일본인 주지스님과 결혼하여 사별한 후 남편을 이어 주지로 활동하고 있다는 한국 출신 김묘선 주지스님이 계시는 13번 절 다이니치지(대일사, 大日寺)까지는 25km 정도의 거리이기 때문에 오늘은 도중의 어딘가에서 잠자리를 찾아야 한다. 첫 날은 잠자리 걱정에 마음을 많이 졸였는데 이틀간 익숙해졌는지 조바심이 나지 않는다. '어떻게든 된다.' 인지 '구하면 얻는다.'인지는 명확하지 않지만 헨로길이라는 새로운 세상에서 조금씩 자라나고 있다는 증거가 아닐까 싶다.

쇼산지에서 내려오는 길은 발이 아픈 것만 제외하면 올라가는 것만큼 힘들지는 않았다. 두 시간 조금 넘게 걸었을까, 자동차 도로가 등장

하고 뒤이어 민가 몇 채가 보인다. 산비탈의 그늘에서 작은 아기고양이 한 마리가 산에서 내려오는 나와 히로베를 지그시 바라보고 있었다. 개냥이 기질을 타고난 이 녀석은 내가 다가가니 강아지처럼 살갑게 대해준다. 녀석은 민박 스다치칸(すだち館. 스다치는 감귤계 열매로 도쿠시마현이 대표적인 생산지이다.)의 식객이었는데, 주인 아저씨 말씀에 따르면 어느 날인가 갑자기 새끼 고양이가 쑥 들어오더니 식구가 되었단다. 어미 고양이가 데려갈까 싶어 며칠 동안 먹이를 주며 지켜봐도 어미는 나타나지 않았다고 했다. 어미가 데려갈 줄 알고 이름도 짓지 않아서 그냥 이름이 없는 채로 지내고 있는 녀석이었다. 이 녀석과 인연인가 싶어 오늘은 스다치칸에서 머물기로 했다. 오늘은 너무 피곤해서 노숙을 하고 싶지 않기도 했다.

스다치칸은 국도변의 작은 식료품점 겸 민박이다. 오늘의 숙박자는 미국 텍사스에서 왔다는 일본인 아주머니 한 명과 20대 초반의 젊은 프랑스인 커플이다. 일본인 아주머니는 매년 헨로길을 걷는다고 했다. 그녀는 몇 가지 헨로길의 팁을 알려주기도 했다. 프랑스인 커플 중 남자의 이름은 토마스라고 했고 그의 여자친구와는 통성명을 하지 못했다. 숙박자들은 가게 맞은편의 숙소에서 잠을 자고, 식료품점 안의 작은 식당에서 다음날 아침 식사를 내어준다. 숙소는 2층 시멘트 건물로 다다미 방에 2층 침대가 놓여 있다. 1층에는 세탁실도 있어서 유용하다. 원하는 숙박객은 근처의 마을 온천에 자동차로 픽업도 해준다.

나와 히로베는 산행의 피로도 풀 겸 온천에 갔다. 동네 주민인 듯한 할아버지가 경자동차로 우리를 온천에 내려주었다. 일본인 중에서 운전 중에 안전벨트를 하지 않는 사람을 처음 보았다. 시골이라 오가는 차도 별로 없고 멀지 않은 거리라서 그런 것 같은데 할아버지의 난폭한 운전에 다시 한 번 놀랐다. 산행 중에 자주 멈추어 나를 기다려준 히로베에게 미안해서 그의 온천 입장료까지 내어 주고 느긋하게 온천을 즐겼다. 탕 안에 앉아 잠깐 잠이 들었는데 긴장이 풀린 몸이 녹아내려 온천수에 용해될 것만 같은 기분이었다. 온천을 마치고 돌아오는 길. 몸이 풀린 히로베가 명언을 남겼다.

"온 몸이 쑤시네. 쇼산지 등반은 보디블로 같아."

권투시합에서 두들겨 맞은 후의 느낌과 비슷하다는 것을 표현한 보디블로라는 단어가 우리들의 묘한 공감을 불러 일으켰고 누가 먼저랄 것도 없이 낄낄거리며 웃었다. 여전히 터프한 운전을 하고 있던 할아버지 드라이버가 룸미러로 슬쩍 우리를 훔쳐보며 웃으신다.

 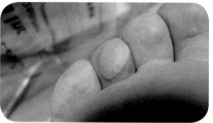

 숙소로 돌아와 하루를 정리하는 시간. 계속 아프던 발을 살폈더니 이번에는 오른쪽 발가락에 물집이 잡혀 있었다. 어제보다는 능숙하게 물집을 터트리고 쌓인 빨래를 세탁기에 넣었다. 내일은 비가 올지도 모른다는 주인 아주머니의 말에 근심 주머니가 하나 늘었지만 세상 무엇보다 무서운 피곤한 눈꺼풀을 막지는 못했다. 내일의 일을 걱정할 만큼 체력이 남아있지도 않았다. 혼신의 힘으로 세탁물을 널어두고 신생아처럼 잠에 빠져들었다.

Day 4. 소비내역

온천(히로베 온천비용 포함) 1,200엔

소계 : 1,200엔

누계 : 17,825엔

Day 5. 5월 3일. 흐리고 비
안녕, 아기고양이

　피곤했던 만큼 꿀잠을 자고 아침 5시가 조금 넘어 눈을 떴다. 서울에서는 상상할 수 없었던 기상 시간이지만 시나브로 일상이 되어 있었다. 아침 식사를 하기 전에 스다치칸 주변을 산책했다. 어제는 의식하지 못했던 <오헨로역>이라는 휴게 시설이 있었고 흐린 날씨를 머금은 아침 공기는 계곡 지형인 이곳에 조금 무겁게 내려앉아 있었다. 잔뜩 흐린 하늘이 곧 비가 내릴 것이라는 예고를 노골적으로 하고 있다. 일기예보가 맞을 것 같은 예감이 들었다. 간단히 세수를 하고 어제 널어두었던 빨래를 정리하고 나니 아침식사 시간이다.

　아침식사는 쌀밥과 미소시루에 연어구이와 계란프라이, 간단한 샐러드 그리고 낫토가 곁들여진 가정식이었다. 며칠 만에 맛보는 따뜻한 밥에 게눈 감추듯 두 그릇을 먹어치웠다. 함께 묵었던 숙박자들과 도란도란 얘기를 나누며 식사를 하니 마음까지 따뜻해진다.

　식사를 마치고 떠날 채비를 했다. 숙박비는 아침식사와 점심으로 먹을 주먹밥을 포함해서 4,000엔 이었다. 식사를 하지 않는 경우 2,500엔 이라고 했다. 그런데 뜻밖에 600엔을 돌려 받았다. 어제 저녁에 갔던 온천은 오헨로들에게 1인당 300엔을 할인해 주기 때문에 히로베 몫까지 600엔이 돌아온 것이다. 돈을 돌려준다기 보다는 마음을 돌려주는 일종의 오셋타이라고 느껴졌다.

비가 내리기 전에 조금이라도 더 걸어야 할 것 같아 서둘러 채비를 하는데 아기고양이가 발치에 다가와 몸을 부빈다.

'잘 쉬었냥? 다치지 말고 결원까지 해라옹~'

이름없는 아기고양이는 그렇게 초보 아기헨로에게 체온을 나누어 주었다. '안녕, 언젠가 또 올게. 그때는 어른이 되어 있겠구나.' 길을 나서며 마음속으로 녀석에게 다시 오겠다는 약속을 해버렸다. 이 아기고양이를 시작으로 나는 헨로길에서 '다시 올게.'라는 약속을 몇 번이나 해버렸다.

　그렇게 아기고양이와 작별을 하고 다이니치지를 향해 출발했다. 도로를 조금 걷자니 다이니치지로 향하는 이정표가 나와 히로베를 산길로 이끈다. 어제의 경험이 있어서일까? 18.7km라는 거리는 이제 부유하는 머릿속의 개념이 아니라 육감적인 실체로 다가온다. 앞서간 오헨로들이 낙서처럼 적어놓은 표식을 따라 산길을 오르면 산 중턱을 휘감고 이어지는 도로를 따라가게 된다. 드문드문 자리 잡은 민가들이 헨로길의 외로움을 덜어주기 때문에 즐거운 길이다. 어제와는 다르게 히로베와 페이스를 맞출 수 있었다.

완만한 도로를 따라 걷다 보니 어느새 산 아래로 내려와 있음을 알았다. 시계를 보니 막 정오가 지나고 있었다. 다행히 아직 비가 내리지 않아 적당히 선선한 오히려 걷기에는 최적의 날씨라 할 만하다. 적당한 곳에 자리를 잡고 스다치칸에서 싸준 주먹밥을 먹었다. 짭짤한 밥 가운데 박힌 매실장아찌가 새콤하다.

밥을 먹고 조금 더 가다 도쿠시마 커피를 넣어둔 자동판매기가 있기에 후식 삼아 하나 마셔보았다. 캔커피 맛이 특출난 것은 아니지만 빠르게 퍼지는 카페인이 뇌를 각성하는 느낌이 싫지 않았다.

커피를 마시며 걷는 사이에 민가가 하나둘씩 늘어나더니 어느새 완전히 주택가의 느낌이 났다. 13번 절 다이니치지는 그 길의 한가운데 자리잡고 있었다. 한글이 쓰인 수건이 걸려있는 것이나 경내에 붙어있는 주지 스님의 저서를 소개하는 포스터가 과연 한국 출신 스님이 있는 곳이구나 싶었다. 혹시 주지 스님이 계실까 싶어 납경소에 앉아 있던 아저씨에게 물었다.

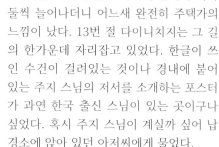

"혹시 주지 스님이 계신가요? 한국에서 왔는데 계시면 인사를 나누고 싶어서요."
"약속했어?"
귀찮다는 듯 고압적인 남자의 태도에 살짝 빈정이 상한다.
"약속을 한 건 아닙니다."
"그럼 못 만나."
나중에 알게 되었는데 주지인 묘선스님은 나름 유명하다고 한다. 특이한 이력의 외국인이 일본에서 스님이 되었으니 그럴 것이다. 어쩌면 내가 무턱대고 스님을 만나려고 무례를 범한 것일지도 모르겠다. 하지만 납경소 아저씨의 응대는 아쉬웠다. 나중에 히로베에게 얘기했더니 녀석도 흥분해서는 뭐 그런 노인네가 있냐고 씩씩거렸다. 오히려 내가 히로베를 말려야 했다.

잔뜩 흐린 하늘은 드디어 비를 내려놓기 시작했다. 오늘은 16번 절 칸온지(관음사, 観音寺) 주변에 있다는 젠콘야도 <사카에택시>에서 숙소를 해결하기로 계획하고 있었다. 한 방울씩 떨어지던 빗줄기가 점점 굵어지기 시작하니 마음이 급해졌다.

14번 절 죠라쿠지(상락사, 常楽寺), 15번 절 고쿠분지(국분사, 国分寺), 16번 절 칸온지는 다이니치지에서 사카에택시로 가는 중간에 징검다리처럼 자리잡고 있다. 본격적으로 비가 내리기 시작하면서 사방이 빠르게 어두워지기 시작했다. 15번 절 고쿠분지를 나설 즈음엔 장맛비처럼 세찬 비가 쏟아지고 있었다. 칸온지까지는 멀지 않은 거리지만 문 닫은 가게의 처마에서 빗줄기가 약해지기를 기다려야만 했다. 30분쯤 기다렸을까. 비는 조금 약해졌지만 여전히 만만치 않은 기세로 내리고 있었다. 마냥 기다릴 수는 없어서 빗 속을 걷기로 했다. 내가 준비한 우의는 무릎을 겨우 덮을 정도의 길이였는데 몇 걸음 걷기도 전에 아루키헨로에게 적당한 물건은 아님을 깨달았다. 갈아 신은 슬리퍼 사이로 물이 쏟아져 들어오고 물집 잡힌 발가락의 비명이 다시 시작되었다.

사카에택시는 16번 절 칸온지에서 멀지 않았다. 하지만 지도책에는 표시되어 있지 않기 때문에 중간에 길을 물어 찾아가느라 고생을 좀 했다. 주변에 JR 철도 역이 있기 때문에 나름 번화한 곳에 위치한 사카에택시는 이름처럼 원래 택시회 사의 정비소였는데 지금은 영업을 하지 않고 오헨로들을 위한 젠콘야도로 운영 되고 있는 곳이다.

주인장은 슬레이트조의 벽면에 헨로들을 환영하는 싯구를 적어 놓았고 간판 밑 에는 오헨로 인형 한 쌍이 사이 좋게 앉아 있었다. 안으로 들어서니 귀여운 토끼 한 마리가 길손을 맞았다. 인기척이 없어서 어떻게 해야 하나 싶었는데 사무실 문에 오헨로들은 2층에 올라가서 자유롭게 숙박하면 된다는 내용을 적은 종이가 붙어 있었다. 2층에는 다다미를 깔아놓은 방이 두 개 붙어 있는데 누군가 우리보 다 먼저 온 오헨로상의 짐이 방 한쪽을 차지하고 있었다. 나와 히로베는 빈 공간 에 자리를 잡고 앉았다. 이곳에서 신세를 진 오헨로들의 수많은 오사메후다와 그 림, 엽서, 사진 등이 빽빽하게 붙어 있어 이 공간의 정체성을 확립하고 있었다.

나도 오사메후다를 한 장 붙여두고 화장실이나 샤워실이 있는지 알아보려 내 려왔는데 누군가 다가오는 것이 느껴졌다. 방 한쪽을 차지하고 있던 짐의 주인이었다. 호주 멜번에서 왔다는 '알리아'는 갓 스무살의 씩씩한 아가씨다. 백인과 흑인, 중동계의 혼혈이라 신비한 느낌이 있었다. 그녀는 2주간의 일정으로 헨로길에 나섰다고 했다. 나는 호주 멜번에서 워킹홀리데이를 했던 경험이 있어서 알리아와는 이야깃거리가 많았다. 그녀는 어제 이 곳에 도착했는데 몸이 아파 하루를 쉬었고 오늘이 이틀째라고 했다.

편의점에서 먹을 거리를 사두고 샤워를 하고 나왔더니 새로운 오헨로상이 한 명 도착해 있었다. '모리이'라는 이름의 이 청년은 서른 살 남짓, 몇 년에 한 번씩 헨로길을 걷는다고 했다. 약간 염세적인 성격으로 후쿠시마 대지진 이후로 도쿄에는 쓰레기뿐이라며 관동 쪽으로는 여행을 하지 말라고 한다. 헨로 경험이 많은 그에게 보통 며칠 만에 결원을 하느냐고 물으니 빠른 사람들은 30일 만에 끝내는 사람도 있단다. 보통은 35일이면 결원하는 것이 일반적이라고 했다. 호시야마상은 보통 45일 정도라고 했었는데 사람에 따라 '보통'의 기준이 다를 것이다.

새로운 친구들과 얘기를 나누는 도중에 아래층에서 인기척이 들려온다. 곧이어 2층으로 올라온 사람은 이 곳 사카에택시의 주인아저씨였다.

"오늘은 손님이 많구만. 비가 오는데 고생들 했네."

호쾌한 말투와 성격의 주인 아저씨는 얘기를 하자며 1층 사무실로 우리를 불렀다. 모리이는 샤워를 해야 한다고 빠졌고 알리아는 어제부터 머물고 있어서 빠졌다. 결국 나와 히로베가 내려갔는데 오반야키(大判焼き, 팥을 넣고 굽는 월병이나 풀빵과 비슷한 간식으로 엽전 문양으로 모양을 내는 경우가 많다.)를 내주며 이런 저런 얘기를 하신다. 많은 인생의 선배들이 그러하듯이 '삶은 이렇게 살아야 한다.'라고 하는 고루함은 있지만 기본적으로 선하고 좋은 사람이다. 히로베와 나는 30분 정도 아저씨와 대화를 나누었다. 얘기가 끝나고 몇 가지 주의사항을 일러주고 아저씨는 돌아갔다. 도착할 때 보았던 건물 벽의 싯구가 바로 아저씨의 마음이 아닐까 하는 생각이 들었다.

> 길 떠난 사람
> 하룻밤 머물 곳을
> 빌려 드릴까요.
> 여행자를 받아들이는
> 아와(도쿠시마의 옛 이름)의 인정

빗 속에 수고한 하루도 무사히 지나고 잠들 무렵 확인한 발의 물집은 좌우를 가리지 않고 늘어나고 있었다. 모리이가 물집을 터트린 후에 실을 묶어두면 물집이 다시 생기지 않는다고 알려주었다. 내일은 날씨가 갠다는 일기예보를 확인하고 가벼운 마음으로 잠을 청할 수 있었다.

Day 6. 5월 4일. 맑음
오셋타이 콤보세트

빗길에 피곤했던 여파인지 아침 7시가 넘어서야 일어났다. 길을 나설 채비를 하고 다시 한 번 사카에택시 주변을 둘러보았다. 어제는 알아채지 못했던, 한국인 헨로가 남기고 간 귀여운 그림이 붙어 있음을 알았고 1층 형광등 갓에 제비가 둥지를 튼 것도 눈에 들어온다. 바쁘게 움직이는 제비들을 보니 게으름을 피우고 있는 것 같았지만 사실은 일부러 늑장을 부리고 있었다. 히로베에게 각자 길을 걷자고 얘기하려 마음먹고 있었기 때문이다. 발 상태가 점점 나빠지고 있어서 히로베의 걸음에 맞추기가 힘들어 각자 걷는 것이 서로에게 좋을 것이라 생각했기 때문이었다. 다시 2층으로 올라가 채비를 하고 있는 히로베에게 어렵게 말을 꺼냈다.

"히로베, 오늘부터는 각자 걷는 게 나을 것 같아. 물집이 많이 잡혀서 네게 짐이 되는 것 같아서.."

"무슨 그런 얘기를 해. 헨로길에서 만난 인연인데 가는데 까지는 함께 가자고."

때로는 결단을 내려야 하는 법이다. 히로베의 대답에 나는 고집을 부렸다. 결국 히로베는 내 뜻을 받아 들였고 먼저 떠났다. 왠지 모를 미안한 마음이 파도처럼 일었다. 그렇지만 정상적으로 걷기 어려운 상황에서 동행한다는 것은 더욱 미안한 일이다. 발이 괜찮아지면 따라잡아야지. 마음을 다잡고 나도 길을 나섰다.

17번 절 이도지(정호사, 井戸寺)는 사카에택시에서 주택가 길을 따라 멀지 않은 곳에 있었다. 습기를 머금은 공기가 더운 숨을 식혀주는 것이 좋았지만 물집 때문에 속도는 그다지 붙지 않았다. 18번 절 온잔지(은산사, 恩山寺)는 이도지에서 약 17km가 떨어져 있는데 지도상으로 보니 산길은 아니고 평지의 도로길이라 한시름 놓았다. 오늘은 무리하지 않고 쉬엄쉬엄 걸을 요량으로 적당한 곳이 나오면 자주 쉬려고 한다.

이도지 주변에서 잠깐 길을 잃었는데 커다란 아름드리 나무의 그늘이 너무나 탐스러워 30분 정도 쉬었다. 속도와 변화로 측정되는 세상에서 살아온 자에게 그늘을 내어준 나무는, 삶은 그런 것이 전부가 아니라는 어쩌면 당연한 사실을 일깨워 주고 있었다. 나는 종교를 믿지 않지만 세상 만물을 신으로 모시는 일본의 신도가

이러한 마음에서 시작된 것은 아닐까 라는 상상을 해본다.

아침에 늦게 출발했기 때문에 점심시간도 정확히 그만큼 일찍 찾아왔다. 헨로길에서 시간을 정해두고 식사를 하는 것은 아니지만 적당한 시간에 적당한 식당이 있으면 밥을 먹어야지. 우동 한 그릇에 300엔이 되지 않는 착한 가격의 식당이 '이래도 먹고 가지 않을테냐.'라는 듯이 커다란 가격표를 앞세워 배고픈 아루키헨로를 유혹하고 있었다. 가케우동과 가지튀김을 주문해서 맛있게 먹었다.

배를 채우고 느긋해진 마음으로 걷다가 신호등을 건너기 위해 횡단보도 앞에서 기다리게 되었다. 홀연히 자전거 한 대가 내 옆의 공간으로 미끄러지듯이 정지했다. 자전거에는 중년의 아주머니가 타고 있었는데 나를 유심히 바라본다. 가볍게 눈인사를 하니 그녀도 답례를 하며 먼저 말을 건네왔다.

"아루키헨로상, 준우치 인가요?"

"네, 그렇습니다."

"젊은이가 고생이 많네요. 이것 받아요. 식사라도 하세요."

"네?"

그녀가 내민 것은 천엔 지폐 두 장이었다. 가끔 사람들이 오헨로들에게 동전을 오셋타이 한다는 얘기는 들었지만 2천 엔은 오셋타이로 받기엔 너무 큰 돈인 것 같아 잠시 멍해졌다. 때마침 횡단보도의 신호가 바뀌면서 그녀는 지폐를 내 손에 쥐어주고 자전거 페달을 밟았다. 예상치 못한 사건에 적응하지 못한 뇌가 문을 닫아버린 것처럼 순식간에 멀어지는 아주머니를 바라보며 3초 정도 생각의 회로가 정지한 느낌이었다.

정신을 차리고 다시 걷기 시작했다. 생각의 회로가 서서히 다시 움직이기 시작하자 입꼬리가 살짝 올라가는 것을 감출 수가 없었다. '헨로길에서도 돈은 좋은 것이구나. 물집 잡힌 발걸음도 가벼워지다니.' 생글거리며 걷고 있는데 이번에는 백발에 야구모자를 쓴 할아버지가 탄 자전거 한 대가 내 옆에 멈췄다.

"헨로상, 수고가 많아. 이거 오셋타이여~"

할아버지는 내게 녹차 한 병과 팥으로 만든 양갱 같은 간식 하나를 건네주고 자전거 아주머니처럼 또 홀연히 사라졌다. 10분 남짓한 사이에 오셋타이 콤보세트였다. 나는 한층 더 생글거리며 걸었다. 우하하.

오셋타이 콤보세트는 거기까지였다. 발바닥의 통증이 다시 기지개를 펼 때쯤
쉬어갈 만한 장소를 발견했다. 주로 헨로들이 묵어가는 듯한 숙박업소인데 1층
의 공간을 휴게소로 개방하고 있는 곳이었다. 자리에 앉아 자전거 할아버지에게
오셋타이로 받은 녹차와 달콤한 간식을 먹었다. 땀을 많이 흘렸는지 앉은 자리에
서 녹차 한 병을 다 마셔버렸다. 생각해보니 점심을 먹은 우동집에서도 물을 석
잔 마셨다. 가만히 얼굴을 만져보니 볼 살이 확연히 핼쑥해졌다. 하긴 이렇게 운
동량이 많은데 살이 빠지지 않으면 사람이 아니다. 당분과 갈증은 채웠으니 이제
순서상 카페인을 공급할 시간이다. 헨로길에서도 커피중독자인 나는 무의식적
으로 커피를 갈구하고 있었다. 다시 배낭을 메고 커피사냥을 떠나볼까.

　나름 번화한 길에서 편의점 찾기는 누워서 떡 먹기만큼
쉽다. 후텁지근한 날씨는 내게 냉커피를 마시기를 강요
했다. 100엔 동전 하나로 아이스커피 한 잔을 교환할 수
있는 즐거움은 자본주의의 은총일까 부처의 자비일까.

　필요한 모든 것을 채워 넣은 신체는 닦고 조이고 기름
친 기계처럼 부드럽게 나아간다. 어느 정도는 고통에 적
응한 발도 물집이 보내는 고통의 신호를 적당히 무시하
는 방법을 익혔는지 통증이 많이 줄어들었다. 생각해보
니 휴식 후에 출발할 때는 아픔이 선명하게 다가오지만
발걸음이 쌓일수록 그 선명함이 조금씩 흐려지는 것 같
다. 물집 잡힌 발을 상수(常數)로 받아들인 몸이 스스로
적응하는 것이다.

　널찍하고 일직선으로 곧게 뻗은 55번 도로는 드문드문 간격을 두고 걸어가는
아루키헨로들의 행렬을 만든다. 그리하여 이 길이 자동차의 길이기도 하지만 동
시에 아루키헨로들의 길임을 잊지 않게 한다. 온잔지까지 5.2km라는 이정표를
지나 한 시간 남짓 되었을까 '온잔지 앞' 버스정류장이 아루키헨로들의 정류장도
멀지 않았음을 알린다.

하루 종일 딱딱하고 고지식한 아스팔트 길을 걸었으니 다시 부드럽고 온화한 흙길로 돌아오라는 듯 온잔지는 자동차길을 벗어나 산기슭에 자리잡고 있다. 산의 지형을 살려 소담스럽게 배치된 목조건물들이 이 길은 혼자 걷는 헨로길이라는 것을 상기시켜 주는 듯하다. 참배를 마치고 공터의 하늘색 벤치에 앉아 시계를 확인하니 오후 5시 30분이 훌쩍 넘어 있었다. 지도책을 펴고 오늘의 잠자리를 해결할 만한 곳을 찾아본다. 19번 절 타츠에지(입강사, 立江寺) 근처에 휴게소 마크가 찍혀 있다. 여기서부터 거리는 3km 정도이니 해가 지기 전에 넉넉하게 도착할 수 있을 것이다.

검정색 소를 수십여 마리 키우는 우사를 지나면 타츠에지 방향을 가리키는 입간판이 아루키헨로를 이끈다. 빽빽한 대나무 숲길이 펼쳐지는데 길에는 나뭇잎이 융단처럼 깔려 있어 흡사 구름 위를 걷는 듯한 기분이 된다. 미야자키 하야오(宮崎 駿) 감독의 애니메이션 <하울의 움직이는 성>의 주인공 하울이 공중을 떠다니는 장면처럼 중력을 거스르는 듯한 비현실적인 감각의 걷기가 가능한 길이다. 남태평양 섬의 어떤 부족들은 바다의 푸른색을 표현하는 단어가 엄청나게 많다고 하는 것처럼 '걷다'라는 말도 헨로길에서는 좀 더 세분화 될 필요가 있다는 생각이 들었다. 나뭇잎 융단길을 지나면 다시 고즈넉한 주택가가 나온다. 해가 지는 속도가 빨라졌고 얼른 휴게소에 도착해야 하는 내 마음도 조급해졌다.

　휴게소에 도착하니 날은 이미 어둑어둑했다. 배낭을 내려두고 확인한 시간은 오후 7시 30분. 결과적으로 아침에 늦게 출발한 만큼 늦게까지 걷게 된 셈이었다. 휴게소 앞의 자판기 불빛이 조금이지만 어둠을 밝혀주어 다행이었다. 저 불빛마저 없었다면 칠흑 같은 어둠이었을테니. 저녁으로 먹을 것을 사두지 않아 비상식량 땅콩을 씹어 먹으며 침낭을 펼쳤다. 텐트를 펼치지 않은 노숙은 오늘이 처음이다. 텐트를 펴는 수고로움은 덜었지만 사방이 뚫린 개방감은 적응하기 힘들었다.

　우리 동네 작은 공원의 정자에서 주무시는 노숙인 아저씨가 있는데 그의 고충이 어떤 것인지 절절하게 알 것 같았다. 직접 경험하는 노숙이란 상상 속의 그것과는 차원이 다른 것이었다. 기본적으로 사람이 앉기 위해 설계된 폭 30센티미터 정도의 벤치는 등을 붙이고 밤을 보내기에는 그야말로 적당치 않은 물건이다. 마치 구두를 신고 조깅을 하는 것처럼 말도 안되지만 그렇다고 불가능하지는 않은 부정교합의 일종인 것이다. 게다가 휴게소 뒤는 산길로 이어지기 때문에 귀신이 나올 것 같은 으스스한 기운도 감돌았고 여러 종류의 풀벌레 소리가 꽤나 시끄러웠다. 잠들만 하면 도로를 지나는 자동차들의 배기음이 불면의 밤에 화룡점정을 찍었다.

Day 6. 소비내역

점심식사(가케우동, 가지튀김) 440엔

커피(편의점) 100엔

커피(헨로휴게소 자판기) 140엔

자전거 아주머니의 오셋타이 -2,000엔

소계 : -1,320엔

누계 : 20,685엔

Day 7. 5월 5일. 맑음
천사들과의 만남

아침은 일찍 찾아왔다. 불면의 밤을 보냈기 때문이다. 잠을 잤다기 보다는 누워서 쉬었다는 표현이 맞을 것이었다. 야생동물들의 수명이 짧은 이유가 제대로 쉬지 못해서라는 강한 확신이 들었다. 어제 저녁 날이 저문 후에 도착해서 제대로 볼 수 없었던 휴게소의 모습은 소담스럽고 예뻤다. 새벽녘부터 쨍한 햇빛이 휴게소를 날카롭게 때리고 있었다. 잠을 이루지 못한 것은 나의 탓이고, 어쨌거나 길 위의 하룻밤을 빚진 내가 할 수 있는 것은 다음 이용자를 위해서 깨끗이 정리를 해두는 것이라는 생각에 깔끔하게 청소를 하고 길을 나섰다. 오전 5시 30분. 오늘은 꽤 더울 것 같은 예감은 여지없이 들어맞을 것이다.

19번 절 타츠에지는 검정색의 색감으로 다가왔다. 이슬 가득한 아침 공기가 무겁게 내려앉은 길에서 볕이 닿지 않는 골목에 절의 검정색 철문이 조금 열려 있었다. 규슈의 구마모토성이 검정색이라는 얘기를 들었는데 이런 느낌일까 싶었다. 경내에는 사람이 단 한 명도 없었다. 풀벌레와 새들과 함께 시작한 나의 하루는 인간의 그것보다 한참 빨랐다. 덕분에 조용한 사찰을 마음껏 즐기고 있으니 불면의 지난 밤이 품고 있던 피곤함도 조금은 옅어지는 느낌이다. 고보다이시 동상에 가볍게 목례를 하고 20번 절 가쿠린지(학림사, 鶴林寺)로 출발했다.

타츠에지를 나와서 30미터쯤 걸었을까? 그럴리는 없겠지만 마치 나를 기다리고 있었던 것처럼 전방의 길모퉁이에서 중년의 아주머니 한 분이 나를 향해 다가왔다.

"오헨로상, 안녕하세요. 이거 오셋타이에요. 쉴 때 드세요."

작은 종이봉투 하나를 안겨주고 그녀는 연기처럼 사라졌다. 봉투 안에는 몇 가지 과자와 함께 물티슈가 들어 있었다. 십여 년 전 도쿄에서 편의점 야간 아르바이트를 하던 시절에 도시락이나 주먹밥 같은 음식류를 구매하는 손님들에게 하나씩 챙겨주어야 했던 물티슈가 생각났다. 그 때는 물티슈가 별 것 아니라고 생각했는데, 먹은 뒤에 바로 씻기가 어려운 길 위의 헨로에게는 한층 고마운 마음 씀씀이었다.

타츠에지에서 가쿠린지까지는 지도상 13.3km의 거리지만, 가쿠린지가 높이 약 500m의 산 정상 근처에 있음을 감안하면 만만치 않은 길이다. 그래도 헨로고로가시의 쇼산지라는 예방주사를 맞았기에 두려움은 없었다. 하지만 치명적인 문제는 언제나 내부적이다. 어제 저녁부터 부쩍 심해진 발바닥의 물집이 진피층까지 세력을 확장한 듯 통증이 상당해졌다. 물집 때문에 부자연스럽게 된 발걸음이 발목의 통증까지 덤으로 얹어주었다. 영화 <유주얼 서스펙트>의 케빈 스페이

시가 걷던 걸음처럼, 절룩거리며 걷게 되었다. 발바닥의 통증을 관장하는 뇌의
신호가 급박해졌다. 완만한 오르막이 이어지는 길을 원망하며 걷다가 결국 휴게
소가 보이자마자 자리를 잡았다. 신발을 벗고 앉아 있자니 다시 걸을 엄두가 나
지 않았다. 30분을 넘게 앉아 지도책을 들여다보고 있는데 거짓말처럼 호시야마
상 부부가 다가오고 있었다.

"안녕하세요. 여기서 또 만나네요."

"우리가 인연이 있기는 있나 보네. 오늘이 우리 마지막 날이거든요."

호시야마상은 오늘 가쿠린지까지 걷고 헨로를 마무리한다고 했다. 아들 부부가
그들을 마중오기로 했다고 한다. 무릎보호대와 비상약, 수분보충용 소금 등 가지
고 있던 물품들을 한아름 안겨주고 호시야마상 부부는 먼저 길을 떠났다. 아들부
부와 시간약속을 맞추려면 부지런히 걸어야 한다고 했다.

"손상, 꼭 결원하길 바랄게요."

"감사합니다. 가쿠린지가 산길인 것 같은데 유의하세요. 결원하면 전화 할게
요."

"그래요. 몸 조심해요."

너무나 부실한 준비를 하고 무모한 자신감으로 헨로길을 나섰던 내게 아낌없이
도움을 주었던 호시야마상 부부와는 이렇게 작별 인사를 했다. 그가 건네준 무릎
보호대를 하고 다시 일어섰다. 발바닥의 아픔은 여전하지만 무릎의 하중을 지지
해주는 덕에 조금 편해진 자세로 걸을 수 있었다.

호시야마상 부부와 헤어져 한 시간 정도를 더 걸었다. 완만한 오르막길인데도
쇼산지 산길보다 속도가 나지 않았다. 커다란 옹벽이 시작되는 길에 이르러서는
발의 통증 때문에 표정관리가 되지 않을 지경이었다. 휴게소도 아닌데 결국 길바
닥에 털썩 주저앉아 버렸다. 물집과 싸우고 있는 발바닥은 뜨거운 열탕에 담근
것처럼 후끈거렸다.

'포기'라는 단어가 '나 불렀어?' 하며 어디선가 나타났다. 나는 타협했다. '오늘
은' 포기하기로. 가쿠린지는 제쳐두고 가장 가까운 숙박업소를 찾기로 마음을 바
꿨다. 진부한 클리셰지만 '이보(二步) 전진을 위한 일보 후퇴'를 받아들여야 할
때다. 오전 9시 밖에 안되었는데 이런 결정을 한 것이 분하기는 했지만 방법이
없었다. 지도책을 보니 가쿠린지로 올라가는 등산로 입구 근처에 마을이 있는 것
같았고 숙박업소도 표시되어 있다. 거리상으로는 멀지 않은데 지금 상태로는 시
간이 얼마나 걸릴지 가늠하기 힘들었다. 시간은 충분하니 천천히 가면 닿을 수
있을 것이라고 스스로를 위안하며 발걸음을 옮겼다.

표정은 점점 일그러졌다. 누군가 발바닥 곳곳을 바늘로 콕콕 찌르고 있는 것 같
았다. 몸살에 걸린 것처럼 온 몸에 땀이 비오듯 흘렀다. 날씨가 덥기는 하지만 이
정도는 아닐 텐데.. 몸이 견디지 못하고 있다는 징표였다. 한동안 땅을 보며 걷다

가 고개를 들었다. 저 멀리 흰 색 건물이 보이기 시작했다. 마을에 가까워졌음을 알 수 있었다. 마지막 힘을 짜내어 겨우 발을 끌었다. 머릿속에는 포기라는 단어가 떠나지 않고 맴돌고 있었다. 그 때 마법 같은 일이 벌어졌다. 남매로 보이는 동네 아이 두 명이 내게 달려왔다. 누나인 듯한 큰 아이는 열 살 정도, 남동생인 듯한 작은 아이는 일곱 살쯤 되었을까. 남매 중에 작은 아이가 무엇인가 쥐고 있는 두 손을 내밀었다.

"오헨로상, 이거 드릴게요."

"응?"

"우리 엄마가 오헨로상에게는 오셋타이를 해야 한다고 했어요."

고맙다는 말을 할 새도 없이 아이들은 다시 어디론가 뛰어갔다. 내 손에 쥐어진 것은 물컹한 느낌이었다. 펼쳐보니 공깃돌 만한 크기의 앵두 일곱 개가 향긋한 내음

을 풍겼다. 갈증에 목말랐던 나는 허겁지겁 앵두 세 개를 먹어치웠다. 달콤한 앵두 맛이 너무 좋았다. 네 개 남은 앵두의 사진을 찍고 잠시 동안 가만히 바라보고 있으려니 가슴 속에서 뜨거운 것이 올라온다. 그것들은 멋대로 눈 쪽으로 몰려들어 세상으로 발산하려 했다. 고개를 들어 참아보았지만 몇 방울 떨어뜨리고 말았다. 아이들을 어째서 천사에 비유하는지 알 것 같았다. 어른들의 오셋타이와는 다른 무엇인가가 있었다. 그것을 순수함이라고 하든 뭐라고 부르든 말이다.

천사 같은 아이들의 오셋타이 마법 덕분에 민박까지 한결 수월하게 걸을 수 있었다. 세상 모든 만물, 그 어떤 즐거움도 고통도 결국 마음속에서 만들어지는 것이다. 아이들 덕에 불교에서 말하는 '일체유심조(一切唯心造)'의 세계를 잠깐 엿본 것이 아닐까라는 생각을 감히 해본다.

'가나코야(金子屋)'라는 민박집이 가장 먼저 나타났다. 프론트로 들어가 벨을 눌렀다. 아무도 나오지 않는다. 시계를 보니 오전 11시다. 너무 일찍 왔음을 직감적으로 깨달았다. 지금은 오헨로들도 한창 걷고 있을 시간이다. 어떡해야 하나 잠시 고민하다 다시 나와서 주차장 옆의 빈 벤치에 가방을 내려놓은 순간 문이 열리는

소리가 났다. 사십 대 중반 정도로 보이지만, 얘기할 때 얼핏 보이는 왼쪽 윗 어금니의 빈자리 때문에 오십 대 같은 사내가 나왔다.

"무슨 일이시죠?"

"아, 안녕하세요. 아루키헨로인데 발 상태가 좋지 않아서 오늘은 더 이상 걷기가 힘드네요. 오늘 묵어갈 수 있을까요?"

"네, 방은 있는데 아직 체크인 준비가 안되어서요."

"괜찮습니다. 여기서 쉬면서 기다릴 수 있습니다."

"그럼 미안하지만 오후 2시에 다시 프런트로 와 주세요."

체크인 시간까지는 세 시간 정도 남아 있었다. 가나코야의 주차장으로 쓰이는 필로티 구조의 공간 한 쪽에는 숙박자들을 위한 세탁기와 건조기가 놓여 있었다. 세탁기 옆의 빨간 코카콜라 벤치가 무채색 공간의 색감을 반전시키고 있다. 30분 정도 앉아서 쉬었더니 배가 고프다. 점심거리도 찾아보고 주변 탐색도 할 겸 동네 구경을 하기로 했다. 작은 개울이 흐르는 산골마을은 조용하고 깨끗했다. 봄의 절정과 다가올 여름을 준비하듯 강렬한 색깔의 꽃과 짙푸른 잎의 나무, 들풀이 풍성한 마을이었다. 식당도 몇 군데 있었는데 영업을 하고 있지는 않았다. 앵두를 주었던 아이들이 생각나 그들과 만났던 쪽으로 가보니 아이들은 없었고 민가의 담벼락에 앵두나무가 몇 그루 눈에 띄었다. 아마도 아이들은 여기서 앵두를 딴 것이겠지. 슬그머니 미소가 번지는 것이 싫지 않았다. 가쿠린지로 올라가는 등산로 입구를 알리는 이정표를 확인하고 좀 떨어진 곳에 보이는 편의점에 들러 먹거리를 사서 다시 빨간 코카콜라 벤치로 돌아왔다.

짧은 산책을 마치고 빵과 음료로 허기를 채우고 앉아 있는데 오후 2시까지 기다리라고 했던 주인 남자가 다시 나타났다. 시간은 오후 1시 40분 이었다.

"조금 이르지만 지금 들어오시겠어요?"

"네, 물론이죠. 감사합니다."

민박집 내부는 생각보다 넓었다. 1층에는 휴게실과 식당이 있고 2층과 3층이 객실이다. 내부시설은 좀 낡았지만 허술하게 관리되는 느낌은 아니었다. 방은 다다미 바닥에 목재로 된 일본 전통식 구조이다. 외관은 시멘트 건물이었는데 내부는 일본식인 것을 보니 메이지 시대 이후에 유행했다는 여관 양식을 그대로 차용한 듯하다. 비 오는 날 제대로 말리지 못한 옷가지를 방 벽면의 부착식 옷걸이에 걸어두고 불면의 밤으로 인한 피로를 회복하기 위해 그대로 잠이 들었다. 일어나니 저녁 6시가 다 되어 있었다. 1층으로 내려가 목욕을 부탁했다. 욕탕에 물을 받고 있으니 조금만 기다리라고 하기에 1층 휴게실 소파에 몸을 파묻었다. 체크인 할 때는 너무나 피곤해서 지나쳤는데 이 민박집 분위기는 일본 추리드라마에 자주 등장하는 전형적인 '사건 현장' 같은 모습이었다. 적당히 낡은 건물과 삐그덕거리는 마룻바닥, 맑은 날에도 햇빛이 잘 들지 않는 내부 구조의 미묘한 조화가 맑은 날에도 엷은 안개를 공기중에 드리우는 듯하다.

일하는 사람은 두 명인데 처음에 나를 맞이한 중년의 남자와 30대 중후반 쯤으로 보이는 또 다른 남자 한 명이 전부다. 얘기하는 것을 들어보니 형제지간으로 보인다. 뭐랄까 두 명 모두 민박집 주인장이라기엔 좀 거친 느낌이다. 짙은 구릿빛 피부나 낡은 티셔츠에 통 넓은 면바지를 차려 입은 모양세가 육체 노동자에 가까워 보인다. 잠이 덜 깬 탓인지 푹신한 소파 탓인지 멋대로 상상의 나래가 펼쳐지기 시작했다.

아마도 이 민박은 그들의 부모님이 경영하던 것을 물려 받은 것이리라. 쇼와시대(1926년~1989년, 전후 일본의 고도성장기와 버블경제기를 포함하고 있어서 노인들에게 추억의 시대로 회자된다.)를 지나 헤이세이시대(1989년~2019년)가 시작되면서 늙은 부모님은 몇 년 사이에 돌아가시고 장남이 이어 받아 운영하게 되었다. 그러던 중 일본 버블경제의 붕괴와 함께 손님이 줄어들게 되었고 경제적으로 어려워지면서 아내와의 불화가 생겼을 것이다. 결국 아내와는 이혼을 하게 되고 혈혈단신으로 고군분투 하던 중에 모종의 범죄로 교도소에 복역중이던 동생이 출소를 하면서 개과천선 하여 형님과 함께 민박집을 이어가고 있다...

"목욕 준비 됐습니다. 저 쪽이에요."

레드썬! 하릴없는 망상은 목욕 거품과 함께 사라졌다. 아무려면 어떠랴. 저들은 민박집 주인장으로서 내게 정중하고 친절하게 대해주고 있다. 그것으로 족하다고 생각했다. 목욕탕에 물때가 남아 있는 것은 조금 유감이었지만..

목욕을 마치고 나오니 주인장은 내일 아침 식사 시간에 대해 설명을 해주었고 주먹밥이 필요한지 물었다. 나는 2개를 부탁했다. 뜨거운 발을 진정시키기 위해 얼음을 부탁해 한 봉지를 받아 들고 방으로 돌아오니 시간은 이미 저녁을 넘어 밤으로 향하고 있었다. 물집은 발가락을 넘어 발바닥으로 세력을 확장한 상태였다. 가능한 범위에서 처치를 하고 얼음을 대고 있으니 조금 나아진 기분이다. TV에서 일기예보를 확인하고 다시 자리를 펴고 누웠다. 남아 있던 피로가 다시 엄습해 왔다.

Day 7. 소비내역

물 100엔

아이스커피 120엔

점심(편의점) 329엔

커피, 비상식량 311엔

소계 : 860엔

누계 : 21,545엔

Day 8. 5월 6일. 흐림
쉬어가야 할 때와 집중해야 할 때

힘들 때 무리하지 않고 일찍 포기한 것은 탁월한 선택이었다. 어젯밤 마지막 기억은 오후 10시 경에 끊겼는데 일어나보니 아침 6시였다. 식당으로 내려가 아침 식사를 하고 부탁해 두었던 주먹밥 2개를 받았다. 요리는 모두 젊은 주인장의 솜씨였는데 정갈하고 담백한 맛이었다. 짐을 챙기고 내려와 체크아웃을 하고 길을  나섰다. 불 같은 열기를 내뿜던 발바닥은 많이 진정되어 걸을만 했다. 이정표를 따라가니 곧 가쿠린지에 올라가는 등산로 입구가 나타났다. 여기서 가쿠린지까지는 3km 정도 떨어져 있다. 산길이지만 쇼산지에 비하면 험한 길은 아니었다. 1시간 30분 정도 걸으니 가쿠린지 입구가 보였다. 참배를 마친 후, 헨로 몇 명이 경을 외우는 소리를 들으며 경내의 벤치에 앉아 다음 사찰의 위치를 확인했다. 21번 절 타이류지(태룡사, 太龍寺)까지는 6.7km. 동남쪽으로 산을 내려가 개천을 건너 다시 산길을 올라가는 코스다. 조금 쉬다가 9시 정각에 출발했다.

　타이류지로 향하는 길은 온순했다. 전반적으로 경사가 완만했고 지루하지 않은 길이었다. 경사가 급한 구간은 계단으로 되어 험한 길은 없었다. 산길이지만 이정표도 잘 되어 있는 편이었다.

　산을 거의 다 내려오니 도로와 만난다. 도롯가에 헨로들을 위한 널찍한 휴게소가 마련되어 있어 쉬고 있자니 배가 고팠다. 오전 10시가 갓 넘은 시간, 점심으로는 조금 이르지만 주먹밥을 꺼내 들었다. 식초와 소금으로 조미한 밥에 고명으로는 날치알과 소고기를 더했는데 좋은 궁합이다. 주먹밥을 건네주던 민박집 주인장의 투박하고 두꺼운 손등이 유난히 기억에 남는다. 투박한 손으로 만든 주먹밥이지만 정교한 맛이었다. 밥이 맛있는 것을 보니 몸이 회복하고 있는 것 같아서 안심이 되었다. 끈질기게 주변을 배회하던 '포기'라는 단어가 더는 말을 걸어오지 않았다.

　산줄기가 이어진 탓인지 타이류지로 오르는 길도 가쿠린지 산길과 비슷한 느낌이었다. 해발 520미터의 높이지만 작은 개천과 나란히 걷다가 부드럽게 이어지는 등산로는 사납지 않았다. 등산로에 진입해 조금 경사가 있는 길을 걷고 있는데 윗쪽에서 오헨로상 한 명이 내려오고 있었다. 40대 중반 정도 되어 보이는 남자였다. 길이 넓지 않아 내려가는 그에게 길을 터주며 인사를 건넸다.

　"안녕하세요. 오늘은 어제보다 덜 덥네요."

　"네, 그렇네요. 조심히 가세요."

　스치며 인사를 교환하고 몇 걸음 떼었는데 그가 무언가 생각난 듯 몸을 돌렸다.

　"이거 받아요. 오셋타이예요."

　"네?"

　"나중에 음료라도 하나 드세요.. 그럼."

헨로가 헨로에게 오셋타이를 한다는 얘기는 들어본 적이 없어서 당황했다. 그가 건넨 것은 오백엔 동전이었다. 오사메후다라도 건넸어야 하는데 아직 오셋타이에 익숙치 않아서인지 항상 타이밍을 놓치게 된다.

　타이류지의 규모는 작지 않았다. 좌우 창(窓)의 종(鍾) 모양이 인상적인 삼문을 들어서면, 쇼산지 정도는 아니지만 간단히 둘러보는데도 시간이 좀 걸린다. 사이 좋게 경을 외우고 있는 노부부 헨로가 너른 경내에 온기를 확산하고 있었다. 방해되지 않게 조용히 참배를 드렸다.

타이류지에서 22번 절 뵤도지(평등사, 平等寺)까지는 12km 정도의 거리다. 뵤도지는 평지에 세워진 절이기 때문에 지금부터는 대체적으로 내리막길이 될 터였다. 빽빽한 나무들이 대낮에도 햇빛의 통과를 쉽게 허용하지 않는 어두운 길을 지나 조금씩 아래쪽으로 내려간다. 산을 벗어나면 작고 귀여운 마을을 지나게 되는데 사거리에서 주유소 앞의 신호를 건너면 마을처럼 아기자기한 휴게소가 기다리고 있다. 주변의 소학교(초등학교) 아이들이 헨로들을 위해 마련해 두었다는 나무 지팡이가 원통형 보관함에 한 아름 들어 있었다. '자유롭게 사용해 주세요.'라고 한글로도 써 놓아서 고마웠다. 방명록을 간단하게 적고 일어서니 물기를 머금은 꽃들이 싱그럽다. 내딛는 발걸음에 놀랐는지 풀섶에서 무언가 움직이는 것 같아 살펴보니 민물게 한 마리가 놀란 듯 얼어붙어 있는 모습이 귀여웠다. 하늘에는 사냥감을 찾는 듯 선회하는 매 한 마리가 커다란 동그라미를 그리고 있었다. 교과서에 실릴 법한 한적한 전원의 풍경에 완벽하게 일치하는 마을 모습이었다. 너무나 완벽해서 오히려 현실감이 없다고 할 정도였다.
　뵤도지를 2km 정도 남겨두고 성냥쌓기 놀이를 한 것처럼 목재를 쌓아 만든 휴게소에 도착했다. 시간을 확인하니 오후 4시. 고민이 시작되었다. 뵤도지까지 갈 수는 있겠지만 잠 잘 곳을 찾기는 만만치 않을 것 같았다. 어제 민박을 했기에 오늘까지 숙박비를 지출하기는 부담이 되기도 한다. 발 상태도 아직은 충분히 휴식을 취하는 것이 나을 것 같았다. 오늘은 여기서 노숙을 하자. 휴게소 옆에 담 하

나를 사이에 두고 을씨년스러운 분위기의 사당이 있어서 좀 무섭기는 하지만 최선의 선택이라고 생각했다.
　다른 헨로가 올지도 모른다는 생각이 들어 오후 5시까지 기다렸다가 침낭을 펼치고 자리를 잡았다. 산으로 둘러싸인 분지 지형인 탓에 오후 6시가 되니 벌써 사방이 캄캄했다. 기나긴 밤을 어떻게 보내야 할 지도 캄캄했다. 침낭 속에 들어가 저녁으로 땅콩을 씹어먹고 있는데 침낭이 빠르게 축축해지는 느낌이다. 엇갈려 쌓아 올린 벽면의 구조 때문에 구멍을 통해 습기가 사방에서 침투하기 때문이다. 인간의 체온 대 대기와 대지의 습기. 하룻밤 동안의 처절한 승부가 이제 막 시작되었다.

Day 8. 소비내역

민박 가나코야 숙박비, 입욕료, 주먹밥 6,696엔

캔커피 130엔

헨로의 오셋타이(타이류지 가는 산길에서) -500엔

소계 : 6,326엔

누계 : 27,871엔

Day 9. 5월 7일. 맑음
꼭 결원해서 좋은 사람이 되어주세요

　대지와 대기의 습기는 강력했다. 겨우 잠이 들었지만 축축한 기운을 견디지 못하고 눈을 떠보니 침낭 바깥 먼이 습기를 가득 머금고 있었다. 그래도 하룻밤 신세를 졌으니 깨끗이 정리하고 길을 나선다. 오전 5시 30분이 조금 넘은 시간이었다.

　뵤도지는 논밭과 민가가 어우러진 농촌마을을 내려다보는 야트막한 사면에서 마을을 내려다보고 있다. 물을 댄 논을 담장 아래 두고 오색비단을 늘어뜨린 삼문이 눈에 들어왔다. 오전 6시가 조금 지난 시간에 도착했다. 습기가 스민 몸이 한기에 떨린다. 참배를 마치고 절 앞의 자판기에서 따뜻한 캔커피를 한 잔 마시고 있으니 한기가 조금 물러가는 기분이다. 지도책을 확인해 보니 23번 절 야쿠오지(약왕사, 薬王寺)는 20km 정도 떨어져 있다. 거리는 좀 있지만 터널도 지나고 해안가를 따라 걷는 길도 있으므로 재미있는 길이 아닐까 기대를 품었다.

72

뵤도지를 나서면 25번 도로를 따라간다. 하루에도 수십 번 지도책을 펼치다 보니 도로번호를 참고로 길을 찾으면 복잡한 길을 헷갈리지 않을 수 있음을 자연스레 깨닫게 되었다. 길에서 온몸으로 부딪치며 아기헨로가 조금씩 청년헨로로 성장하고 있었다.

터널의 왕복 2차선 좁은 도로 한 켠에 보도가 설치되어 있었다. 터널을 벗어나 산 중턱을 돌아가는 차도와 나란히 헨로길이 이어졌다. 자동차와 사람을 위한 자그만 휴게소들이 적재적소에 자리잡고 있어서 여행자의 발걸음은 어렵지 않았다.

어느새 산세는 다시 내리막으로 이어졌고 산을 감고 돌아 나오는 곳에 자리잡은 휴게소는 덤으로 멋진 풍경화를 그려내고 있었다. 불어오는 바람 속에서 비릿한 냄새가 난다. 바닷가가 가까웠음을 알 수 있었다. 평생 바닷가에 살아본 적이 없지만 본능적으로 알 수 있었다. 선사시대부터 각인된 유전자 때문에 사람들이 단 맛을 본능적으로 좋아하는 것처럼 공간의 변화를 감지하는 능력 또한 유전자 어딘가에 각인되어 이어지고 있는 것일까.
예상대로 30분을 채 가지 않아 한적한 모래해변이 펼쳐졌다. 모래해변 한 쪽에는 샤워장이 있는데 누구나 이용할 수 있는 시설이다. 다른 해수욕객이 있었다면 그냥 지나쳤겠지만 아무도 없었다. 어젯밤 노숙 후에 씻지 못했던 나는 이곳에서 샤워를 했다. 따뜻한 물은 아니지만 간단하게 씻는 정도는 충분했다.

　　모래해변을 지나 조금 더 가면 바닷가 어촌마을이 나온다. 작은 고기잡이 배
정도만 드나들 수 있는 규모의 접안시설이지만 진하게 풍기는 생선비린내가 코
를 찌른다. 쇠락한 마을이지만 인간의 흔적은 쉽게 지워지지 않는가 보다. 마을
길에 인기척은 없었지만 길모퉁이에 작은 슈퍼마켓이 영업중이었다. 점심거리

도 살 겸 들어서니 동네 아주머니 몇 분이 수다를 떨고 있
었다. 과자와 빵을 사고 나와서 조금 더 가는데 길가의 오
래된 집에서 목재로 된 여닫이 문을 열고 할머니 한 분이
나오시다가 나와 마주쳤다. 허리가 90도 가깝게 굽었고
몸집이 작은 백발의 할머니였다. 할머니는 내게 잠시 기
다리라고 하고는 힘겹게 다시 집으로 들어갔다. 잠시 후
에 그녀는 땅콩초콜릿 한 봉지를 들고 나왔다.
　　"오헨로상, 별 것은 아니지만 이거 출출할 때 들어요."
　　"아,, 감사합니다. 잘 먹겠습니다."
　　할머니가 수줍게 건넨 초콜릿을 받아 들었다. 마을길이
끝나고 해변가에 기댄 작은 산길이 이어진다. 산길 입구
에 앉아 간단히 요기를 하고 발걸음을 옮겼다. 아스팔트
가 아닌 흙 길은 내 몸무게를 받아 살짝 들어갔다가 다시
살짝 튕겨낸다. 아스팔트 길과 다른 촉감이 새삼스럽다.
그리고 보니 오늘은 아침부터 아스팔트 길만 걸어 왔다.

오솔길 보다는 조금 넓은, 두 사람이 나란히 걸어갈 만한 너비의 산길이 즐거웠다. 하지만 오르막으로 접어드는 곳에서 나는 본능적으로 위험을 감지하고 멈춰섰다. 삼십 미터 정도 전방에 앉아 있던 무언가와 눈이 마주쳤기 때문이다. 조심스럽게 살펴보니 야생원숭이였다. 산길에서 원숭이와 마주치는 상황은 상상조차 하지 않았기 때문에 잠시 동안 몸이 굳어버렸다. 어떻게 반응해야 할지 도무지 알 수 없었다. 원숭이는 인간과 마주친 경험이 많은 듯 무심하게 내게서 눈길을 거두어 길 아래쪽을 지그시 바라보고 있었다. 길을 내주지는 않았다. 야생 원숭이는 생각보다 덩치가 컸다. 덤벼들면 어떡해야 하나 걱정이 되었다. 타잔이 사자와 싸우는 것처럼 원숭이와 뒹굴어야 하나. 얼마 동안 앞으로 나아가지 못하고 서 있으니 원숭이가 슬그머니 길 아래쪽으로 내려갔다. 원숭이는 사라졌지만 곧이어 괴성에 가까운 소리가 들려오기 시작했다. 처음 듣는 야생원숭이 소리는 공포로 다가왔다. 빨리 통과하기로 마음을 먹고 뛰듯이 빠르게 걷기 시작했다. 나의 발걸음에 반응한 듯 원숭이가 사라졌던 길 아래쪽은 더욱 소란스러워졌다. 한 마리가 아니라 복수의 원숭이 무리가 나의 발걸음과 나란히 길 아래쪽에서 좇아오며 소리를 지르고 있었다. 아마도 그들은 내가 그들의 영역을 침범한 것으로 생각한 것 같다. 다리가 후들거리며 소름이 돋았다. 딸랑거리는 즈에의 방울소리가 나를 지켜줄 수 있을까.

다행히 산길은 길지 않았다. 자동차도로로 나오자 원숭이는 더 좇아오지 않았다. 긴장이 풀리며 온 몸이 부들부들 떨렸다. 등골을 따라 식은땀이 폭발했다. 잠시 숨을 고르고 천천히 다시 걷기 시작했다. 제멋대로 떨리던 몸은 차츰 평온해졌고 청년헨로는 산길에서 원숭이를 만날 수 있다는 새로운 경험치를 쌓았다.

자동차도로는 완만한 내리막을 구불거리며 이어졌다. 오른쪽으로는 산을 등지고 왼쪽으로 바다를 접하고 있는 전망 좋은 위치에 <하얀 등대>라는 적당한 이름의 호텔이 나타났다. 무심하게 지나치려는데 호텔 앞에 온천간판이 눈에 들어온다. 온천마크에 반응한 듯 뼛속까지 스며든 간밤의 습한 기운과 원숭이와 추격전 후의 피곤함이 한꺼번에 밀려왔다. 로비로 들어가 숙박객이 아니어도 온천을 할 수 있는지 묻자 가능하다는 답이 돌아왔다. 티켓 자판기에서 540엔에 입장권을 사서 들어갔는데 바닷가를 조망하며 즐길 수 있는 노천온천탕이 반겨준다. 그저 따뜻한 물로 샤워만 해도 감지덕지라고 생각했는데 너무나 호사스러운 온천을 즐겼다. 호텔 부속이라 시설도 좋고 관리도 잘 되고 있는 곳이었다. 따뜻한 탕에 앉아 조금 전 원숭이와의 조우를 생각하니 허탈하기도 하고 우스꽝스럽기도 해서 헛웃음이 멈추지 않아 한동안 실성한 듯 키득거렸다.

호사스러운 온천을 마치고 가뿐해진 몸과 마음으로 배낭을 둘러맸다. 조금 내려오니 왼쪽의 바다가 조금씩 멀어지고 육지가 넓어지기 시작했다. 그곳에는 작은 마을이 들어서 있었다. 야쿠오지가 곧 나타날 것을 기대하며 걷고 있는데 단층의 회색빛 건물 앞에서 한 아주머니가 말을 걸어왔다.

　"오헨로상, 여기 휴게소에서 쉬어가세요. 차 한 잔 하세요."
　선한 인상의 아주머니에게 이끌려 들어간 휴게소는 헨로들을 위해 마을에서 운영하는 곳이었다. 중년의 아주머니 두 분이 커피와 간식을 내주며 자리를 권한다.
　"오헨로상, 물통이 있으면 물도 보충해 줄게요."
　"아 감사합니다. 죄송하지만 여기에 부탁드릴게요."
　어머니 같은 아주머니들과 즐거운 오후의 티타임을 즐겼다. 한국에서 온 오헨로에게 두 분은 각별히 신경을 써주었다. 산에서 만난 원숭이 얘기를 하니 그 산은 원숭이가 많다고 했다. 똑똑한 녀석들이어서 남자에게는 덤비지 않고 여자가 혼자 지나면 가끔 공격해서 먹을 것을 빼앗는단다. 아주머니 중에 한 분이 멀끔한 내 모습을 보고 혹시 〈하얀 등대〉에서 온천을 했냐고 묻기에 그렇다고 했더니 그곳의 온천물이 좋아 동네 주민들도 자주 이용하는 곳이라는 얘기를 해주었다. 화려하진 않지만 내 집 같은 분위기의 다정한 휴게소 분위기 때문에 꽤 오랜 시간을 앉아 있다가 떠날 채비를 했다. 친절하게 문 앞까지 배웅을 해주시는 아주머니들에게,
　"아주머니들을 기억하고 싶은데 사진 한 장 찍어도 될까요?"
　라고 물으니,
　"물론이죠. 이왕이면 예쁘게 찍어줘요 호호."
　라며 온화한 미소와 함께 포즈를 취해주었다.
　휴게소에서 나와 10분 정도 더 가면 길게 뻗은 차도의 끝에 야쿠오지가 보이기 시작한다. 길의 양 옆으로 늘어선 상점가는 문을 닫은 곳이 많아, 인구가 줄어들

고 있는 농촌마을의 현실이 적나라하게 시각화되어 다가온다. 야쿠오지 앞은 교차로인데 이 절이 지역의 중심지임을 알려주는 위치였다. 절 앞 공중전화 부스 주변에 단체헨로 몇 사람이 삼삼오오 모여 애기를 나누고 있는데 꽤나 즐거워 보였다.

뵤도지처럼 산을 등지고 있는 야쿠오지는 돌계단에 1엔 동전이 많이 놓여 있었다. 경내에는 에마(絵馬, 기원을 적어 걸어두는 나무판)도 많이 걸려있었고 한 켠에 커다란 금붕어들이 노니는 연못이 특색이었다. 돌계단을 오르내리며 참배를 마친 후에 산을 등지고 섰다. 세월이 쌓인 사찰 지붕의 시점이 되어보니, 이 절이 오랜 시간 마을을 지키고 있음을 느낄 수 있었다. 마을 저 편으로는 바다가 살짝 드러나 있어 이 곳이 바닷가 마을임을 강조하는 풍경이다. 사나운 태풍이 덮칠 때 마을 사람들이 이 곳에서 무사안녕을 기원했음을 어렵지 않게 짐작할 수 있었다.

시간을 확인하며 지도책을 펼쳤다. 시곗바늘은 오후 4시를 막 지나고 있다. 24번 절 호츠미사키지(최어기사, 最御崎寺)는 무려 75.8km나 떨어져 있기 때문에 내일까지도 닿을 수 없는 거리다. 한 두 시간쯤 더 걸을 수 있는 시간이라 지도를 살펴보니 적당한 거리에 휴게소 표시가 되어 있다. 반드시 그런 것은 아니지만 경험상 지도책에 표시된 휴게소는 규모가 작지 않았기에 오늘 밤을 보낼 수 있을 것이라는 생각이 들었다. 55번 도로를 따라가는 길이니 헤맬 염려도 없을 것이다.

야쿠오지를 나선 후 마을을 벗어나자마자 미치노에키(道の駅, 도로변의 자동차휴게소)가 있었다. 지역 특산물을 판매하는 물산관이 함께 운영되고 있는데

간식을 파는 노점과 식당 몇 곳이 있어서 왁자지껄한 분위기였다. 그늘을 드리운 벤치에 아루키헨로 몇 명이 땀을 식히고 있었다. 쾌활한 성격의 남자가 먼저 인사를 한다.

"안녕하세요! 오늘 덥네요."

"네, 후텁지근 하네요."

"갸쿠우치?"

"아뇨, 준우치예요."

"그래요? 나도 준우친데 힘내자구요."

"네, 고마워요. 힘내세요."

남자와 인사를 마치고 작은 식당으로 들어갔다. 이곳을 지나면 식사를 할 만한 곳이 없을 것 같아서 미리 먹어두는게 나을 것이라 생각했다. 두 세 평 정도의 공간을 지키고 있던 포근한 인상의 여주인이 살갑게 맞아주었다. 지역 특산 닭고기와 오징어를 얹은 덮밥을 주문했다. 이 메뉴만 따로 코팅을 해서 붙여둔 것을 보니 제일 맛있을 거라는 생각이 들었다. 살짝 달콤한 소스와 질기지 않고 신선한 닭고기와 오징어가 꽤 맛있는 덮밥이었다. 계산을 하고 일어서려는데 주인장이 수줍게 말을 꺼냈다.

"오헨로상, 커피 한 잔 드릴까요? 오셋타이 할게요."

시간은 조금 촉박하지만 카페인 중독자에게 커피는 언제나 환영이다. 하지만 장삿집에서 공짜로 먹기는 면구스러웠다.

"네, 한 잔 주세요. 판매하시는 메뉴니까 돈은 내고 마실게요."

"아니예요. 오헨로상들은 우리를 대신해서 걸어주는 분들이니 당연히 오셋타이를 해야죠."

아주머니는 연세가 조금 있는 분들은 아루키헨로들이 직접 헨로길을 걷지 못하는 자신들을 대신해서 걸어주는 사람이라고 생각한다는 얘기를 해주었다. 그래서 많은 어르신들이 작은 것이라도 오셋타이를 하려는 것이라고 했다. 아주머니는 드리퍼를 꺼내 종이필터를 끼우고 커피를 내렸다. 일반적인 칼리타 드립이 아닌 하리오 드리퍼였다. 그녀가 내려준 커피는 이번 오헨로길에서 마신 커피 중에 단연코 가장 맛이 좋았다. 흔한 프랜차이즈 카페의 맛을 뛰어넘은 것은 물론이고 대도시에서도 내공 있는 카페에서나 맛볼 수 있을 정도로 향기롭고 밸런스가 좋은 커피였다. 속세를 떠나 낙향한 은둔고수의 내공이라고 표현하면 맞을 것이다. 맛있는 커피는 누구나 알아보는 것인지 내가 앉아 있는 동안에 단골인 듯한 아저씨 두 명이 커피를 테이크아웃 했다.

"커피가 너무 맛있네요. 어떤 원두를 쓰시나요?"

"오늘 커피는 케냐예요. 괜찮나요?"

"네, 커피 좋아하는데 너무 맛있네요."

아주머니는 다행이라며 아이처럼 기뻐했다. 어쩐지 그녀의 미소는 알 수 없는 사연을 품고 있는 것처럼 느껴졌다. 주인장과 식당의 미묘한 이질감은 그 알 수 없는 사연 때문이 아닐까 싶었지만 물어볼 수는 없었다. 황홀한 커피를 마시고 일어서는 참에 간식으로 바나나 두 개를 더 주시는 아주머니. 미안한 마음에 인사를 드렸더니 아주머니는 이렇게 말해 주었다.

"꼭 결원해서 좋은 사람이 되어주세요."

식당을 나서며 마음속으로 이렇게 대답했다. '아주머니 감사합니다. 결원할게요. 그런데 좋은 사람이 될 수 있을지는 모르겠어요. 그래도 노력할게요.'

생각보다 긴 시간 머문 미치노에키를 떠나 처음 나타난 이정표는 불과 10분 전에 했던 다짐을 거칠게 흔들었다. '24번 절 호츠미사키지 76km' 거리를 재는 방식의 차이겠지만 지도책에는 분명 야쿠오지부터 호츠미사키지까지의 총 거리가 75.8km인데 거리가 늘어나 있었다.

생각해보니 길은 거기에 그대로 있는 것이다. 당연하게도 흔들리는 것은 마음이었다. 그렇게 생각하니 숫자에서 조금 자유로워지는 기분이었다. 숫자에 의해 규정되는 삶도 어쩌면 허상일지도 모르겠다는 것에 생각이 미쳤다. 길을 걷는 청년헨로가 조금 더 어른이 되는 순간이었다.

터널을 하나 더 지나고 지도책에 표시된 지점에 휴게소가 있었다. 이미 저녁을 지나 밤으로 향하는 시각, 다른 헨로가 오지는 않을 시간이다. 땀에 젖은 옷을 널었다. 검정색 면 티셔츠의 등 부분에 자줏빛이 돌고 있었다. 땀과 반응한 섬유가 변성하기 시작하는 것이다. 잘 걷고 있다는 훈장을 받은 것 같아서 웬지 모르게 뿌듯하다. 첫 날 보다는 수월하게 텐트를 치고 미치노에키 식당의 아주머니가 챙겨준 바나나를 저녁으로 먹고 나니 사방에 어둠이 밀려오기 시작한다. 오늘도 좋은 사람들을 만날 수 있어서 특별한 하루가 되었다.

Day 10. 5월 8일. 맑은 뒤 비
여기서부터 고치현입니다

아침 6시에 눈을 떴다. 늦게 자고 늦게 일어나던 도시인의 생활리듬이 어느새 일찍 자고 일찍 일어나는 헨로의 그것으로 바뀌어 있다. 짐정리와 청소를 하고 아침 6시 40분에 출발할 수 있었다. 하얗고 얇은 구름이 걸린 하늘은 햇빛이 적당하고 온순하게 내리쬐는 걷기에 좋은 날씨다. 자판기가 몇 대 늘어선 휴게소에서 첫 휴식을 취했다. 너울대는 파도처럼 발 상태가 다시 나빠졌다. 통증은 여전하지만 동시에 피부 밑에서부터 올라오는 굳은살이 간지럼을 태우는 것도 느껴지기 시작한다. 최소한 발 때문에 걷기를 포기하지는 않을 것 같다는 확신이 생겼다.

어제 식당의 아주머니가 챙겨주었던 바나나 중 남은 하나를 간식으로 먹고 있는데 자판기 중 한 대 앞에 뭔가 반짝이는 게 보였다. 다가가보니 백 엔 동전 하나가 떨어져 있었다. 자판기가 오셋타이를 한 것인가? 누군가 떨어뜨린 것일 테지만 찾아줄 수가 없으니 그렇게 생각해 보기로 했다. 감사합니다, 자판기님.

55번 도로는 24번 절 호츠미사키지까지 이어진다. 길을 잃을 염려가 없어서 좋지만 산길에 비해서 단조롭고 딱딱해서 발이 좀 더 아프다. 그저께 묵었던 것과 같은 성냥쌓기 모양의 휴게소를 지나 터널 진입로에서 50km대를 표시한 이정표를 만났다. 마음을 흔들었던 커다란 숫자도 묵묵히 내딛는 한 걸음 한 걸음에 조금씩 길을 내어줄 수 밖에 없는 것이 세상의 이치와 닿아 있는 것 같았다. 단조로운 길을 혼자 걸으니 개똥철학이 개똥개똥 솟아 나온다. 아무래도 밥 먹을 시간인가 보다.

터널을 지나 잠시 바닷길을 만난 뒤 또다시 터널이 나왔다. 밥집을 찾기는 어려울 것으로 생각하고 편의점을 찾고 있었는데 터널 입구에 커피와 카레를 파는 카페의 입간판이 있었다. 600미터 앞이다. 빵으로 끼니를 때워야 하나 걱정하던 차에 반가운 정보였다. 어쩌면 아루키헨로들이 이쯤이면 배가 고플 것이라는 치밀한 분석에 의해 세워진 입간판일지도 모른다는 생각이 들었다. 설사 그렇다고 해도 탁월한 입지 선정이라는 것을 인정하지 않을 수 없었다.

카페는 터널을 지나서 작은 마을의 끄트머리에 있었다. 가게입구에서 생화를 꽂아둔 항아리 모양의 화병이 먼저 손님을 맞이한다. 문을 열고 들어서니 동네 아저씨 아주머니 몇 분이 가라오케 반주에 맞춰 노래를 하고 있었다. 노래는 구슬픈 엔카인데 추억을 회상하는 듯 미소를 머금은 관객들의 표정이 실내의 분위기를 띄우고 있었다. 그런데 여기서 밥을 파는게 맞나? 손님들만 있고 카운터에는 아무도 없어서 뻘쭘하게 서 있었더니 노래를 감상하던 관객 중 한 아주머니가 말을 걸어왔다.

"오헨로상, 식사하시려구?"

"네, 그런데 주인이 안계시나봐요?"

"아니, 주방에 있어. 잠깐만."

아주머니가 부르는 소리에 총총거리며 작은 체구의 깡마른 여주인이 주방에서 나왔다. 메뉴를 보고 볶음밥을 주문했다. 노래하는 손님들 사이에서 혼자 밥을 먹기는 좀 애매한 상황인 것 같아서 카페 앞의 평상에서 먹어도 되는지 물으니 괜찮다는 답이 돌아왔다.

"호호, 노래 때문에 시끄러워서 미안해요."

"괜찮습니다. 날씨도 좋은데 밖에서 먹는게 더 좋을 것 같아요."

센스 있는 주인장은 얼음물을 먼저 내주었다. 평상에 앉아 시원한 물을 마시며 카페에서 흘러나오는 노랫소리를 듣는 것이 싫지 않았다. 먼저 살아본 사람들의 노래는 낭랑하지는 않아도 삶의 애환과 포근함을 담고 있구나.

따뜻한 밥을 먹으니 빵을 먹을 때와는 다르게 든든하다. 노래를 더 듣고 싶었지만 마냥 앉아 있을 수는 없으니 다시 길을 나선다. 주인아주머니는 물통에 물을 채워주며 오로나민-씨 한 병을 내밀었다.

"이거 오헨로상이 오면 한 병씩 주라고 손님이 우리 가게에 맡겨둔 거예요."

정겨운 동네 사랑방 같은 작은 카페는 스쳐가는 헨로에게도 인심을 나누어 주고 있었다. 감사히 받아 들고 앞으로 나아간다.

다시 55번 도로를 따라 두어 시간 걸었더니 작은 기차역이 딸린 제법 큰 마을이 나왔다. 교차로마다 신호등이 있으니 제법 큰 동네이다. 후식으로 편의점에서 커피를 한 잔 마시고 나오는데 자전거를 타고 지나던 할아버지 한 분이 내 앞에 멈춘다.

"오헨로상, 수고가 많아. 이 빵 드시게. 동네 빵가게에서 파는 식빵인데 아주 맛있어."

"아, 감사합니다."

할아버지는 빵만 먹으면 목이 막힌다며 편의점에 들어가시더니 포카리스웨트 한 병을 사주셨다. 대화를 나눠보니 동네를 지나는 헨로들을 만날 때마다 오셋타이를 하신다고 했다. 한국 헨로들에게도 몇 번 오셋타이를 했다며 반가워했다. 할아버지와 인사를 하고 벤치가 있는 버스정류장에서 빵을 먹었다. 빵은 정말 맛있었다. 군데군데 팥이 박힌 식빵이었는데 부드러운 빵 사이에서 팥의 존재감이 발군이었다.

맛있는 식빵을 먹고 기분이 좋아져서 힘들지 않게 걸을 수 있었다. JR 철도를 따라 나란히 달리는 도로에는 마을도 딸려온다. 민박들이 여기저기서 헨로들에게 쉬어가라며 간판을 걸어놓았다. 하지만 5일에 한 번 정도만 숙박업소를 이용하기로 한 가난한 헨로에게는 사치였다. 민박의 유혹을 뿌리치고 걷는데 다음 타자로 온천이 나왔다. '발 상태도 확인할 겸 온천 정도는 괜찮겠지?'라며 빛의 속도로 자기합리화를 하고는 온천을 즐겼다.

온천을 마치고 나오니 날이 서워어 가는 느낌이 들어 시간을 확인했다. 오후 5시 30분을 막 넘었다. 슬슬 잠자리를 찾아야 할 시간이다. 지도책을 펴니 다음 마을에 헨로휴게소 마크가 보인다. 오늘은 여기서 자야겠다는 마음으로 발걸음을 재촉하려는데 길가에 우유판매점이 보였다. 판매점이라기 보다는 우유대리점 이라는 표현이 더 맞을 것 같은 곳인데 소매도 하는 모양이다. 가게 안의 냉장고에 진열된 병우유가 맛있어 보여서 들어갔는데 사람이 아무도 없었다. 냉장고 안에 돈을 넣는 플라스틱 용기가 놓여 있는 것을 발견했다. 양심적으로 계산을 하고 마시면 되는 곳이구나 싶어 흰우유 한 병을 꺼내는데 아주머니 한 분이 들어왔다.

"어서오세요, 오헨로상."

"안녕하세요. 우유 꺼내 마시면 되나요?"

"그럼요. 조금 있으면 문닫을 시간이라 남은 게 별로 없네."

"괜찮습니다. 여기 돈 받으세요."

가게 안에 의자와 테이블이 놓여 있어서 잠시 쉬면서 우유를 마셨다. 병우유는 꼬맹이 시절에 마셔보았던 기억이 있는데 정말 오랜만이다. 우유를 마시면서 이곳이 헨로휴게소를 겸한 곳이라는 것을 알게 되었다. 매장의 한 켠을 헨로들을 위해 휴게소로 내어주고 있었던 것이다. 장사를 마무리하느라 바쁜 아주머니께 인사를 하고 길을 나서는데 그녀가 내게 작은 사케 두 병을 건넨다.

"이거 받아요. 노숙을 하게 되면 밤에 마시면 좋을 거에요."

술을 좋아하진 않지만 감사히 받아 들고 오사메후다를 한 장 드렸다. 마을까지 얼마나 걸리는지를 묻고 길을 나섰다.

뭔가 이상했다. 마을에 들어선지 한참 되어 벗어날 때가 된 듯한데 휴게소가 보이지 않았다. 날은 이미 저물었는데 마음이 급해진다. 지도책을 펴고 잘 살펴보니 처음 생각했던 휴게소는 오래 전에 지나친 것 같았다. 휴게소는 도롯가에서 한 블록 안으로 들어간 곳에 있었다. 대강 살펴보고 당연히 대로변에 있을 것이라고 내 멋대로 생각해버린 것이다. 난감한 상황이 되어버렸다. 다시 돌아가자니 걸어온 수고가 아깝고 다음 휴게소는 6km 이상 더 가야 한다. 잠시 고민하다가 더 가기로 마음을 정했다. 도중에 지도에 표시되지 않은 휴게소가 있을 수도 있고 휴게소가 아니라도 잘 만한 곳을 찾을지도 모른다는 희망에 걸어보기로 한 것이다. 최악의 경우에도 6km 앞의 휴게소까지 가면 될 것이라고 생각했다. 오판이었다. 우선 바닷가를 따라 이어지는 길 중간에 잘 만한 곳은 없었다. 결국 6km를 더 걷게 되었고 오후 8시 30분이 넘어서야 다음 휴게소에 닿을 수 있었다. 그런데 원두막처럼 땅에서 띄워 지은 휴게소에는 이미 오헨로 몇 명이 자리를 잡고 곤히 숙면을 취하고 있었다. 벤치는 만석이고 바닥에까지 침낭을 펴고 자고 있는 상황에 끼어들 틈은 없었다. 사면초가였다. 지도책은 근처의 다른 휴게소를 알려주지 않고 있었다. 결단해야 한다. 조금 더 가면 터널이 있다. 최소한 하늘은 막혀 있으니 안되면 터널에 앉아 밤을 지새울 요량으로 발걸음을 떼었다.

길은 고가도로로 이어졌다. 지나는 차도 없고 가로등 불빛은 연하고 멀었다. 휴대전화의 플래시를 켜고 조심조심 걸어 고가도로를 넘어가니 터널이 보이는데 유난히 아가리가 검고 적막하게 다가온다. 이곳에서는 귀신도 무서워서 밤을 보낼 수 없을 것 같았다. 선택의 여지 없이 터널을 뚫고 계속 앞으로 나아갔다. 터널의 검은 아가리 반대편으로 빠져나오니 나를 반기는 것이 하나 있었다. '여기서부터 고치현입니다.'라는 교통표지판이었다. 고치현에 진입하자 저 멀리 자판기 불빛이 보인다. 도착해서 보니 자판기 뒷편에는 미타니라는 이름의 회사가 있었다. 회사 앞 버스정류소 겸 휴게소 같은 곳이었다. 나무 벤치가 놓여 있고 무엇보다 지붕이 있었다. 체력은 이미 한계점을 넘어선지가 오래되었다. 따질 것 없이 미끄러지듯 벤치에 자리를 잡았다. 오후 9시 40분을 지난 시각이었다. 침낭을 펴고 지친 몸을 우겨 넣는데 갑자기 후두둑 소리와 함께 거짓말처럼 비가 쏟아졌다. 간발의 타이밍이었다. 칠흑 같은 어둠과 바닥난 체력 때문에 날이 흐려지는 것도 알아채지 못했던 것이다. 상황은 최악이었지만 그나마 결과는 차악이었다.

비는 점점 사나워져 갔다. 내일을 걱정하며 눈을 감았다. 고치현과의 첫 만남은 이렇게 삐걱거리며 시작되었다.

Day 10. 소비내역

커피(편의점) 100엔

점심(볶음밥) 600엔

커피(편의점) 100엔

온천 600엔

병우유 120엔

자판기의 오셋타이 -100엔

소계 : 1,420엔

누계 : 31,678엔

高知

Day 11. 5월 9일. 비
후회도 한계도 없는거야

자다 깨다를 반복해서 거의 잠을
이룰 수 없었다. 비가 내리며 기온이 빠르게 내려갔고 가끔 지나가는 화물트럭이
바람을 가르는 소리가 천둥소리처럼 크게 들렸다. 결국 오전 4시 30분에 일어나
한동안 멍하니 앉아 있었다. 아침부터 비가 내리는 날은 처음이라 어떻게 해야
좋을지 갈피를 잡을 수가 없었다. 청년헨로는 아직 경험이 많이 필요했다. 날은
밝아오기 시작하고 여기에 계속 앉아 있을 수는 없어서 비옷을 꺼내 입었다. 짧
은 시간 동안 도시의 비를 막기 위해 제작된 비옷은 그다지 미덥지 않았지만 없
는 것 보다는 나았다. 오전 5시 40분, 그래도 지붕이 있어 비 맞지 않고 누워있게
해준 공간에게 마음으로 감사를 하고 출발했다. 새벽녘보다 빗줄기는 조금 약해
졌지만 강풍을 동반한 날씨는 시련이었다. 영악한 빗방울은 허술한 비옷의 사이
사이를 잘도 찾아내고 있었다. 운동화와 바꿔 신은 슬리퍼는 미끄러지기 일쑤였
다. 그야말로 진퇴양난이다.

빗속을 2시간 정도 걸었더니 녹슨 게임기와 자판기가 늘어선 코인스낵 코너에

도착했다. 휴게소는 아
니지만 지붕이 있으니
비를 피해갈 수 있는 곳
이다. 비는 조울증에 걸
린 것처럼 거세지고 약
해지기를 반복하고 있
었다. 슬리퍼를 신고 걸
으니 발 상태가 급격히
나빠지는 것이 느껴진
다. 지도를 보니 주변에
민박이 몇 군데 있는데
오전 8시도 되지 않은
시간에 하루를 포기할 수는 없어서 고민이었다. 일단 차가워진 몸을 데우려 자판
기에서 따뜻한 캔커피를 하나 뽑았다. 커피를 마시고 있는데 저 쪽에서 아루키헨
로 한 명이 걸어오고 있었다. 이런 상황에서 지붕이 있는 피난처를 그냥 지나갈
수 있는 아루키헨로는 없을 것이다. 그 역시 이 곳을 발견한 듯 한 달음에 뛰어
들어왔다.

그와는 구면이었다. 맛있는 커피를 오셋타이 해주신 아주머니가 있는 미치노에
키에서 쾌활하게 인사를 건넸던 바로 그 남자였다. 그때는 앉아 있어서 몰랐는데

키가 굉장히 컸다. 2미터 가까이 되는 듯 보였다. 그도 나를 알아보았고 통성명을 했다. 그는 오사카에서 왔고 '다나카 고'라는 이름이었다. 다나카는 헨로를 몇 번 결원한 경험이 있었고 그래서 여러가지 정보를 알려주었다. 헨로길의 '숙박정보 일람표'도 한 장 얻을 수 있었다. 젠콘야도를 운영하는 하기모리라는 사람이 만든 정보였는데 노숙 가능한 장소 및 저렴한 민박정보가 정리되어 있어 유용하다.

비는 그칠 기미가 보이지 않았다. 오늘 저녁까지는 비가 예보되어 있다는 다나카의 말에 혹시나 하는 희망의 불씨도 꺼져버렸다. 불면의 밤으로 인한 피로와 심각해진 발 상태 때문에 이 빗속을 더 걷기에는 자신이 없었기 때문이다. 그렇게 다나카와 얘기를 하고 있는데, 내가 걸어왔고 조금 전 다나카가 걸어온 길을 따라 또 한 명의 아루키헨로가 걸어오고 있었다. 가까이 다가온 그는 바로 히로베였다. 사카에택시에서 나보다 먼저 출발했지만 히로베는 절마다 납경을 받으며 걸었기 때문에 내가 따라잡은 모양이다. 그런데 다나카와 히로베도 아는 사이였다. 이야기를 들어보니 어제 내가 묵으려고 갔던 원두막 형태의 휴게소에서 자고 있던 헨로들 중 두 명이 바로 다나카와 히로베였다. 아무튼 이렇게 히로베와의 재회가 이루어졌다. 반가운 마음에 비가 오는 것도 잊고 그 동안의 헨로길에 대해서 잠시 이야기 꽃을 피웠다.

히로베가 도착하고 한 시간 정도 되었다. 비는 건강하게 잘도 쏟아졌다. 이야기를 나누던 중 다나카가 조금만 더 내려가면 24번 절 호츠미사키지 근처까지 가는 버스정류장이 있다고 알려주었다. 말 그대로 아루키헨로를 목표로 하고 있었기에 마음속에서 저어하는 마음이 일었다. 히로베는 무슨 일이 있어도 걷겠다고 했고, 다나카도 아직은 걸을만 하다고 했다. 또 다시 결단해야 할 시간이었다. 고심 끝에 나는 버스를 타기로 결정했다. 이 상태로 더 이상 걷기는 무리라고 판단했다.

술을 좋아한다는 다나카에게 우유판매점 아주머니께 받은 사케를 오셋타이 하고 버스정류장을 향해 걷기 시작했다. 정류장까지는 10분 남짓의 가까운 거리였다. 히로베와 다시 작별의 인사를 하고 서로의 건강을 빌었다. 다나카에게도 좋은 정보에 대해 고맙다는 말을 전했다. 히로베와 다나카는 씩씩하게 빗속을 뚫고 갔다. 조금 부럽기도 했지만 결국 사람은 각자의 길을 가는 존재일 수 밖에 없을 터였다.

버스는 도시처럼 자주 오지 않았다. 한 시간 정도 기다렸을까. 세찬 비를 뚫고 버스가 정류장에 들어왔다. 시계를 보니 오전 10시 40분이다. 버스에는 지역 주민처럼 보이는 할머니 할아버지가 세 분 있었고 나처럼 비옷을 입고 배낭을 가진 서양인 헨로 한 명이 자리를 잡고 있었다.

산업혁명의 산물, 내연기관의 위력은 대단한 것이었다. 버스는 약 40분 만에 나를 호츠미사키지 근처의 정류장에 토해냈다. 하루를 꼬박 걸어야 하는 거리를 너무나 쉽게 주파한 버스는 꽁무니로 거친 숨을 뿜어내며 늠름함을 자랑했다. 요금을 내고 버스를 내려 배낭을 고쳐 매고 있는데 뒤에서 서양인 헨로가 버스운전사와 각자의 언어와 바디랭귀지를 교환하고 있다. 서양인 헨로는 영어로 이 곳이 24번 절에서 가장 가까운 정류장인지를 묻고 있는데 버스운전사는 일본어로 무슨 말인지 모르겠다고 답하고 있다. 떠나야 하는 버스는 떠나지 못했고 정차는 길어졌다. 내 상황도 말이 아니었지만 서양인 헨로에게 알 수 없는 측은지심이 일어 그들의 대화에 끼어들고 말았다.

"여기 맞아요. 나도 24번 절에 가니까 같이 올라갑시다."

이 말 한 마디가 독일인 헨로 '벤트'와 인연의 시작이었다. 호츠미사키지는 정류장에서 30여 분 산길을 올라가야 했다. 밤새 내린 비가 작은 물줄기를 만들어 산길은 위험했고 그와 나는 말없이 걸음에만 오롯이 신경을 집중했다.

빗속의 호츠미사키지는 적막했다. 간단히 참배를 하고 대사당 지붕 아래서 벤트와 나는 통성명을 했다. 그는 독일인으로 금융회사에서 CFO(최고재무책임자)로 퇴직하고 헨로길에 나섰다고 하는데 스페인의 산티아고길도 걸어본 경험이 있었다. 나이로는 아버지뻘이지만 우리는 친구가 되기로 했다. 벤트는 2주 동안의 일정으로 시코쿠에 왔기 때문에 걷기만 하는 아루키헨로는 아니었고 주로 버스나 전차를 타고 중간중간에 내려서 걷는다고 했다. 벤트의 이름은 '벤트'로 합의를 보았다. 독일어로 'Bernd'라고 쓴다는데 나는 그의 이름을 정확하게 발음할 수 없었기 때문이다. 버언드, 베른, 버언트 등 몇 가지로 말해보다가 '벤트'라는 발음이 가장 유사하다고 했다. 내 이름은 'Son'으로 해서 다행히 발음 문제는 없었다.

벤트에게도 오늘이 가장 힘든 날이라고 했다. 25번 절 신쇼지(진조사, 津照寺)는 호츠미사키지에서 7km 정도 거리이지만 내일로 미루고 벤트와 나는 숙소를 찾아보기로 했다. 어디든 등을 붙이면 즉시 몸이 녹아버릴 것 같은 기분이었다. 납경소에 가서 근처에 묵을 만한 민박이 있는지 물으니 담당자인 중년의 남자가 몇 군데 전화를 했다. 남자는 친절하게 하차했던 버스정류장 근처의 민박에 예약을 해주고 지도책에 위치를 표시해 주었다. 비 내리는 날은 하산길이 훨씬 위험했다. 슬리퍼가 미끄러지는 바람에 엉덩방아를 한 번 찧고 말았다. 백병전에서 패한 병사 같은 몰골이 되어 민박에 겨우 도착했다.

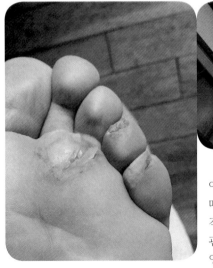

비는 배낭 레인커버의 틈새까지 용케 찾아내어 곳곳에 침투해 있었다. 모든 물품이 젖었기 때문에 죄다 꺼내어 말려야 했다. 지폐가 젖어 걱정했는데 한 장 한 장 떼내어 걸어두니 금세 괜찮아졌다. 지폐는 특수한 종이(혹은 섬유)와 잉크를 쓴다고 들었는데 참말이었다. 젖어버린 옷은 모두 세탁을 다시 했다. 보통 민박에는 세탁기와 함께 건조기도 설치되어 있기 때문에 궂은 날씨에도 세탁을 할 수 있다. 세탁을 하고 씻으니 사람이 된 기분이다. 민박의 시설은 허름했지만 와이파이가 잡혀서 오랜만에 지인들과 가족에게 연락을 넣었다.

발 상태는 좀 심각했다. 통증도 문제지만 감염이 되지 않을까 더욱 걱정이 되었다. 소독을 하고 거즈를 붙였다. 의료행위(?)에 열중하는 사이에 사방이 조용해진 느낌이 들었다. 창 밖에서 들려오던 빗소리가 멈추었음을 알았다. 상황을 살펴보러 나갔더니 바람은 여전하지만 비는 그쳐 있었다. 주차장에서 고양이 한 마리가 식빵을 굽고 있는 모습이 귀여웠다.

　방으로 돌아와 저녁식사 시간까지 휴식을 취했다. 자리에 누워 TV를 틀었더니 어린 시절 즐겨보던 애니메이션 드래곤볼이 방영중이었다. 꾸벅꾸벅 졸면서 반쯤 감긴 눈으로 보다가 어느 순간 자막에 눈이 번쩍 뜨였다. 재빨리 카메라를 꺼내 사진을 찍는 순간 화면이 전환되었는데 확인해보니 깨끗하게 찍혀 있었다. 자막의 내용은 '후회도 한계도 없는 거야.' 애니메이션의 자막 한 줄에, 버스를 타는 바람에 아루키헨로의 정체성을 훼손한 것 같아 계속 찜찜했던 기분이 조금 위로가 되었다. 어쩌면 버스를 타는 덕분에 벤트와의 새로운 인연이 맺어졌으니 이것도 괜찮다 싶다. 되돌아보면 인생의 계획은 언제나 변했다. 절대 원칙은 없다는 것이 절대 원칙이 아닐까. 내가 선택했고 내가 걸어가야 할 길이다. 나는 최선을 다했다. 그러므로, 인정하고 보듬어야 한다. 후회도 한계도 없는 것이다.

　바닷가 마을의 민박답게 저녁식사는 해산물을 중심으로 한 정식이었다. 내일 아침까지 1박 2식이라는 것을 감안하면 6,800엔 숙박비에 비해 너무 호화로운 식사인 것 같았다. 벤트는 연신 사진을 찍으며 감탄했다. 그리고 독일인답게 맥주 한 잔을 곁들여 식사를 했고 내게도 한 잔을 권했다. 단체 관광객도 한 팀이 있어서 식당의 분위기는 시끌벅적했다. 하하호호. 기분만이라도 그들의 즐거움에 함께 올라타고 싶었다. 느긋하게 저녁을 즐기며 벤트와 여유로운 대화를 했다. 벤트도 나도 그리고 단체 관광객도 흥거운 저녁이었다. 덕분에 힘들었던 오늘 하루도 많이 밉지 않았다.

Day 11. 소비내역

커피(코인스낵 자판기) 140엔

버스요금 1,390엔

세탁비 200엔

소계 : 1,730엔

누계 : 33,408엔

92

Day 12. 5월 10일. 비
벤트와 마르코스

　다시 새로운 아침. 흩날리는 보슬비는 우산이 필요치 않을 정도로 갸날프다. 25번 절 신쇼지는 작은 배들이 정박해 있는 항구를 내려다 보는 언덕배기에 위치해 있었다. 벤트는 효율적이고 합리적인 것을 최고의 가치로 여기는 전형적인 독일인이었다. 자신이 보기에 뭔가 불합리한 것이 있으면 왜 그런지 계속 물어왔다. 예를 들면 이런 것이다.

　"왜 일본 사람들은 자동차를 등지고 걷지? 차가 뒤에서 오면 확인할 수 없으니까 위험할 텐데 말이야."

　"글쎄 나도 외국인이라 잘 모르겠는걸."

　사실은 차를 등지고 걷는 사람도 있고 마주보고 걷는 사람도 있었지만, 벤트에게는 통일되지 않은 사람들의 행동이 이상한 것 같았다. 나는 국민성이라는 개념을 인정하지 않기에 독일 사람이라고 모두 통일된 행동을 할 것이라고는 생각지 않는다. 다만 벤트가 조금 완고한 사람일지도 모르겠다는 생각을 했다. 금융회사에서 CFO로 근무했으니 그럴지도 모르겠다. 그래도 호기심 많은 이 독일 아저씨가 싫지는 않았다. 세상을 보는 관점이 다른 동양인과 서양인의 차이를 느낄 수 있어서 신선했기 때문일지도 모른다. 사고방식의 차이는 있을지라도 커피를 좋아하는 우리의 취향은 일치했다. 아침 식사 후의 커피를 찾아 편의점으로 들어갔더니 이곳은 캡슐커피를 판매하고 있었다. 다른 편의점에 비해 가격은 조금 비쌌지만 완전자동추출 커피와는 조금 맛이 다를까 싶어 주문해 보았다. 인생의 진리 중 하나. 가격은 대체로 정직하다. 비싼 가격만큼, 딱 그만큼 풍미가 조금 더 좋은 커피가 잠에서 덜 깬 뇌를 깨워주는 느낌이 좋았다.

　작은 항구에서 이어지는 돌계단은 신쇼지가 산중턱에 자리잡고 있음을 알려준다. 계단이 달갑지는 않았지만 바다를 향해 탁 트인 경치로 보답해주길 바라며 올랐다. 하지만 날씨가 흐려 온전하게 태평양을 조망하지는 못했다. 나는 조금 실망했는데 벤트는 경치가 좋다며 환호했다. 상상력이 좋은 것인지 오래 살아온 노인의 탁월한 투시력(透視力)인지 갈피를 잡지 못하겠다.

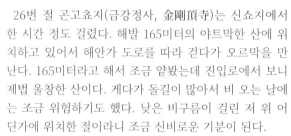

26번 절 곤고쵸지(금강정사, 金剛頂寺)는 신쇼지에서
한 시간 정도 걸렸다. 해발 165미터의 야트막한 산에 위
치하고 있어서 해안가 도로를 따라 걷다가 오르막을 만
난다. 165미터라고 해서 조금 얕봤는데 진입로에서 보니
제법 울창한 산이다. 게다가 돌길이 많아서 비 오는 날에
는 조금 위험하기도 했다. 낮은 비구름이 걸린 저 위 어
딘가에 위치한 절이라니 조금 신비로운 기분이 된다.

산길을 오르는 동안 빗방울이 조금씩 굵어졌다. 불길한
조짐을 애써 외면하며 도착한 곤고쵸지. 짙은 안개가 경
내를 감싸고 있었다. 대사당에서 무엇인가 간절하게 기
원하고 있는 아주머니에게 방해가 되지 않도록 조용히
참배를 마치고 납경소 앞 벤치에서 지도책을 펼쳤다. 벤
트가 다음 절까지 얼마나 걸리냐고 묻기에 27.5km 떨어
져 있다고 했다. 현재 시간이 오전 11시 즈음이므로 오늘
닿기에는 어려운 거리다.

"내려가서 버스를 타는 게 어때? 해안가 도롯길은 어차피 비슷하잖아. 그리고 곧 비가 쏟아질 것 같아."

벤트다운 합리적인 제안이었다. 그는 2주의 시간을 예정하고 있으므로 당연한 것이기도 했다. 나는 조금 망설였다. 그러는 사이 빗줄기는 실시간으로 굵어지고 있었다. 버스를 타든 타지 않든 산에서는 내려가야 하므로 내려가면서 생각하기로 했다. 납경소에 붙어 있는 버스 시간표를 확인하니 30분에서 1시간 간격으로 버스가 다니고 있었다.

산에서 내려오는 동안에 비는 이미 폭우가 되어 있었다. 버스를 탈지 말지를 고민하던 나는 언제 그랬냐는 듯 표변하여 당연하게도 버스를 탔다. 버스를 내려도 비는 계속해서 퍼붓고 있었다. 어제처럼 한 걸음 한 걸음이 너무나 멀게 느껴지는 산길이었다. 얼마나 갔을까. 누군가 벤트와 나를 앞질러 빠르게 지나간다. 그 역시 서양인 헨로였는데 스페인이나 이탈리아 같은 남부유럽계로 보였다. 벤트와 내가 도로를 따라 경사가 완만한 구불구불한 길을 걷는 반면에 그는 급경사의 오솔길로 다람쥐처럼 걷고 있었다. 이 빗속에 대단한 체력이라고 생각했지만, 아니다. 중간의 휴게소에서 그와 다시 만났기 때문이다. 물을 나누어 마시며 통성명을 했다. 그의 이름은 마르코스. 스페인사람이다. 스페인 산티아고 길에서 숙박업소를 운영하려고 준비중인데 시코쿠 헨로길도 경험 삼아 걸어보려고 왔다고 했다. 그 역시 걷기만 하는 것은 아니고 교통수단을 적당히 이용한다고 했다. 마르코스는 시코쿠 헨로길이 자동차도로가 너무 많아 순례길로서 좋지는 않은 것 같다고 했다. 스페인 산티아고 길은 자동차길이 거의 없어서 훨씬 좋은 길이라는 것이다. 나는 산티아고 길을 가보지 않아서 판단할 수는 없지만 마르코스의 말에 흥미가 일었다. 마르코스는 내년에 산티아고 길에서 숙박업소를 시작할 테니 언제라도 오라고 꾀었다. 남유럽인 특유의 허풍 섞인 친근함이 유쾌하게 다가왔다. 빈말이라도 고마운 일이다. 빠르게 올라온 만큼 마르코스는 더 긴 휴식이 필요했다. 벤트와 내가 먼저 일어났다.

27번 절 고노미네지(신봉사, **神峯寺**)는 생각보다 멀었다. 올라와서 확인하니 해발 430미터. 빗길이라 더욱 멀게 느껴졌을 것이다. 참배를 마치고 경내의 휴게소에서 한참을 쉬었다. 비는 한창때보다 조금 누그러졌지만 만만치 않은 기세는 여전했다. 28번 절 다이니치지(대일사, **大日寺**)까지는 37.5km를 더 가야 하므로 내일로 미루고 오늘 잘 곳을 고민하기 시작했다. 그사이 마르코스도 도착했다. 마르코스도 벤트도 오늘 묵을 곳을 정해두지 않았다고 했다. 그러면서 영화 <슈렉>에 나오는 장화 신은 고양이 같은 눈망울로 나를 바라본다. 마치 '너는 일본어도 할 줄 아니까 오늘 우리를 위해 숙소를 찾아줄거지?' 라는 듯한 애절한 눈빛이었다.

헨로길이 처음이기는 그들도 나도 마찬가지. 이럴 때는 납경소에서 묻는 것이 제일이다. 다행히 납경소에 있던 친절한 여자분이 다이노쵸라는 마을의 미소노(**美園**)라는 숙소를 추천해 주었다. 문제는 위치였는데 8km 정도 왔던 길을 거슬러 가야 한다는 것이었다. 벤트와 마르코스에게 어떤지 물으니 좋다고 했다. 사실 별달리 다른 선택지가 없기도 했으므로 우리는 출발했다.

8km라서 두 시간쯤 걸릴 것으로 생각했지만 실제로는 세 시간 가까이 걸려 미소노에 도착했다. 산을 내려와 걷는 해안가 도로의 바람이 태풍처럼 사나웠기 때문이다. 문의했던 납경소에서 미리 전화해 주어서 주인 아주머니는 우리가 올 것을 미리 알고 있었다. 그런데 또 다른 문제가 발생했다. 이곳은 숙박업소가 아니라 가정집의 공간을 헨로들을 위해서 잘 수 있게 마련한 곳이었기 때문이다. 즉 민박과 젠콘야도를 절반씩 섞어놓은 형태였다. 2층 마룻바닥에 다다미를 깔아두었고 이곳에서 침구를 깔고 자는 일종의 도미토리 방식이었다. 대신 요금이 저렴했는데 저녁과 다음날 아침식사를 포함하여 2,800엔이었다. 납경소에서는 민박집이라는 얘기만 해주었기 때문에 당황스러웠다. 나와 마르코스는 납득했지만 벤트는 개인실이 아니면 절대 잘 수 없다고 했다. 나는 중간에서 조금 민망한 입장이 되었는데, 아주머니는 이런 손님이 종종 있는 듯 회심의 카드를 꺼냈다.

"여기서 조금 떨어진 곳에 개인실도 있어요. 대신 요금은 좀 더 비싼데 괜찮아요?"

벤트는 동의했고 짐을 옮겼다. 마르코스는 벤트가 까다롭다며 투덜거렸지만 나는 벤트와 하루를 보낸 경험이 있어서인지 어쩐지 벤트답다고 생각했다.

어제의 민박도 그랬지만 저녁식사는 대만족이었다. 손님들을 위해 음식을 따로 준비하는 것이 아니고 주인 아주머니 가족들과 주변의 대학교에 다니는 이 집의 하숙생들이 함께하는 식사였는데 아주머니의 손맛이 보통이 아니었다. 방 때문에 불만이었던 벤트도, 헨로길에 불만이었던 마르코스도 연신 엄지 손가락을 치켜세우며 맛있다고 했다. 대가족이 한 자리에 모여 도란도란 대화를 나누며 즐기는 따뜻하고 풍요로운 저녁이었다. 빗 속에서 개고생으로 한기가 든 몸과 지친 마음에 내일을 위한 에너지가 조금씩 충전되어 간다.

Day 12. 소비내역

민박 숙박비 6,800엔

캡슐커피(편의점) 180엔

버스비 1,060엔

소계 : 8,040엔

누계 : 41,448엔

Day 13. 5월 11일. 비 온 뒤 갬
어린 것은 뭐든 귀엽네요

　내집처럼 편안한 잠을 기대했지만 마르코스의 장대한 코골이 덕에 그다지 숙면을 취하진 못했다. 어쩌면 벤트는 이 모든 것을 내다본 것이 아닐까 싶은 생각을 잠깐 했다. 그래도 노숙에 비하면 한결 편안하게 잤기 때문에 큰 불만은 없었다. 벤트와 마르코스는 오늘 전차를 타고 28번 절까지 간다고 했다. 나는 전차를 같이 타고 중간의 아키(安藝)역에서 내렸다. 고노미네지에서 10km쯤 더 간 곳이다. 하루와 이틀의 짧은 동행을 마치고 이들과 작별을 했다. 둘 다 메일로 연락하자고 했으나 나중에 실제로 연락을 주고 받은 것은 벤트 뿐이었다. 역시 각자의 캐릭터처럼 예상했던 결과였다.

　비와 함께 시작되었던 벤트, 마르코스와의 동행은 비가 물러나면서 끝났다. 나는 다시 혼자 걷는 아루키헨로가 되었다. 비와 바람은 따로 다니는 듯 남은 바람이 거세다. '비바람'이라는 말이 익숙해서일까. 비와 바람은 항상 함께 온다고 생각했는데 그렇지 않음을 배웠다. 바람이 먼저 오고 늦게까지 머문다. 그래서 푸른 바다는 아직 제 빛깔을 찾지 못했다. 해안가 휴게소에 들러 잠시 쉬는데 화관 두 개가 바다를 향해 놓여 있는 것이 눈에 밟힌다. 누군가 이 곳에서 프러포즈를 한 것일까? 가지런히 놓여 있는 것을 보니 프러포즈는 해피엔딩으로 끝났을 것 같았다.

　길은 해안가에서 내륙으로 다시 들어간다. 자동차도로와 보도가 나뉘었고 곧게 직선으로 뻗었다. 이 길 중간에는 젠콘야도가 하나 있었는데 오사카에서 온 다나카에게 받은 숙소일람표를 만든 바로 그 곳이었다. 사람이 상주하는 것 같지는 않은데 헨로들이 알아서 쉬거나 묵어가면 되는 곳이라고 했다. 잠시 평상에 앉아 있으니 누군가 걸어오는게 보였다. 다나카였다. 마침 그를 생각했는데 소름이 돋는 듯했다.

　"오랜만이네요."

　인사를 먼저 건네자 그는 반가운 인사를 한다.

　"오랜만이에요. 아침에 전차역에서 사람들하고 있는거 봤어요."

　다나카는 아침에 벤트, 마르코스와 있는 내 모습을 봤다고 했다. 나는 전차를 타고 중간에 내렸는데도 여기서 만난 것을 보니 키가 커서 걸음이 빠른 걸까.

　"히로베는요?"

　"그날 저녁에 헤어졌어요. 페이스가 안맞더라구."

　히로베는 경을 외우고 납경도 받으니 그럴 것이다. 빗속에서 그도 꽤 고생을 했는지 몇 번의 헨로길 중에서 가장 힘든 이틀을 보냈다고 했다. 오늘부터는 당분간 맑은 날씨라는 얘기에 안도의 한숨을 쉬었다.

　젠콘야도를 둘러보니 간단한 침구가 놓여 있고, 스쳐간 사람들이 두고 간 물건들이 다음 주인을 찾으려는 듯 놓여 있었다. 나는 텐트를 여기에 두고 가려고 생각했다. 텐트가 있으면 좋기는 하지만 무게를 너무 많이 차지했기 때문이다.

노숙을 할 때는 대부분 지붕이 있는 곳이었으니 침낭만 있으면 되겠다 싶었다. 텐트를 꺼내둘 만한 곳을 찾는데 다나카가 두고 갈 거냐고 묻는다. 그렇다고 하니 그럼 자기가 쓰겠다고 하기에 그에게 텐트를 건네주었다. 좋은 물건이 아니라 금방 고장날지도 모르니 미리 알아두라고 했는데 일본에서는 싼 텐트도 1만 엔은 한다며 좋아했다. 나는 짐을 덜었고 그는 필요한 것을 얻었으니 괜찮은 거래다 싶었다. 내게 넘치는 것이지만 그에게는 유용했으면 좋겠다.

적당히 쉬었다 싶어 일어나려고 하는데 누군가 이쪽으로 걸어오고 있었다. 헨로는 아니었고 이 젠콘야도를 운영하는 하기모리상이었다. 그는 60~70대로 보였는데 다나카와는 구면이었다. 일어나려는 내게 지도책을 갖고 있냐고 하기에 그렇다고 하니 필요한 정보를 표시해준다고 한다. 거절하기도 뭣해서 지도책을 내밀었는데 무려 한 시간 동안 쉬지 않고 1번부터 88번 절까지의 민박이나 휴게소 정보를 볼펜으로 표시해 주었다. 사실 지루하기는 했지만 그래도 고마웠다. 이제는 정말 일어나려고 하는데 이번에는 어디 민박은 돈만 밝힌다, 어떤 절은 소문이 좋지 않다, 매년 오는 헨로 중에 돈벌이로 헨로길을 이용하는 사람이 있다는 등 험담이 시작되었다. 그 순간 느꼈다. '이 사람은 외롭구나. 나쁜 사람이라기 보다는 외로운 사람이구나.' 설명하기는 어렵지만 확신이 들었다. 그래서 안쓰러웠지만 더 이상 지체할 수는 없어 오늘 이곳에서 머문다는 다나카에게 슬쩍 떠넘기고 다시 걸음을 시작했다. 구름 사이로 푸른 하늘이 조금씩 나오기 시작했다. 하기모리상에게 시달린 것을 보상하듯 가로수가 길가를 기분 좋게 호위하더니 뒤이어 시원한 터널이 나와 지루할 새 없이 가볍게 나아갈 수 있었다.

맑은 날의 정취를 한껏 즐기며 걷다 보니 다이니치지 근처의 마을이었다. 한 10분 정도 더 가면 도착하겠구나 생각할 무렵 자전거를 타고 지나던 아저씨 한 분이 멈추더니 수건 한 장을 오셋타이 해주었다.

28번 절 다이니치지는 주택가의 야트막한 구릉지에 세워진 절이다. 아담하고 여성적인 절이라는 느낌을 받았다. 참배를 마치고 시계를 보니 오후 5시 30분이 되어간다. 잠자리를 찾아야 하는 시간이다. 주변에 민박은 꽤 있는 지역이지만 이틀 연속 숙박업소를 이용했으니 당분간은 노숙을 해야 한다. 너무 긴 탓에 잔소리처럼 느껴졌지만 하기모리상이 다이니치지에는 츠야도가 있다고 말해준 것이 기억나 납경소에 갔다. 납경소에는 비구니 스님 한 분이 자리를 지키고 있었다.

"안녕하세요. 아루키헨로인데 오늘 츠야도를 이용할 수 있을까요?"

"네, 오늘 묵는 사람이 없으니 가능해요. 안내해 드릴게요."

조금 걱정했는데 너무나 쉽게 잠자리가 해결되었다. 스님과 함께 납경소 문을 열고 나왔는데 중년의 헨로 한 분이 한 쪽 무릎을 꿇고 앉아 무언가 작은 것을 흐뭇하게 지켜보고 있었다. 자세히 보니 새끼 생앙쥐였다. 도시에서의 나는 벌레나 쥐라면 기겁하는 쪽이었는데 열흘 남짓의 헨로길이 무언가 회로를 바꾸어 놓은 듯 녀석이 징그럽지 않았다. 나도 그녀처럼 무릎을 꿇고 잠시 녀석을 내려다 보았다. 살펴보니 은근히 귀여운 맛이 있었다. 나를 츠야도에 안내해 주기 위해 뒤따라 나온 비구니 스님도 내 옆에서 녀석을 바라본다. 세 사람이 무릎을 꿇고 쥐 한 마리를 내려보는 흔치 않은 상황이 되었다.

"어린 것은 뭐든 귀엽네요."

먼저 앉아 있던 헨로가 이렇게 말했다. 세 사람은 웃으며 긍정의 눈빛을 교환했다. 인간의 관심이 부담스러웠는지 새끼 생앙쥐는 곧 풀숲 쪽으로 사라졌다.

다이니치지의 분위기처럼 츠야도는 정갈했고 내게 과분했다. 스님은 문을 열어주고 화장실과 수도의 위치를 알려주었다. 잠시 앉아 있으니 보살님 한 분이 쟁반에 다과를 가져다 주었다. 같은 이름의 13번 절, 다이니치지의 납경소에서 불친절했던 아저씨를 용서해야 하겠다. 날이 금세 저물어갔다. 세수할 때 절 앞에서 오셋타이로 받은 수건을 요긴하게 사용했다.

'인생의 파도'라는 말은 참 적절한 비유다. 비바람이 몰아쳤던 날이 지나면 고요하고 잠잠한 날이 반드시 찾아온다. 청년 헨로는 오늘도 길에서 하나를 배운 것 같다.

Day 13. 소비내역

미소노 숙박비 2,800엔

전차요금 550엔

커피 100엔

야채음료 92엔

점심(음료, 빵) 192엔

우유 113엔

소계 : 3,847엔

누계 : 45,295엔

Day 14. 5월 12일. 맑음
건축공사와는 맞지 않아 보이는 건축공사 하는 아저씨

다이니치지의 츠야도는 편안했다. 이슬을 머금고 풀냄새를 실어온 아침공기가 오늘은 맑을 것임을 알려주고 있었다. 하룻밤을 내어준 다이니치지에 감사하는 마음으로 깨끗이 정리를 하고 길을 나선다. 논밭과 여염집이 조화를 이루고 있는 마을길이 여행자의 발길을 잡아 끈다. 모내기를 막 끝낸 듯한 논두렁에 올챙이들이 바쁘게 꼬리치는 것이 어제의 새앙쥐처럼 귀엽다.

올챙이들은 비바람이 몰아치지 않는 짧은 시간 동안에 얼른 자라야 하는 것을 본능적으로 알고 있는 듯 부지런히 움직이고 있었다. 나도 질 수 없지. 오늘은 열심히 걸어보자.

29번 절 고쿠분지(국분사, 国分寺)는 다이니치지에서 10km 정도 떨어져 있었다. 평탄한 마을길을 따라 두 시간 남짓 걸린다.

비가 먼지를 씻어간 후의 하늘은 유난히 청명했다. 문자 그대로 '찬란하게 빛나는' 고쿠분지의 삼문으로 들어서자 키 큰 침엽수가 여행자를 반갑게 맞아주었다. 삼문 안쪽에서 뒤돌아 보니 밖에서는 보이지 않던 나무의 온전한 모습을 감상할 수 있었다. 나무들은 사찰로 들어설 때에는 경내의 건물에 집중하도록 시야를 좁혀주고, 들어온 뒤에는 빛을 적당히 가려주어 포근한 느낌을 주었다. 적어도 절 입구의 주인공은 도열한 나무들이었다.

대사당 앞의 향로에서 피어오르는 냄새가 온 경내를 은은하게 뒤덮고 있어 마음이 차분하게 가라앉는다. 찬란한 빛과 그것을 밀어내는 나무의 조화는 드러난 것은 더욱 드러내고 숨은 것은 더욱 숨기고 있었다. 자연을 이용하여 사찰의 격을 높이는 솜씨가 대단한 절이다.

하늘의 기운과 인간의 노력이 완벽하게 조화를 이룬 공간에 존재하는 순간, 오래 머물고 싶은 마음에 한참을 앉아 있었다. 다른 헨로들도 나의 마음과 같은 걸까. 경내를 오가는 헨로들의 발걸음이 유난히 느긋해 보였다.

얼렁뚱땅 한 시간 가까이 앉아 있다가 엉덩이를 떼었다. 30번 절 젠라쿠지(선락사, 善楽寺)는 마을을 벗어나 조금씩 오르막을 타야 한다. 하지만 산을 향하는 길이 아니라 다음 마을을 향하는 길이다. 낮은 속도방지턱을 넘는 것처럼 미션에 무리가 되지 않는 높이다. 도롯가 한 켠, 수확한 야채를 판매하는 무인판매대의 토마토가 헨로의 목마름을 달래준다. 잘 익은 빨간 토마토 한 봉지를 백 엔에 내놓은 농부는 어떤 사람일까. 인풋과 아웃풋 사이를 이윤이 아닌 마음으로 채우는 농부의 선의가 헨로길을 아름답게 만들고 있었다. 고보다이시의 고매한 뜻은 이렇게, 길에서 발현되고 있었다.

　토마토를 씹으며 젠라쿠지에 도착하여 한 템포 쉬고
나니 배가 고프다. 주변에 전차역이 있는 지역이기 때문
에 적당한 식당이 있을 것 같다. 예상적중. 길가에 무심
하게 노렌(暖簾, 상점 입구나 처마에 걸어 간판 역할을
하는 천)을 날리고 있는 우동가게를 발견했다. 우동 하
나로는 아쉬워 주먹밥과 가지튀김을 함께 주문했다. 우
동은 사누키(가가와현)라고 하지만 고치의 우동도 만만
치 않은 탄력의 면발이다. 아침에 보았던 올챙이처럼 볼
록해진 배를 두드리며 다시 길에 섰다. 31번 절 치쿠린
지(죽림사, 竹林寺)도 7km 정도 떨어진 멀지 않은 곳이
다. 지도책을 보니 34번 절 타네마지(종간사, 種間寺)까
지 6~8km의 거리를 두고 사찰들이 퐁당퐁당 늘어서 있
다.

　31번 절 치쿠린지는 마을길을 지나 작은 식물원과 어
깨를 나란히 하고 있다. 식물원의 운영시간은 오전 9시
부터 오후 5시까지이지만 헨로는 운영시간이 아니라도
통행이 가능하다고 한다. 식물원은 언덕지형을 평탄화
하지 않고 그대로 살려 만들었기 때문에 식물원이라기
보다는 작은 동산을 지나는 느낌이었다. 그런 점에서 우
리나라의 창덕궁과 비슷한 점이 있었다.

치쿠린지는 규모가 큰 절이었다. 인왕상이 무섭게 내려다보는 삼문과 높은 돌계단을 지나면 널따란 절의 부지가 갑자기 모습을 드러낸다. 삼면이 건물로 둘러싸였음에도 넓은 마당의 개방감이 압권이다. 납경소가 있는 건물에는 방문객들을 위한 휴게소가 딸려 있고 기념품도 판매하고 있었다. 조금 더 안쪽으로 들어가면 신자들이 봉납한 크고 작은 돌부처들이 자리를 차지하고 그 뒷편으로는 붉은 빛의 오층탑이 장대함을 마음껏 뽐내고 있다.

너른 마당의 볕이 좋아 이곳에서도 꽤 오래 앉아 있었더니 오후 3시가 넘었다. 32번 절 젠지부지(선사봉사, 禅師峰寺)는 이곳에서 6km 정도이니 오후 5시 전에는 충분히 닿을 수 있을 것이다. 일단 젠지부지까지 가서 오늘의 잠자리를 찾아보면 되겠다는 계산이 섰다.

젠지부지는 눈으로는 그 끝에 닿을 수 없는 태평양을 앞뜰에 품은 사찰이다. 지도로 볼 때는 이 정도로 멋진 바다 조망이 가능하리라고는 생각지 못했는데, 황홀할 정도로 짙푸른 수평선이 끝없이 펼쳐져 있었다. 나는 빨간 코카콜라 벤치를 오랫동안 차지하고 있었다. 코카콜라가 상쾌함과 청량함의 이미지를 광고하는 브랜드이기 때문에 이 곳에 벤치를 놓아두었다면 대단한 통찰이다. 서쪽으로 기울어 가며 서서히 붉어지고 있는 햇볕이 이 절의 모든 것들을 신비롭게 코카콜라 벤치색깔로 물들이고 있었다.

멋진 풍광을 눈에 담고, 언제나 그렇듯 스스로의 기억이 미덥지 못해 카메라의 메모리에 다시 담아두었다. 시간을 보니 이미 오후 5시 30분이 가까웠다. 납경소에 가서 주변에 묵을 만한 곳이 있는지 물었다. 퇴근을 준비하던 납경소의 스님은 주차장 창고에서 자도 된다고 말해주었다. 그리고 주차장 앞에 화장실도 있으니 편하게 사용하라고 친절하게 알려주었다. 뜻밖의 횡재를 한 기분으로 주차장으로 내려갔다.

주차장에 내려가니 아이보리색 작업복을 입은 중년의 남자가 벤치에 앉아 음료를 마시고 있었다. 50대 중반으로 보였고 호리호리한 체격에 중간 키, 금테 안경을 썼다. 다가가 배낭을 내려 놓으니 남자가 인사를 건네온다.

"안녕하세요. 오늘 이곳에서 머무나 봐요."

"네, 납경소에 문의하니 여기서 자도 된다고 하셔서요."

"맞아요. 오헨로상들이 여기서 노숙하는 걸 몇 번 봤어요."

그는 여러가지로 박학다식한 사람이었다. 젊은 시절에 세계 각국을 여행하기도 했고 한국에는 하와이 여행길에 경유해서 식사를 한 기억이 있다고 했다. 정치, 사회, 문화, 여행 등 다방면으로 대화는 길게 이어졌다. 일본의 호국신사(護國神社)에 대해서 얘기를 해준 것이 기억에 남는데 나중에 여행에서 돌아와 찾아보니 그의 말이 대략적으로 맞는 얘기였다.

그는 이 지역 출신으로 젊은 시절에는 대도시에서 살다가 몇 년 전에 귀향해서 지금은 건축공사 일을 한다고 했다. 조금 대담하게 아저씨는 이미지가 건축공사와는 맞지 않는 것 같다고 했더니 미소를 머금고 잠시 땅을 바라보는 눈빛에 쓸쓸함이 스쳐간다. 누구나 그렇듯 그에게는 그만의 사연이 있을 것이었다.

어느새 해가 완전히 지고 깜깜한 밤이 되었다. 그는 이제 돌아갈 시간이라고 했다. 시계를 보니 어느새 그와 두 시간 가까이 대화를 나누었다. 인사를 나누고 아저씨는 주차된 트럭으로 향했다. 침낭을 펴는데 그가 다시 돌아와 캔커피 하나와 담배 한 갑을 내밀었다.

"오셋타이에요. 이 담배 괜찮을지 모르겠네요. 아, 잠깐. 물도 필요할 테니 하나 뽑아줄게요."

"아, 괜찮습니다. 제가 뽑으면 됩니다."

"아니에요. 덕분에 즐거운 대화 했으니 받아줘요."

그는 굳이 물까지 안겨주고는 트럭을 몰고 떠났다. 그러고 보니 이름도 묻지 않았는데 어쩐지 그에게는 '그'라는 인칭대명사가 어울리는 것 같다.

자리를 잡고 자려고 누웠는데 발자국 소리가 들린다. 오헨로 한 명이 터벅터벅 걸어오는게 보였다. 날벌레들과 함께 해야 할 밤이라고 생각했는데 뜻밖에 이웃이 생겼다. 발소리의 주인공은 가가와현에서 왔다고 하는 60대의 아저씨였다.

아저씨는 내 머리 윗쪽의 평상에 빨간 침낭을 깔고 자리를 잡았다. 잠깐 얘기를 나누었는데 정년 퇴직 후에 헨로를 하는 분이었다. 처음이라 길을 헤매는 바람에 일정이 꼬였다고 했다. 아저씨는 피곤했던지 금세 잠이 들었는데 코골이가 대단했다. 아저씨 나빠요.

Day 14 소비내역

무인판매대 토마토 100엔

음료, 빵, 간식 등 802엔

점심식사(우동, 주먹밥, 가지튀김) 510엔

커피 100엔

소계 : 1,512엔

누계 : 46,807엔

Day 15. 5월 13일. 맑음
조선통신사의 후손 "나도 한국사람이에요."

새벽부터 태양빛이 눈부시다. 오늘 하루도 좋은 날씨가 될 것 같다. 짐을 정리하고 떠날 준비를 하니 오전 6시. 조용히 떠나려고 하는데 코골이 아저씨가 일어났다.

"일어나셨어요? 오늘도 날씨가 좋네요. 저는 먼저 출발할게요."

"아 그래요. 내가 코를 골아서 피해를 준 건 아닌가 모르겠네."

간밤에는 아저씨가 밉기도 했지만 피곤함을 떨쳐내지 못하고 일어나서 하시는 말씀에 괜히 미안해졌다.

"아니에요. 저도 어제 피곤해서 세상 모르게 잤습니다. 하하."

아저씨와 인사를 하고 33번 절 셋케이지(설혜사, 雪蹊寺)를 향해 나섰다. 젠지 부지에서 거리는 지도상으로 7.5km이다. 아침해가 새벽을 완전히 몰아내지 못한 시간은 걷기에 좋은 시간이다.

도사(고치의 옛 지명)만(灣)이 땅을 갈라놓고 있는 이 지역은 고치현에서 무료로 운영하는 페리를 탈 수 있다. 다리도 놓여 있지만 조금 돌아가야 하기 때문에 페리를 이용하지 않을 이유가 없다. 주택가를 따라 페리선착장을 향해 걷고 있는데 할머니 한 분이 손짓을 하며 부르신다. 90세는 족히 되어 보이는 할머니는 하나 밖에 남지 않은 윗 앞니가 인상적이었다. 아침 이른 시간이라 틀니를 하지 않고 나오셨는지도 모르겠다. 할머니는 동전지갑을 꺼내어 동전을 한 주먹 쥐어 주셨다. 뭔가 코끝이 찡해오면서 나쁜 사람이 된 기분이었다. '할머니, 저는 할머니 쌈짓돈을 받을 만큼 좋은 사람이 아니에요.'

처음에 오셋타이를 받을 때는 공짜로 돈도 생기고 먹을 것도 생기는 것이 무작정 좋았다. 하지만 언제부터인지 세상에 공짜는 없다는 단순한 사실을 실감한다. 물론 오셋타이를 하는 분들은 순수한 마음으로 헨로들의 고통을 조금이나마 함께 하려는 것이지만, 그것을 받는 입장이 되면 받은 만큼 세상에 되돌려 주어야 한다는 의무감 같은 것이 생겨난다. 누구도 강제하는 것은 아니지만 사람이란 그렇게 서로 돕고 사는 것이라는 이치를 조금씩 체득하는 느낌이다. 길에 나서기 전에도 머리로는 알고 있었다. 하지만 몸으로 습득하는 것은 차원이 다른 것이다. 돌아보면 내 것을 내어주는 것은 언제나 고통이었다. 하지만 이 길에서, 주는 것 또한 즐거움을 내재하고 있다는 것을 하루하루 깨닫고 있었다.

할머니의 쌈짓돈 한 주먹은 묵직했다. 백엔 동전 열 개. 마음 속에 또다시 기분 좋은 빚이 쌓였다. 묵직하게.

페리선착장에는 자전거를 세워두고 배를 기다리는 여학생 한 명이 휴게소에 앉아 있었다. 아침 8시 30분, 등교시간인데 다른 학생들은 보이지 않는다. 이 학생이 지각인지 빨리 가는 것인지 모호하다. 어쩌면 이 학생은 땡땡이를 치고 있는 것인지도 모르겠다. 페리는 곧 도착했고 금세 건너편 땅에 닿았다.

33번 절 셋케이지는 페리를 내려서 금방이었다. 뭐랄까 사찰이 있어서는 안될 것 같은 곳에 있는 절이었다. 고보다이시가 창건한 절이라고 하는데 건물은 오래되지 않은 것들이 많아 감동을 전하는 맛은 적었다. 그런데 찾는 사람은 적지 않다. 아마도 접근성이 좋아서 곁에 두고 자주 찾을 수 있어서일 것이다. 사람들을 바라보며 가만히 생각해 보니 내 편견이었다. 사찰이 있어서는 안될 것 같은 곳이란 없을 것이다. 중생을 구제하는데 많은 업적을 남긴 고보다이시의 행적을 생각하면 오히려 이런 위치가 그의 뜻을 펼치는 데는 좋을 것이다.

　　발이 부어올라 운동화의 밑창을 빼고 걷기 시작했다. 발이 물집과 굳은살에 적응되어 가는 중의 마지막 저항처럼 느껴진다. 34번 절 타네마지로 가는 길도 농촌마을의 정취가 넘쳐 흐른다. 모내기를 마친 벼는 어제 보았던 올챙이들처럼 자라야 할 시기를 아는 듯이 논에 대놓은 물을 경쟁하듯 빨아들이고 있다. 마을 사람들은 헨로들을 위해 마을의 한 쪽 공간을 휴게소로 만들어두고 '오모테나시(손님을 정중하고 극진히 환대함) 스테이션'이라고 표시해 두었다.
　　타네마지는 너른 평지의 국도변에 자리잡고 있다. 저 멀리 타네마지가 보이기 시작하는 지점에 비닐하우스가 몇 동 늘어서 있다. 무심하게 그 앞을 걷고 있는데 불쑥 누군가 비닐하우스에서 튀어나왔다. 방울토마토 농사를 짓는 아저씨가 지나는 헨로를 보고 오셋타이를 하러 나오셨다. 구릿빛 피부에 선한 웃음이 인상적인 분이었다.
　　"오헨로상, 방울토마토 좀 가지고 가요."
　　"아, 감사합니다. 잘 먹을게요."

"더, 더 가져가요."

"이 정도도 많은 걸요."

아저씨는 방울토마토를 상자 채로 내밀며 인심 좋게 나누어 주었다.

"그런데 오헨로상은 어디서 왔어요?"

"저는 한국 사람입니다. 말투가 일본인과 좀 다르죠?"

"정말? 나도 한국 사람이에요. 반가워요."

"네?"

사연은 이랬다. 그의 선대는 조선통신사로 일본에 왔다가 정착한 도래인(渡來人)이라고 했다. 그래서 아저씨는 한국어를 말하지 못해도 자신은 한국사람이라고 생각한다고 했다. 그렇게 생각해주는 것이 고마웠다. 그리고 한편으로는 복잡한 심정이 되었다. 일본에서 살아가는 재일한국인 중에 한국인(또는 조선인, 북한국적)임을 숨기고 살아가거나 부정하는 사람을 꽤 보았기 때문이다. 나는 그들에게 애국을 강요할 수는 없다고 생각한다. 추성훈 선수의 예를 통해서 알 수 있듯이 조국이 그들을 배척하기도 했음을 인정하지 않을 수 없기 때문이다. 한일관계는 풀기 어려운 실타래처럼 얽혀있다. 그 실타래를 풀어가는 시작으로 일본 내의 한국인들이 조국에 대한 자긍심을 가질 수 있도록 하는 정책이 절실히 필요하다. 그러지 않으면, 언젠가 우리가 일본을 용서하는 날에 재일 한국인들이 조국을 용서하지 않을 수도 있을 것이다.

한국인 아저씨의 마음이 담긴 방울토마토로 수분을 보충하며 34번 절 타네마지에 도착했다. 낮은 담장이 주변 풍경을 사찰 안으로 끌어들여 실제 보다 넓어 보이는 시각차가 있었다. 납경소 옆에 그늘을 드리운 벤치가 쉬어가기에 적당했다. 35번 절 기요타키지(청롱사, 淸瀧寺)는 약 10km를 가야 한다. 시간은 정오를 향해 가고 있으므로 중간에 점심을 먹고 가도 오후 3시면 도착할 수 있겠다.

타네마지 주변에는 식당이 없었다. 기요타키지는 해발 130미터 정도의 산중에 있는데 약 4km를 남겨두고 큰 마트와 식당이 늘어선 국도변의 번화가가 나온다. 이 곳에 있는 서니마트라는 곳은 헨로들의 짐을 맡아준다. 36번 절 쇼류지(청룡사, 靑龍寺) 가는 길은 서니마트 주변의 교차로를 기점으로 기요다키지에 갔다가 다시 내려와야 하는 루트이기 때문에 서니마트는 헨로들에게 일종의 '코인로커 오셋타이'를 한다. 서니마트의 고객센터에서 물으니 담당자가 나와서 친절하게 짐을 맡아 주었다. 짐이 없으니 날아갈 것 같다. 무소유를 실천하는 스님들은 이런 기분을 항상 느끼는 것일까.

국도변의 많은 식당 중에 우동집에 들어갔다. 가케우동과 호박튀김을 주문하니 커피를 서비스로 내주었다.

헨로에게만 서비스를 하는 것인지는 확실치 않지만 후식까지 챙겨주는 것이 고
마웠다. 식사를 하는 중에 헨로 한 명이 들어와 내 옆에 앉았다. 그가 점원에게
하대하는 것이 불편했다. 주문을 마치고는 여지없이 내게 말을 걸어왔다. 도쿄에
서 왔다는 그는 72세의 자전거헨로였다. 말이 넘치고 매너가 좋지 않았다. 건성
으로 대화를 나누고 일어섰다.

35번 절 기요타키지는 해발 130미터라는 숫자보다 체감적으로 훨씬 높게 느껴
졌다. 자동차와 함께 가는 길이 구불구불 이어지다가 갑자기 나타나는 가파른 계
단을 두 번 올라야 하기 때문이다. 오후의 해가 가장 왕성한 힘으로 더위를 발산
하는 탓에 땀구멍에서 땀이 분수처럼 솟구치는 것 같다. 배낭을 맡기지 않고 왔
다면 고생깨나 했을 테니 서니마트에 더욱 감사함을 느끼지 않을 수가 없다. 커
다란 약사여래상이 눈길을 끌어 잠시 올려보다 참배를 시작했는데 도중에 재미
있는 사람들을 만났다. 세 명의 멀끔한 남자들이었는데 박자에 맞춰 독경을 읊으
며 참배하고 있었다. 박자와 다음 박자의 사이에는 미리 약속된 듯한 추임새를
보여주기도 했는데 내게는 재미있는 퍼포먼스였다. 깨끗한 옷차림을 보니 아루
키헨로는 아닌 것 같았고 교통수단을 이용해서 빠르게 다니는 사람들로 보였다.
나는 속으로 그들에게 '헨로 브라더스'라는 팀 명을 지어주었다. 기요타키지에서
내려와 서니마트에서 다시 짐을 찾았다. 몇 시간 만에 다시 맨 배낭은 온 지구를
짊어진 듯한 무게로 다가왔다. 다시 익숙해질 때까지는 조금 힘들 것이다.

　서니마트에서 39번 도로를 찾아 방향을 잡았다. 쇼류지는 13km 정도 떨어져 있기 때문에 오늘은 중간의 휴게소에서 묵어야 한다. 지도상으로는 적당한 곳에 휴게소 마크가 있는데 머물기에도 적당할지는 의문이다.

　도로가 오르막이 되면서 계곡을 이루는 지형에 휴게소가 있었다. 자동차들이 쉬어갈 수 있도록 큰 주차장도 있고 화장실도 있다. 정방형의 기와지붕을 얹은 휴게소는 사방이 뚫려 있지만 오늘 하루 쉬어 가기에는 부족하지 않을 것이었다.

　자리를 잡고 저녁을 먹고 있는데 누군가 나를 감시하고 있는 듯 뒷덜미가 당긴다. 기분 탓인가 싶었는데 잠시 후에 풀섶에서 소리가 나기 시작했다. '뭐지?' 갑자기 소름이 돋았다. 순식간에 경계모드로 진입해서 사위를 살펴보고 있다가 범인을 찾았다. 길고양이였다. 얼룩고양이 한 마리와 검은고양이 한 마리가 휴게소 주변에서 맴돌고 있었다. 먹을 것을 달라는 건가 싶어 빵을 조금 던져주니 녀석들도 나를 경계하는 듯 먹지 않는다. 그렇게 녀석들과 탐색전을 하고 있는데 작은 경자동차 한 대가 주차장으로 들어왔다. 곧 자동차에서 한 여자가 내려 이쪽으로 걸어왔다.

　"안녕하세요. 오늘 여기서 머무시나봐요?"

　"네, 안녕하세요. 여기 묵어도 괜찮은 곳인가요?"

　"네, 오헨로상들이 자주 묵어가는 곳이예요."

　그녀가 이쪽으로 다가온 것은 바로 고양이들 때문이었다. 그녀는 매일 저녁에 녀석들에게 먹이를 주는 '캣맘'이었다. 고양이들은 그녀를 기다리고 있었다. 내가 녀석들의 영역을 침범한 셈이다. 그녀가 다가가자 고양이들이 슬금슬금 다가왔다. 사료를 다 먹고는 안심이 되었는지 얼룩이 녀석이 내가 던져주었던 빵을 낼름 집어먹는다.

　"풀섶에서 소리가 나서 좀 놀랐어요. 고양이가 있는지 몰랐거든요."

　"그렇군요. 여기 오소리나 너구리도 자주 나오는데 사람에게는 덤벼들지 않아요. 대신 음식을 훔쳐가는 경우가 있으니까 그건 조심하셔야 해요. 지금은 고양이가 있으니까 오지 않을 거예요."

　그녀는 고양이들과 잠시 놀아주더니 곧 돌아갈 채비를 했다. 그리고 떠나면서 무서운 말을 남겼다.

"아! 여기 원숭이도 가끔 내려와요. 자주는 아니지만요."

오소리나 너구리는 괜찮은데 원숭이라는 대목에서 무서워졌다. 산중에서 만났던 기억이 되살아났기 때문이다. '자주는 아니라고 하니까 오늘은 아닐거야.' 스스로 최면을 걸면서 잠을 청했다.

Day 16. 5월 14일. 맑음
내가 여기서 공방을 5년은 더 하지 않을까?

원숭이에 대한 두려움도 피곤한 몸뚱아리를 어찌할 수는 없었다. 오히려 지금까지 경험한 노숙 중에서는 가장 편안하게 잤다. 새벽에 눈을 떠 시계를 확인하니 오전 5시 30분. 일어나기 싫은 마음을 떨쳐내려고 있는 힘껏 상체를 일으켰다. 동시에 발치의 쓰레기통 주변에서 뭔가 소리가 난다. 가만히 보니 까만 안경을 쓴 너구리 한 마리가 나를 바라보며 눈을 마주쳐온다. 녀석도 놀란 듯 잠시 멈춰있더니 갑자기 뒤돌아 산 속으로 사라졌다. '너만 놀란게 아니라 나도 놀랐다.' 그래도 원숭이가 아니라 다행이라 생각하며 짐을 챙겨 나섰다. 고양이든 너구리든 먹이를 찾아서 올 것 같아서 땅콩을 조금 남겨두었다.

오르막의 도로를 따라 산을 넘으니 잔잔한 바다가 나타났다. 지도를 보니 육지로 둘러싸인 우사만(宇佐灣)이다. 삼면이 육지로 둘러싸인 바다는 잔잔했다. 어선은 거의 보이지 않았고 레저용 요트들이 정박해 있었다. 해안도로는 매끈하게 쭉 뻗어 있다. 멋진 도로는 요트가 있음으로 해서 생겨나는 경제적 효과의 하나일 것이다.

이쪽 만(灣)에서 저쪽 만으로 건너 헨로길은 이어진다. 두 개의 만을 잇는 것은 우사대교라는 다리. 마치 롤러코스터의 곡선구간처럼 둥글게 생겼는데 자연스럽게 도로를 들어올려 놓은 듯한 모양이 날렵하다. 각진 모양으로 딱딱하게 만든 것보다 훨씬 자연스럽고 주변 풍경과 조화를 이루어 상승효과를 가져온다. 마침 경치 좋은 곳에 패밀리마트가 있어서 아침식사도 할 겸 들어갔다.

다른 편의점에 비해 패밀리마트는 가게 안에 카페식으로 테이블과 의자를 놓아둔 곳이 많다. 대도시에 비해 상대적으로 토지임대료가 저렴한 지역이기에 가능한 것이겠지만 헨로들에게는 길 위의 오아시스 같은 곳이다. 자리를 잡고 커피와 빵을 먹고 있는데 자전거슈트 차림의 헨로 한 명이 다가온다. 어딘가 낯이 익다 싶었는데 2일차에 묵었던 카모노유에서 마당에 텐트를 쳤던 자전거헨로 아저씨였다. 사투리가 심해서 절반 정도밖에 알아듣지 못했던 기억이 남아 있다. 아저씨는 나를 기억하고 다가온 것이었다. 자전거를 타는데 왜 이렇게 늦으냐고 물으니 집에 일이 있어서 갔다가 오느라고 그렇단다. 그러고 보니 이 아저씨는 에히메현이 집이라고 했었다. 아저씨와 함께 빵을 먹으며 얘기를 하다가 어제 만났던 자전거헨로 이야기를 했다. 도쿄에서 왔다는 할아버지 헨로라고 했더니 아저씨가 아는 사람이라고 했다. 며칠 전에 만나서 친해졌다고 했다. 그러더니 전화번호도 안다고 갑자기 전화를 걸기 시작했다. 난 별로 통화할 마음이 없는데 얼떨결에 전화로 다시 그 할아버지와 인사를 했다. 아저씨는 헨로를 많이 했기 때문에 매번 다른 길로 다닌다고 했다. 아저씨를 먼저 보내고 우사대교를 건넜다.

　다리를 건너 해안도로를 조금 더 걸으면 헨로길은 산 쪽으로 방향을 튼다. 그리고 주택가를 10여 분 통과하면 쇼류지가 보인다. 36번 절 쇼류지는 '세로로 긴' 절이다. 폭이 넓지 않고 계단을 따라 종(縱)으로 가람이 배치되어 있는 것이다. 본당과 대사당은 계단의 끝, 꼭대기에 있기 때문에 별 수 없이 끝까지 올라가야 했다. 전체적으로 아담한 절이기 때문에 끝까지라고 해도 그다지 힘들지는 않았다. 참배를 마치고 내려와 방문자들을 위해 절에서 준비해 둔 감차 한 잔을 마셨다. 목젖을 따라 흐르는 달콤한 감차가 좋았다.

　감차를 마시며 마루에 앉아 좀 전에 패밀리마트에서 나누었던 자전거헨로 아저씨와의 대화를 되새김질해 보았다. 도쿄에서 온 자전거 할아버지헨로 얘기를 할 때 나는 사실 아저씨에게 그의 험담을 하려고 작정하고 있었다. 나이를 떠나 무례한 사람이라고 생각했기 때문이다. 타이밍이 좋아 아저씨와 할아버지가 아는 사이라는 것을 먼저 눈치챈 것이 다행이었다. 내가 경솔했다. 나는 겨우 10분 남짓 할아버지헨로와 대화를 나누었을 뿐이었다. 누군가를 판단하기에는 너무 짧은 시간이었다. 아저씨에게 할어버지헨로는 좋은 사람이었을지도 모른다. 마찬가지로 나 역시 그 누군가에게는 불편하고 짜증나는 사람일 수 있을 것이다. 나와 맞지 않더라도 잠시 동안 지그시 바라볼 수 있는 여유는 선택이 아니라 필수에 가깝다는 것을... 길에서 또 하나 배웠다.

　37번 절 이와모토지(암본사, 岩本寺)는 58km 떨어져 있으므로 꽤 멀다. 아직 오전이지만 오늘 중으로 도착할 거리는 아니니 편한 마음으로 갈 데까지만 가기로 했다.

　쇼류지에서 이와모토지로 가는 길은 두 가지가 있다. 하나는 쇼류지에서 이어진 산길을 따라 가는 길이고, 다른 하나는 왔던 길을 되돌아가 우사대교를 건너 23번 도로를 따라 서쪽으로 향하는 길이다. 하기모리상이 산길은 힘드니 23번 도로를 따라 가라고 했었다. 이번에는 하기모리상의 말대로 23번 도로를 따라가기로 했다.

　해안가에서는 주름 잡힌 바다를 맞대고 낚싯대를 드리운 강태공이 평화로웠다.
　23번 도로는 왼쪽으로 내해(內海) 우라노우치만(浦の內灣)을 끼고 걷는 길이
다. 지금껏 산길은 많이 걸었으니 바다와 함께 걷는 길이 좋은 선택이라는 생각
이 든다. 길은 즐거웠지만 한동안 휴게소를 찾지 못했다. 쉬지 않는 것은 괜찮은
데 화장실을 가지 못해서 조급해지기 시작했다. 아루키헨로라도 피치 못할 사정
이 아니면 노상방뇨나 쓰레기투기는 하지 않는 것이 당연한 예의, 가능하면 그것
을 지키고 싶다.
　산과 바다를 끼고 이어지던 길 저 앞에 민가 한 채가 보였다. 짙은 회색 단층집
인데 자동차가 주차되어 있는 것을 보니 폐가는 아닌 것 같다. 집 앞에서 안쪽을
살피니 마당에서 아주머니 한 분이 화초에 물을 주고 있었다.
　"안녕하세요. 아루키헨로입니다. 죄송하지만 화장실이 급한데 빌려도 되겠습
니까?"
　아주머니가 거절한다면 노상방뇨를 할 수 밖에 없는 수위(?)였다. 급했다.
　"물론이죠. 들어와서 차도 한 잔 하세요."
　고맙게도 아주머니는 낯선이에게 선뜻 화장실을 내주었다.

　화장실을 다녀오니 아주머니는 커피를 준비하고 있었다. 실내는 일반 가정집과
는 사뭇 다른 분위기였다. 창가에는 작은 수묵화 한 점이 놓여 있고 커다란 테이
블 위에는 여러가지 염료와 도구, 무언가를 만드는 재료들이 놓여 있었다. 안쪽
선반에는 가방이 많았다.
　아주머니는 도시에서 교사로 일하다 몇 년 전에 정년퇴직을 하고 고향으로 내
려와 여기서 가죽공방을 하고 있다고 했다. 화장실을 빌려주서서 고맙다고 하니
의외로 화장실을 빌리러 오는 헨로들이 많다고 했다. 남자들보다는 여자들이 많
은데 아마도 남자들은 길에서 해결하는 것 같다고 하며 웃으셨다. 아주머니와 꽤
긴 시간 즐겁게 대화를 나눴다. 산에서 원숭이를 만났던 얘기를 하니 아주머니도
어렸을 때 갑자기 산에서 나타난 원숭이에게 괴롭힘을 당한 경험이 많다고 했다.
주로 먹을 것을 빼앗아 간단다.

덧붙여 원숭이 관련 얘기를 해주셨는데, 전후(2차 세계대전) 도쿄에 동물원(우에노 동물원)이 재개관하면서 이 지역에서 사육되고 있던 원숭이들이 보내졌다고 한다. 수십 년이 지난 후 원숭이 주인의 아이들이 자라 어른이 되어 동물원에 갔는데 원숭이들이 어른이 된 아이들을 기억했다고 한다. 나는 처음 들었지만 이 이야기는 일본에서 유명한 얘기라고 했다.

한참 얘기를 나누다가 아주머니가 점심시간인데 배가 고프지 않냐고 하시며 야키오니기리(구운 주먹밥)와 차를 만들어 주었다. 짭짤한 간장소스 맛이 좋았는데 아주머니는 장을 본 지 오래되어 레토르트 제품이라고 미안해 하셨다. 그렇게 밥까지 얻어 먹고 한참을 더 아주머니와 대화를 나누고 자리에서 일어났다. 너무 많이 대접받고 폐를 끼친 것 같아 미안했다.

"아주머니 여러가지로 정말 감사합니다. 언제가 될지 모르지만 꼭 다시 한 번 뵈러 오고 싶어요."

"그래요. 아마 내가 여기서 공방을 5년은 더 하지 않을까? 건강하게 걸원하고 다시 봐요."

다시 와야 하는 이유가 하나 더 늘었다. 느슨한 약속이지만 아주머니와의 약속을 꼭 지키고 싶다.

아주머니와 아쉬운 작별을 하고 다시 길을 걷는다. 길가에 분탄(오렌지와 비슷한 과일)을 파는 무인판매대가 있는데 헨로들을 위해 오셋타이로 놓아둔 것이 있어 하나를 집어 들었다. 구름 한 점 없는 하늘에 갑자기 매 한 마리가 나타나더니 낮게 활공하기 시작했다. 마치 길잡이가 되어 주는 듯 한동안 내 앞에서 도로를 따라 날아갔다. 날개를 가진 녀석이 부러웠지만 튼튼한 다리를 가진 것에 감사해야 함을 어렴풋이 알 것도 같았다.

한적한 길이 끝나가는 곳에서 휴게소를 만났다. 수돗가도 있고 옆 민가의 화장실도 이용할 수 있어서 노숙하기에 좋은 곳이었는데 시간이 애매했다. 무엇보다 오후의 걷기 좋은 날씨를 포기하고 싶지 않았다. 조금 더 가면 큰 마을이 있으니 휴게소가 없으면 민박이나 호텔에서 묵기로 마음을 먹었다.

2시간 정도 걸어 도착한 마을은 생각보다 컸다. 지도를 살펴보니 스사키시(須崎市) 같다. 오후 5시가 넘었기 때문에 적당한 숙박업소를 찾아보기로 했다. 작은 골목을 살피며 걷다가 '비즈니스 료칸'이라는 간판을 달고 있는 작은 숙박업소가 눈에 들어왔다. 문을 열고 들어서니 카운터에 사람이 없다. 울림벨을 몇 차례 눌러도 소리가 공허하게 퍼져나갈 뿐 대답이 없었다. 목재로 꾸민 로비의 인테리어가 마음에 들어 머물고 싶은데 다른 곳을 찾아봐야 하나보다. 포기하고 나와서 조금 걸으니 공중전화가 보였다. '전화도 안 받으면 정말로 포기하자.'라는 생각으로 공중전화의 숫자패드를 눌렀다. 신호가 몇 번 울리고 연결음이 미묘하게 변했다. 곧 누군가 전화를 받았다. 주인장은 잠시 외출중이라고 했다. 금방 돌아온다고 하니 기다리기로 했다. 아마도 착신전환을 해두었던 것 같다.

주변에 큰 마트가 있어서 먹을 것은 사가지고 올 요량으로 스도마리로 체크인을 했다. 다다미가 깔린 방은 군더더기 없이 깔끔했다. 로비에서 느꼈던 목재의 차분한 이미지가 통일성 있게 이어지는 것이 좋았다. 작은 여관이지만 입구만 보기 좋게 꾸며놓은 것이 아니라 구석구석 정성을 들인 의리 있는 곳이다. 짐을 풀고 TV를 켰는데 마침 아루키헨로를 체험하는 방송이 나온다. 일본에서 사는 외국국적의 연예인이 하룻동안 헨로길을 걷는데 산길을 헉헉대며 오른다. '그 마음 알지...' 나도 모르게 미소가 흘러나왔다.

숙소에서 가까운 대형마트에서 장을 보고 내일의 식량까지 마련해 두니 든든하다. 내일 일기예보는 흐리고 비가 내린다고 한다. 그리고 슬슬 장마가 시작될 것이라고 하는데 걱정이다. 하늘이 하는 일을 바꿀 수 없으니 일단은 푹 쉬어두는 것이 최선이겠지. 욕탕에서 몸을 충분히 덥히고 편한 잠을 잤다.

Day 16. 소비내역

빵, 음료 220엔

물, 커피, 빵 338엔

공중전화 10엔

저녁 및 식량 710엔

소계 : 1,278엔

누계 : 49,007엔

　어제까지 새파랗던 하늘에 무거운 진회색 구름이 잔뜩 몰려들었다. 빗속에서의 경험이 있기 때문에 조금은 몸과 마음의 준비가 되었을까. 오늘은 아마도 그것을 확인하는 하루가 될 것이다. 비가 내리기 전에 되도록 많이 걸어두려고 했지만 비를 대비해서 3일 만에 슬리퍼를 신었더니 발도 아프고 시원스럽게 속도가 나지 않았다. 오전 내내 고전하며 걷던 중에 특이한 휴게소가 나타났다. 저장강박이 있는 사람의 취향인 듯 맥락 없는 물건들로 채워진 기괴한 곳이다. 땅을 바라보며 시선을 내리깔고 앉아있는 마네킹이 말없이 여행자를 맞이하고 있다. 마침 쉬어갈 때도 되었으니 들어가 볼까. 내부는 그래도 헨로들의 휴식을 배려한 듯 침대와 이불이 놓여 있었고 머물러 가는 사람들을 위해 책과 잡지도 구비되어 있다. 주판 같은 물건들은 왜 놓아두었는지 이해가 되지 않았다. 공간에 놓인 물건이 그 공간의 분위기를 만들어 낸다. 맥락 없는 물건들이 만들어 낸 어색한 분위기 탓에 잠시 앉았다 일어나고 말았다.

　주택가를 지나며 마트에서 먹을 것을 샀다. 마침 동네에서 가츠오마츠리(가다랑어 축제)를 하고 있어서 마트에서도 가츠오 다타키를 좋은 가격에 팔고 있었다. 생선이 먹고 싶기도 해서 주먹밥과 함께 집어 들었다.

주변에 먹을 만한 공간이 없어서 벤치를 찾으며 걷다 보니 헨로길이 공사중이라는 안내판이 나타났다. 이 곳은 길이 두 갈래로 나뉘는데, 둘 중 하나의 길이 공사중인 것이고 다른 하나의 길은 통행이 가능했다. 하지만 여기서 나는 두 길의 중간인 56번 도로로 방향을 잡았다. 이 지역의 헨로길은 산을 타고 가는 길인데 산중에서 비를 만나면 난처할 것이기 때문이다.

마을이 끝나는 지점이 되어도 식사를 할 만한 공간을 찾을 수 없었다. 마을을 벗어나자 급격한 오르막길이 시작되어 끝이 보이지 않게 이어지고 있었다. 경험상 저런 길에는 휴게소가 없었다. 점심 시간을 훌쩍 지나서 배가 많이 고파 결국 커다란 주차장 한 구석에 자리를 폈다. 주먹밥을 한 입 먹었는데 툭, 비가 한 방울 떨어진다. 하늘이 무거운 구름을 더 이상 견뎌내지 못한 건가. 빗방울은 굵은데 간헐적으로 쏟아지는 이상한 비다. 본격적인 비를 예고하는 소나기 같다. 비를 맞으며 빠르게 식사를 했다. 밥을 다 삼키기도 전에 가츠오다타키를 밀어 넣고 물을 마시고 다시 밥을 밀어 넣고.. 지나가는 자동차에서 나를 본다면 걸인이라고 생각해도 이상하지 않을 장면이었다.

급하게 끼니를 때우고 하늘을 올려다보니 구름은 무거워 보이지만 한편으로는 당장 폭우가 쏟아질 것 같지는 않았다. 한 마디로 요상한 날씨였다. 다음 휴게소까지는 대략 6km가 남았는데 빠르게 걸으면 한 시간이면 되지 않을까? 비보다 빠르게 휴게소까지. 한 번 걸어볼 만한 승부라고 생각했다.

완벽한 계산착오였다. 휴게소까지 6km가 두 시간이 넘게 걸렸다. 산 아래에서는 이렇게 울창하고 험한 길이라고는 생각지 못했다. 미리 알았다면 일찌감치 포기하고 마을에서 묵을 곳을 찾았을지도 모른다. 살다 보면 모르는 게 약인 경우도 있다. 거의 다 올라와서 돌아보니 지나왔던 터널이 까마득히 아래 있었다. 오락가락 했지만 다행히 폭우는 쏟아지지 않았다. 계산은 틀렸지만 승부는 이긴 셈인가.

기진맥진해서 벤치에 앉아 있는데 작은 승합차 한 대가 휴게소에 들어온다. 차량도 쉬어가는 곳이니 별로 신경을 쓰지 않았는데 아주머니 한 분이 차에서 내려 다가왔다. 아주머니는 내게 말을 걸어왔고 친절했다. 의례적인 대화가 몇 마디 오간 후, 그녀는 본심을 드러내기 시작했다. 불교나 고보다이시는 다 이단이고 헨로길을 걷는 것도 쓸데없는 짓이라는 것이 그녀의 요지였다.

남묘호렌게쿄라는 종교를 전도하는 사람이었던 것이다. 이럴 때는 확실하게 대응하는 것이 좋겠다 싶었다. 정중하게 나는 종교에 관심이 없으니 쉴 수 있게 자리를 비켜달라고 하니 그녀는 체념한 듯 그녀들의 신문 한 부를 건네주고는 사라졌다. 남묘호렌게쿄.. 어디서 들어 봤는데.. 나중에 찾아보려는 심산으로 메모를 해두었다.

　<< 후에 찾아보니 남묘호렌게쿄의 정식 명칭은 창가학회(創價學會)라고 한다. 일본의 승려 니치렌(일련, 日蓮, 1222년~1282년)의 불법을 그 근원으로 하며 세계적으로 약 5천만 명의 신도를 거느리고 있다. 우리나라에도 약 100만 명이 활동하고 있는 것으로 추산된다. 니치렌의 사후 그의 가르침을 따르는 일련종(日蓮宗)이 생겨났고 그 분파의 하나로 일련정종(日蓮正宗)이 있다. 창가학회는 일련정종으로부터 파문 당한 신도들의 집단이다. >>

　하늘은 이제 곧 구름 속에 간신히 가둬놓은 비를 놓아버릴 기세다. 비를 막아줄 수 있는 휴게소는 많지 않다. 오늘도 숙박업소를 이용할지도 모르겠다는 생각을 하고 지도책을 확인하니 7km 전방에 전차역(JR카게노역)이 있다. 근방에는 휴게소 표시도 두 개가 있으니 어쩌면 비를 피해 머무를 수 있을 것이라는 희망을 가져본다.

　내려오는 길에 본격적인 비가 시작되었다. 다행히 계속 쏟아지지는 않고 중간중간 5분에서 10분 정도 휴지기가 있는 비다. 지도책에 표시된 두 개의 휴게소는 지붕이 있기는 하지만 옆에서 들이치는 비바람을 고스란히 맞을 수 밖에 없는 구조였다. 할 수 없이 숙박업소를 찾아보기로 했다. 지도책에 실린 민박 몇 군데에 전화를 해봤지만 지금 걸어오기엔 무리라고 했다. JR카게노역이 보이는 삼거리에 도착해서야 이 곳은 숙박업소가 있을만한 지역이 아니라는 것을 알았다. 상점이라고는 하나도 없는, 점점이 민가들만 몇 채 들어선 곳이었다. 이미 오후 6시가 넘어 체력에 한계가 느껴졌다. 결국 역으로 터벅터벅 발걸음을 옮겼다. JR카게노역은 작은 무인역이었다. '이곳에서 자면 되겠구나!' 무인 전차역은 내 머릿속에 없었다. 아무리 작은 역이라도 역무원이 있고 막차시간이 지나면 역사에서 쫓겨날 것이라고 생각했다. 그래서 전차역은 처음부터 노숙할 수 있는 곳이라는 개념이 없었던 것이다. 하지만 무인역이라면 가능하지 않을까 싶었다. 날씨 때문에 달리 다른 선택이 없기도 했다. 확인해보니 막차시간은 오후 9시 21분 이었다. 막차시간 전에 침낭을 펼치면 승객들에게 피해가 될 것 같아 앉아서 기다릴 수 밖에 없었다. 다행히 역사에 화장실이 있어서 크게 어려움은 없었다. 막차시간이 되자 한 량짜리 전차가 들어오고 승객 두 명이 내렸다. 고등학생 두 명이었다. 그들은 헨로들이 익숙한 듯 가볍게 목례를 하고 지나갔다. '가끔 역사에서 묵는 헨로들이 있는가 보다.'라고 멋대로 생각해버렸다.

  막차가 떠난 뒤에 벤치에 자리를 잡고 누워 빗소리를 들었다. 밤이 깊을수록 비는 점점 세차게 내렸다. 알 수 있었다. 장맛비였다. 어린 시절에는 장마철이 꽤 확실하게 구분되어 있었다. 땡볕이 내리쬐는 여름이 오기 전, 영원처럼 비가 내리는 기간이 있었다. 그 때 각인된 장맛비에 대한 기억이 있다. 공기의 질감과 냄새. 그 시절의 장맛비가 내리고 있었다. 알 수 있었다.

Day 17. 소비내역

숙박비 4,300엔

커피 100엔

주먹밥, 가츠오다타키, 빵 등 866엔

공중전화 20엔

소계 : 5,286엔

누계 : 54,293엔

Day 18. 5월 16일. 비
때로는 재충전이 필요해

  인기척에 놀라 잠을 깼다. 아침 첫 차를 타는 듯한 아저씨가 무심하게 플랫폼으로 들어가고 있었다. 시간을 확인하니 오전 5시 56분이다. 창 밖을 보니 양동이로 퍼붓는 수준으로 비가 내리고 있었다. 습한 날씨 때문에 온 몸이 쑤시고, 입고 있는 옷이 꿉꿉해져 감기가 걸릴 것 같다. 짐 정리를 하고 정신을 좀 차리려 멍하니 앉아 있는데 등굣길의 여학생이 인사를 하며 대합실로 들어왔다.

　퍼뜩 정신이 들어 다시 시계를 보니 오전 7시가 넘어가고 있다. 정신을 차리지 못하고 한 시간여를 앉아 있었던 것이다. 어떻게 할까 고민하다가 결국 전차를 타기로 했다. 이 날씨에 폭우 속을 걸었다가는 몸살이 걸릴 것 같았다. 37번 절 이와모토지 까지는 약 9km가 남았는데 사찰 주변에 JR구보카와(窪川)역이 있다. 온 몸에서 우두둑 관절 꺾이는 소리를 내며 사지를 뻗었다. 오전 7시 48분 전차를 탔다. 전차를 타고 가는데 몸에 열이 나는 것이 느껴졌다. 몸살이 오려는 듯 가벼운 오한이 일었다. 오늘은 아무래도 하루 쉬어가는 것이 좋겠다는 생각에 전차 안에서 지도책을 꺼내 역 주변의 민박집 전화번호를 봐두었다. 두 주 동안 쉬지 않고 왔으니 오늘 하루는 재충전을 하는 것도 괜찮겠다 싶었다.

　JR구보카와 역사의 공중전화에서 민박에 전화를 했다. 주인 할머니가 전화를 받았고 오늘 묵어갈 수 있다는 확답을 받았다. 무사히 예약은 했지만 지금은 오전 8시 30분도 되지 않은 시각이라 체크인을 할 수는 없었다. 이와모토지가 주변에 있으니 먼저 다녀오는 것이 좋을 것 같다. 우선 민박집 위치를 확인해두기 위해 지도를 보고 찾아가는데 어디선가 습한 공기를 뚫고 날아든 커피 향기가 발걸음을 끌어당긴다. 비 내리는 날은 기압이 낮아서 커피 향기가 더욱 그윽하게 퍼진다. 오늘은 게으름을 피우는 날, 시간도 많으니 느긋하게 모닝커피를 한 잔 할 겸 카페로 들어갔다.

　카페에는 아침부터 흐릿한 정신을 깨우려는 손님들로 북적거렸다. 커피를 즐기고 끽연(喫煙)을 하며 신문을 읽거나, 테이블을 마주하고 어제의 야구게임 결과를 얘기하는 아저씨들이 활기차다. 60대로 보이는 아주머니가 주인장이었는데 손님들과 편하게 얘기하는 것을 보니 저들은 단골임이 확실했다. 비에 젖은 나는 창가의 넓은 곳에 자리를 잡고 모닝세트를 주문했다.

반으로 자른 토스트 한 장과 삶은 계란 그리고 갓 내린 따뜻한 드립커피가 놓였다. 커피는 강배전인데 살짝 탄 맛이 났고 김이 보슬보슬 나는 삶은 계란이 맛있었다. 뱃속에 따뜻한 것을 넣어주니 조금 살아나는 기분이다. 느리게 확산하며 부유하는 담배연기가 오늘은 공기가 무거운 날임을 새삼스레 일깨웠다. 비 맞은 헨로가 안쓰러웠는지 주인 아주머니는 따뜻한 자스민차를 오셋타이 해주었다. 차 때문인지 주인장의 따뜻한 마음 때문인지 힘이 나는 것 같았다.

카페에서 나와 민박집 위치를 확인해두고 이와모토지로 걸었다. 커피를 마시는 동안 빗줄기가 조금 약해져 있어 다행이었다. 이와모토지는 역에서 멀지 않았다. 경내에 들어서니 알록달록한 노렌과 신도들의 봉납으로 설치한 듯한 코이노보리(鯉のぼり, 남자아이의 건강과 출세를 기원하는 뜻으로 5월 5일 어린이의 날 전후에 잉어모양의 천을 깃대에 걸어두는 풍습, 여자아이들은 3월 3일의 히나마츠리 때 무병장수와 행복을 기원함.)가 화사하다. 일본의 사찰은 비불(秘佛)이 많아 본당에 들어갈 수 없는 경우가 많은데 이와모토지는 본당 내부까지 들어갈 수가 있었다. 본당 천장의 화려한 그림들이 인상적이었다. 오래된 것은 아닌데 이것도 신자들이 그린 것 아닐까 싶었다. 참배를 하며 오사메후다를 적고 있는데 입구 쪽이 시끌벅적하다. 고개를 돌려보니 단체헨로들을 태운 버스가 정차해 있었다. 단체헨로들의 도착과 함께 갑자기 비가 굵어졌다. 우산을 가지고 내리지 않은 헨로들이 이리저리 뛰면서 한바탕 소동이 벌어졌다.

　빗줄기가 다시 약해진 틈에 이와모토지를 나왔다. 민박집에 가는 길에 출출하기에 시간을 보니 오전 11시가 넘어 있었다. 체크인 후에는 다시 나오지 않을 생각으로 마트에서 먹을 것을 사고는 영업을 막 시작한 식당으로 들어갔다. 소고기우동 세트가 원 코인(500엔 동전 하나)이라기에 주문했는데 양도 많고 맛도 괜찮았다. 이와모토지에 다녀오느라 다시 비를 맞았더니 몸이 추워지고 있었다. 서둘러 민박으로 향했다.

　정오쯤 민박에 도착했는데 문이 굳게 닫혀 있었다. 예약할 때 주인할머니가 체크인은 오후 2시인데 좀 빨리 와도 된다고 해서 사람이 있을 것이라 생각한 것이다. 물먹은 가방을 내려두고 한 시간을 기다리니 허리가 90도(정말이다.) 정도 굽은 할머니가 오셨다. 전화상의 목소리로 할머니임은 예감하고 있었지만 생각보다 훨씬 연로한 분이다. 최소한 85세는 되어 보이는 할머니였다.

　"아침에 전화로 예약한 분이요? 아이고 미안해요. 내가 어디 좀 갔다 오느라고."

　"아닙니다. 제가 일찍 온걸요."

　물론 내가 첫 손님이었다. 할머니는 내게 아무 방이나 골라 잡으라고 하셨다. 나는 2층 끝 방에 자리를 잡았다. 배낭 안의 물품들은 다 젖었기 때문에 전부 꺼내어 말릴 수 밖에 없었다. 설상가상으로 발 상태가 좋지 않았다. 발바닥과 발가락은 굳은 살이 올라오기 시작해서 많이 아프지 않은데 왼발 새끼 발톱이 흔들리며 통증을 유발하고 있었다. 며칠 더 걸으면 빠질 것 같다. 온풍기를 틀어두고 자리를 폈다. 방 안의 기온은 빠르게 올라갔지만 몸살기운 때문에 추웠다. 낮잠을 자고 저녁에 일어나 배를 채우고 다시 잠이 들었다. 깊은 잠이었다. 최근 몇 년 사이에 이렇게 고요하고 깊은 밤은 없었다.

Day 19. 5월 17일. 비 내린 후 맑음
다시 찾아온 천사들

"오헨로상, 아침이에요."
주인장 할머니가 깨우는 소리에 일어났다. 오전 6시 30분. 할머니가 아니었으면 몇 시까지 잤을지 알 수 없었다. 스도마리였지만 할머니는 간단한 아침을 준비해서 가져다 주었다. 밤새 많이 회복했지만 몸살은 아직 완전히 물러가지 않고 있었다. 창 밖을 보니 분무기로 뿌리는 듯한 보슬비가 내린다. TV의 일기예보는 오늘 맑을 것이라고 얘기해 주었다. 짐을 정리하고 체크아웃을 했다. 주인할머니는 이미 굽은 허리를 더 굽혀 이마가 땅에 닿을 듯한 자세로 건강하게 결원하라고 기원해 주었다. 감사한 마음에 안아드리고 싶었지만 쑥스러워서 표현하지는 못했다.

전차를 한 번 더 타기로 결정했다. 몸살기운이 남아 있기 때문에 보슬비라도 맞으면 안될 것 같았다. 1시간 정도만 전차를 타고, 내려서도 비가 내리고 있으면 그칠 때까지 기다리는 것으로 스스로와 타협을 했다. 열차 시간표를 확인하니 JR고즈카(古津賀)역이 대략 1시간 정도 거리다. 전차를 타고 30분쯤 달리니 맑은 하늘이 드러나기 시작했다. 하늘이 드러났다기보다는 전차가 비 내리는 지역을 벗어난 느낌이었다. JR고즈카역은 사방이 탁 트인, 농촌마을의 작은 역이다. 플랫폼을 내려와 길에 들어서니 개망초를 닮은 꽃이 만발이다. 어제의 세찬 비를 씩씩하게 이겨내고 색깔이 더욱 짙어진 녀석들이 대견스러웠다.

붕대와 밴드로 단단히 고정했지만 흔들리는 새끼발톱의 통증은 기어코 새어 나왔다. 도시에서 발톱이 빠지는 상황이라면 만사 제쳐두고 당장 병원에 갔을 테지만, 길 위의 헨로는 간단한 소독을 하니 별로 걱정이 되지 않았다. 물집의 경험처럼 고통의 순간이 지나면 익숙해질 것이라는 확신이 있었다. 어떠한 의미로든 확신이 있으니 계속 간다는 베팅이 가능했다. 익숙해질 때까지는 자주 쉬면 될 것이었다. 쉬어가면 느리게 가지만 보이는 것들이 많아진다. 빠르게 지나는 화물트럭을 카메라로 잡아볼 수도 있고, 이끼 낀 돌 틈으로 비집고 나온 질긴 노란 녀석도 만날 수 있다.

321번 국도를 따라 걸어가는 길, 길가의 식당에서 고기우동을 먹었다. 차분한 분위기의 식당처럼 조용한 주인이 자리를 지키고 있었다. 우동의 맛은 평범했다. 조용한 주인은 영화 <거북이는 의외로 빨리 헤엄친다>에 나오는 라멘집 주인처럼 일부러 평범한 맛의 우동을 만드는 것은 아닐까. '가게가 시끄러워지면 귀찮아서 말이지.'라고 혼잣말을 되뇌며...

점심을 먹고 두어 시간 더 걷다가 자판기와 벤치가 놓인 곳에 앉아 휴식을 취하고 있었다. 커피를 홀짝거리며 지도책을 살펴보고 있는데 옆에서 사사삭 하는 소리가 났다. 무심코 고개를 돌려보니 옅은 갈색의 뱀 한 마리가 내 옆을 지나쳐 간다. 예상치 못한 뱀의 등장에 땅에 딛고 있던 발이 자동적으로 튀어올라 벤치에 웅크리고 앉았다. 뱀은 다행히 내게 관심이 없는지 길 건너편으로 사라졌다. 벤트, 마르코스와 함께 걷던 날 자동차에 깔려 죽은 뱀을 본 적은 있는데 살아있는 뱀이 바로 옆으로 지나간 것은 처음이었다. 독을 가진 뱀일 수 있으니 모든 뱀은 일단 조심하는 수밖에 없다. 뱀 때문에 놀란 가슴을 진정시키고 다시 길을 걷는다. 하천이 점점 넓어지더니 바다가 나타났다. 바다를 내려다보며 이어진 길이지만 기대했던 바닷바람은 불어오지 않았다. 기온이 급격하게 오르면서 땅에 스며들었던 빗물이 기화하여 불쾌지수가 꽤 높았다. 용암이 분출하듯 땀이 나면서 금세 지쳐버렸다. 타박타박 휴게소를 찾으며 바닷가 작은 마을을 지나고 있었다. 집과 집 사이의 골목에서 아이 둘이 작은 꽃 한 송이를 들고 뛰어나왔다. 작은 여자아이가 말없이 내게 꽃을 내밀었다. 오빠인 듯한 남자아이가 여자아이 뒤에 서서 한 쪽 팔을 긁적이고 있다.

"아저씨 주는거야?"
물으니,
"응."
한다. 천천히 꽃을 받아 들었다. 고맙다는 말
을 할 새도 없이 아이들은 다시 골목으로 뛰어갔
다. 화단에서 방금 꺾어온 듯한 노란 꽃이 예쁘
다. 20번 절 가쿠린지 가는 길에 내게 앵두를 주
었던 아이들처럼, 쓰러질 듯 힘들 때마다 아이들
에게 오셋타이를 받는다. 꽃은 먹을 수도 없고
마실 수도 없지만 힘이 되었다. 기계적인 유물론
자에 가까운 내게 이것은 신비한 경험이었다. 앵
두나 꽃 그 자체가 아니라 아이들의 마음 때문이
었다. 확실히 그것은 힘이 있었다. 동네의 쓰나
미 대피소 그늘에 앉아 배낭끈 사이에 빠지지 않
도록 꽃을 끼웠다. 땀을 흘린 덕분인지 아이들의
마법 때문인지, 어느새 몸살기운이 완전히 사라
졌음을 깨달았다.

아이들 덕분에 힘을 내서 발걸음을 옮긴다. 아
직 해가 남아있는 시간에 성급하게 나온 달 아래
로 비행기 한 대가 파란 캔버스에 하얀 선을 남
기며 날아가는 광경이 뭔가 비현실적이었다. 신
의 영역인 하늘에 인간의 물건이 도전하고 있었
다. 밀랍으로 만든 이카루스의 날개는 녹았지만
비행기의 강철 날개는 녹지 않을 것이다.

곧 해가 질 것만 같아 잰 걸음으로 걷고 있는데 무인판매소
의 코나츠(小夏, 여름밀감)가 먹음직스러워 집어 들었다. 행운
의 길(吉)자를 적어 넣어둔 종이와 빨간색 묶음 끈이 대충 내놓
은 물건이 아님을 귀엽게 어필하고 있었다. 해가 거의 다 넘어
간 시간에 오늘 묵을 휴게소에 도착했다. 어촌마을의 주민들을
위한 공간인 것 같은데 헨로들이 쉬거나 묵어가기도 하는 곳이
다. 빵과 쿠키를 저녁으로 먹고 새콤한 코나츠를 후식으로 저
녁식사를 마무리했다. 코나츠는 맛은 좋은데 씨가 많아서 먹기
엔 불편한 점도 있었다. 아이들에게 받은 꽃은 해가 저물자 곧
잠들었다. 줄기가 잘렸으니 다시 깨어나지는 않을 것이다. 창
가에 놓아두고 마지막까지 아이들의 마음을 느껴본다.

Day 20. 5월 18일. 맑음
가고시마 사람이 아닌 가고시마상

일찍 일어나 어제의 흔적을 지우고 길을 나섰다. 아이들에게 받아 창가에 놓아 둔 꽃은 생각했던 대로 밤을 견디지 못했다. 해가 쨍쨍한 것이 오늘은 꽤 더울 것이 명약관화하다. 부지런한 매 두 마리가 바닷가를 선회하고 있었다. '매가 물고기도 잡나?'라는 의문이 생겼다. 나뭇가지터널이 해를 막아주어 더위를 피할 수 있는 길이 이어졌다. '오늘은 운이 좋군.' 하지만 나무터널은 길지 않았고 다시 바닷가로 나오게 되었다. 다행히 습기가 많이 날아가서 그런지 어제보다는 걷기에 훨씬 낫다. 바람도 물러난 듯 파도가 잔잔했다. 비 때문에 며칠 조업을 하지 못했을 어부들은 그 동안 잡지 못한 물고기를 새벽 댓바람에 잡아온 듯 경매장이 활기로 가득차 있었다. 몇 십 미터 떨어진 도로를 걷고 있는 헨로에게도 진한 생선 비린내가 풍겨왔다.

어촌마을을 지나 주택가로 접어들었다. 물이 떨어져서 구해야 하는데 이 동네는 가게도 편의점도 보이지 않는다. 타는 목을 달래며 앞으로 나아갈 수 밖에 없었다. 키 큰 나무들이 늘어선 이국적인 분위기의 길에 담장이 낮고 마당 깊은 집에서 주인 아주머니가 빨래를 널고 있었다. 목이 너무 타서 조심스럽게 물을 조금 채워줄 수 있는지 부탁했다. 아주머니는 물을 채워준 것은 물론 이온 음료 한 병과 코나츠까지 챙겨주었다.

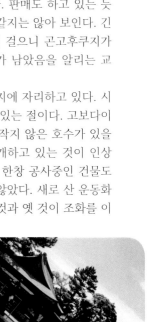

38번 절 곤고후쿠지(금강복사, 金剛福寺)로 통하는 길은 321번 도로를 따라가다가 두 갈래로 나뉜다. 산을 넘어가는 348번 도로와 해안을 따라가는 27번 도로가 그것인데 나는 27번 도로를 택했다.

집 한 채를 헨로휴게소로 내놓은 긴페이안(金平庵)은 재미있는 곳이다. 어젯밤 누군가가 묵어간 듯 흔적이 남아 있는 침실도 있고 간단한 주방과 샤워장, 세탁기도 놓여 있었다. 안쪽의 거실 같은 공간에는 에로틱한 오헨로 피규어를 전시해 놓았다. 판매도 하고 있는 듯 가격표가 붙어 있는데 구매자가 많을 것 같지는 않아 보인다. 긴페이안에서 한 숨을 돌리고 한 시간쯤 더 걸으니 곤고후쿠지가 있는 아시즈리미사키(足摺岬)까지 2km가 남았음을 알리는 교통표지판이 나온다.

곤고후쿠지는 바다에서 멀지 않은 구릉지에 자리하고 있다. 시코쿠 오헨로 88개 사찰 중에 가장 남쪽에 있는 절이다. 고보다이시가 개찰(開刹)했다고 전해지며 경내에 작지 않은 호수가 있을 정도로 규모가 크다. 고보다이시상을 공개하고 있는 것이 인상적이었다. 절의 위세가 아직도 대단한 듯 한창 공사중인 건물도 있고 새로 들여놓은 듯한 돌조각도 적지 않았다. 새로 산 운동화를 처음 신으면 적응할 시간이 필요한 것처럼 이 절도 새 것과 옛 것이 조화를 이룰 시간이 필요할 것이다.

아루키헨로에게 곤고후쿠지는 '절반'의 의미를 가진다. 사찰의 개수로는 절반에 이르지 못하지만 거리상으로는 절반에 가까운 위치이기 때문이다. 등산을 할 때 산의 정상에 도착한 것처럼 한 숨 돌리는 것이다.

　잘했다고 스스로에게 칭찬을 하고 싶었다. 그래서 상으로 맛있는 것을 사먹기로 했다.

　주변이 관광지이기도 해서 식당이나 호텔이 많았다. 나는 곤고후쿠지 앞의 아시즈리그랜드호텔 식당에서 밥을 먹기로 했다. 식당이 건물 2층에 있어서 태평양을 조망하며 식사를 할 수 있는 곳이었다. 헨로에게 주변 지도를 챙겨주는 직원 분이 친절했다. 런치세트를 시켰는데 정갈하고 맛도 좋았다. 가난한 아루키헨로에게는 싸지 않은, 한 끼에 850엔이라는 사치스런 가격이었다.

　'절반'을 자축하는 시상식은 끝났다. 이제 다시 길을 나설 시간이다. 곤고후쿠지는 삐죽하게 튀어나온 반도의 끝자락에 위치하고 있기 때문에 어떻게든 다시 내륙으로 돌아가야 하는 운명이다. 하기모리상은 왔던 길을 되돌아 가는 코스가 가장 좋다고 추천해 주었는데 나는 반대편으로 돌아나가는 해안 길을 택했다. 거리는 조금 더 되지만 새로운 길을 걷고 싶었다. 결국 27번 도로를 따라 반도를 일주하는 코스가 된다. 아침에 지났던 321번 도로의 분기점에 닿을 때까지 새로운 길이다.

당연하지만 새 길은 새로웠다. 기분 좋게 걷는데 비릿한 냄새가 코를 간지럽힌다. 생선의 날비린내와는 다른 마른 비린내였다. 과연 조금 더 가니 가다랑어를 말리는 공장이 있었다. 공장에서 가공된 가다랑어가 훈연과정을 거쳐 길바닥에서 햇볕을 만나 완성되는 것이었다. 나른한 어촌마을에서 여기만은 바쁘게 돌아가고 있었다. 새로 뚫린 듯한 거대한 터널이 마을과 마을을 분리하고 있었다. 작은 하천이 휘감아 도는 마을이 예쁘다. 헨로가 길을 잃을까 염려하여 곳곳에 재치 있는 이정표를 만들어 둔 정성이 고마운 마을이었다.

한참을 더 가니 제법 큰 마을이 나왔다. 마트에서 저녁거리를 사서 나왔는데 걷다 보니 이상한 기분이 들었다. 지도는 곧 터널이 있다고 알려주었는데 나오지 않는 것이었다. 지나가는 사람이 있어 길을 물었더니 엉뚱한 길을 걷고 있었다. 지나쳐 온 커다란 사거리에서 방향감각을 잃고 다른 길로 들어선 것이었다. 할 수 없이 30분 넘게 걸어온 길을 되돌아갈 수 밖에 없었다. 왕복 한 시간 이상을 허비하고 말았다. 겨우 바른 길을 찾아 터널 앞에 도착하니 허탈했다. 배가 고파 주변을 둘러보니 셔터를 내린 가게 앞의 공간이 눈에 들어온다. 오후 6시가 가까운 시각이라 급한 대로 여기서 저녁을 해결하기로 하고 자리를 폈다. 도시락을 먹고 있는데 작은 트럭 한 대가 들어왔다. <가고시마 상점>이라고 쓰여 있는 트럭인데 내가 자리잡은 이 가게의 이름이 가고시마 상점이었다.

"죄송합니다. 밥을 먹을 곳을 찾다가 가게가 닫힌 것 같아서 먹고 있었어요. 바로 정리할게요."

"아아 괜찮아요. 차를 가져다 놓으러 온 거니 편하게 드세요."

사장님은 40대인데 상당히 젊어 보였다. 중국에서 유학을 했고 1996년 겨울에는 한국에도 출장을 와서 성남, 대전 등을 방문한 경험이 있다고 했다. 간간히 중국어 통역일도 함께 한단다.

"가게 이름이 가고시마 상점이라 가고시마(규슈 남단의 도시) 분인지 알았어요."

라고 하니,

"그런 오해 많이 받아요. 그런데 가고시마는 지명이 아니라 내 이름이에요. 이름은 가고시마지만 시코쿠 토박이랍니다. 하하."라고 답해 주었다.

가고시마라는 성(姓)이 있다는 것은 처음 알았다. 우리나라는 수 백 개 정도인 성이 일본에는 몇 만 개라고 하니 내가 모르는 성이 많은 것이 당연할 것이다. 사장님은 꼭 결원하라는 덕담을 남기고 가게 안으로 들어갔다. 터널을 지나 드디어 321번 도로 분기점을 다시 만났다. 어제 걸었던 길로 다시 들어섰는데 같은 곳에서 다시 묵기에는 재미가 없을 것 같아 조금 더 걸었다.

결국 오후 7시 30분이 되어서야 작은 휴게소에 짐을 내렸다. 이미 주변은 깜깜해져서 다른 선택의 여지는 없었다. 대로 뒤의 이면도로 한 쪽 풀섶에 자리한 휴게소이기 때문에 날벌레가 많다. 날벌레는 참을 수 있는데 진짜 문제는 벤치와 테이블의 길이가 너무 짧다는 것이었다. 누워서 발을 뻗으면 허벅지 중간까지 밖에 받쳐주지 못하는 길이였다. 어쩔 수 없이 웅크리고 모로 누웠는데 다리를 뻗으면 떨어질지 모른다는 걱정 때문에 깊게 잠들기는 어려웠다.

Day 20. 소비내역

점심식사(아시즈리그랜드호텔) 850엔

저녁(도시락, 음료) 492엔

커피 100엔

소계 : 1,442엔

누계 : 63,784엔

Day 21. 5월 19일. 맑음
영광의 시절은 언젠가 지나간다

잠을 잤다기 보다는 누워있었다는 표현이 적당할 것이다. 거의 뜬눈으로 밤을 새웠다. 사방이 밝아지기 시작하는 것을 느끼고 일어나 짐을 정리하고 비상식량으로 사둔 마른 멸치로 간단하게 아침을 먹었다. 마른 멸치만 먹으니 짜서 물을 많이 마셔야 했다. 오전 6시 정각에 길에 섰다. 다행히 오늘도 화창한 날씨다. 며칠 전에 본 일기예보는 오늘부터 다시 비라고 했던 것으로 기억하는데 고맙게도 틀린 것 같다. 오늘은 39번 절 엔코지(연광사, 延光寺)까지 간 뒤에 상황을 보아 더 갈지 말지를 결정하려고 한다.

엔코지로 향하는 길은 내륙으로 들어간
다. 해발 150미터 전후의 산길을 따라 가
는 길이다. 개인적으로 이 길은 전체 헨
로길 중에 손가락에 꼽을 정도로 걷기에
좋은 길이었다. 작은 하천을 따라 울창한
삼림이 끝도 없이 이어졌다. 오늘도 길에
서 뱀을 만났는데 이틀 전의 경험이 있
어서 당황하지 않을 수 있었다. 원숭이를
만났을 때와 종합해보면 야생의 동물은
사람이 먼저 그들에게 해를 끼치지 않는
이상 생각보다 인간에게 관심이 없는 것
같다. 뱀을 보고 내가 멈추자 녀석은 느
긋하게 차도를 건너 숲으로 사라졌다. 곧
이어 작은 농가에서 운영하는 휴게소를
만났다. 잠시 앉아 있으니 안에서 주인
아저씨가 인기척을 알아채고 나왔다. 아
저씨는 전기를 끌어와 휴게소에 놓아둔
냉장고에서 차가운 캔음료를 꺼내 주었
고 배고픈 헨로들을 위해 컵라면을 구비

해두고 오셋타이 하고 있었다. 사실 먹고
싶었지만 죄송한 마음에 음료만 받았다.
아저씨는 이 주변이 예전에는 번화한 곳
이었다고 말하며 영화로웠던 시절을 추
억하는 듯 했다. 지금은 농사 지을 사람
이 없어서 땅을 놀리는 실정이지만 80년
대 까지만 해도 젊은이들이 많아 북적대

는 곳이었다고 한다. 도쿄 같은 대도시에
도 빈 집이 늘어나는 실정이니 시코쿠의
농촌이야 말해 무엇하랴.
　아저씨의 휴게소를 나와 조금 더 걸으니 황폐화된
작은 유원지가 나타났다. 아저씨의 말씀대로 영광의
시절이 남긴 흔적이었다. 낡은 회전목마는 더 이상 돌
지 못하고 세월의 흔적만을 쌓아가고 있었다. 뭔가 쓸
쓸해지는 기분이었다. 눈부시게 맑은 날씨 때문에 유
원지의 쓸쓸함은 더욱 크게 다가왔다.

그래도 남아 있는 사람들은 씩씩하게 또는 침울하게 살아간다. 점심 시간을 조금 지나 미하라 (三原)라는 마을에 들어섰다. 미하라노지만야(三原の自慢屋, 미하라가 자랑하는 가게)라는 이름의 지역주민들이 운영하는 식당에서 점심을 먹었다. 600엔이라는 가격을 믿을 수 없을 정도로 맛있는 정식이었다. 지역에서 생산되는 농산물로 차려내는데 말 그대로 싱싱한 채소의 맛을 제대로 느낄 수 있었다. 재료의 질이 좋고 음식 솜씨도 최고다. 식사 후에 식당과 붙어 있는 매점에서 갓 따온 토마토와 흑설탕 사탕도 한 봉지 구매했다. 계산을 하며 아주머니께 너무 맛있게 먹었다고 인사를 하니 시골에서 먹는 소박한 음식이라며 수줍게 웃는 모습이 인상적이었다.

39번 절 엔코지에는 오후 5시가 조금 못되어 도착했다. 절은 고요했다. 조용히 참배를 마치고 벤치에 앉아서 절집의 정취를 느껴본다. 길이 좋아서였을까, 걸어온 거리에 비해서 덜 피곤한 기분이었다. 지도책을 펴니 7km 정도를 더 가면 수쿠모시(宿毛市)다. 여기엔 숙박업소가 많이 있는데 하기모리상의 숙박일람표에서 수쿠모플렉스호텔이라는 곳이 스도마리 3천엔이라며 추천해 놓았다. 어제 너무 불편하게 잤기 때문에 오늘은 숙박업소에서 자는 것이 좋겠다는 생각에 이 호텔을 점찍어 둔다.

이 때 조용한 사찰의 공기를 깨며 한 무리의 단체 헨로가 들어왔다. 관광버스 한 대를 전세 내서 다니는 단체헨로들이었다. 인솔자가 있어서 절의 유래나 전해오는 전설 같은 것을 설명하더니 자유시간을 준다. 헨로들은 삼삼오오 짝을 이루어 경내 이곳 저곳을 둘러보기 시작했다. 몇몇 헨로가 누가 봐도 아루키헨로인 나를 발견하고는 대단하다며 자기들끼리 속삭인다. 음.. 대단한 뜻이 있어서 아루키헨로를 하는게 아니라서 조금 겸연쩍었다.

엔코지는 입구와 출구가 다른 길이다. 들어가는 길은 차도인 반면 나오는 길은 빽빽한 대나무 숲길이다.

사브작거리는 마른 대나무 잎을 밟으며 걷는 맛이 좋았다. 자동차가 다닐 수 없는 길이기에 아루키헨로만이 온전히 만끽할 수 있는 길이다. 선원들만 맛볼 수 있는 갓 잡은 생선의 맛처럼 비밀스러운 길이다.

수쿠모시로 향하는 길, 길가의 논에서 뭔가 꾸물거리는 것이 보였다. 다가가보니 작은 도롱뇽이 논물을 수영장 삼아 유영하고 있었다. 한 마리가 아니라 꽤 수가 많았는데 이 논은 아마 녀석들의 고향인 것 같다. 작은 다슬기들도 도롱뇽과 함께 자라고 있었다. 농촌의 일상이 도시에서 온 헨로에게는 아직도 신기하다.

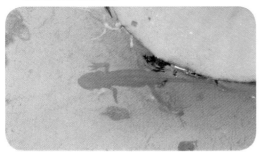

점찍어둔 호텔에는 오후 7시가 다 되어 도착했다. 체크인을 하는데 아루키헨로에게는 5백엔을 할인해 준다며 2천 5백엔만 받았다. 며칠 동안 쌓인 빨래를 하고 저녁을 먹고 나니 피곤함이 밀려왔다. 오늘 40km를 넘게 걸었으니 그럴 만하다. 내일은 무리하지 않고 쉬엄쉬엄 걸어야겠다. 지도책을 보니 에히메현(愛媛県)의 경계까지 약 12km가 남았다. 내일은 세 번째 고장 에히메현에 진입할 것이다.

Day 21. 소비내역

편의점(빵, 음료 등) 439엔

점심식사(미하라노지만야) 600엔

간식(토마토, 흑설탕사탕) 348엔

커피 100엔

음료 120엔

공중전화 20엔

수쿠모플렉스호텔 숙박비(선불) 2,500엔

세탁비 200엔

소계 : 4,327엔

누계 : 68,111엔

愛媛

Day 22. 5월 20일. 맑음
고치현의 끝은 곧 에히메현의 시작이다

푹신한 침대에서 꿀잠을 잤다. 체크아웃을 하고 느긋하게 걸음을 옮겼다. 오늘은 천천히 가야지라고 다짐했지만 어느새 일정한 속도로 걷고 있는 자신을 발견하게 된다. 이것은 어쩌면 사람들 사이에서 뒤처지면 끝이라는 두려움을 숙명처럼 품고 사는 현대인의 운명일 것이다. 그런 의미에서 헨로길을 걷는다는 것은 액자식 소설처럼 삶 속의 또 다른 작은 삶을 살아보는 것이다. 타고난 시대의 숙명을 잠시 벗어나 보는 경험이다. 혹자는 헨로길이 속세의 삶을 벗어난 종교의 순례길이라고 말하지만 현재의 의미는 '현대의 삶 속에 일시적으로 울타리를 두른 것'이라는 해석이 적확한 것이라고 생각한다. 그래서 대부분의 헨로들은 길이 끝나고 울타리가 사라지면 속세로 돌아가야 한다는 것을 잘 알고 있다.

헨로의 복잡한 마음처럼 전깃줄이 복잡하게 얽힌 사거리에 편의점이 보인다. 커피 한 잔 하며 쉬어가라는 뜻이라 생각하며 잠시 쉬어본다. 오래 앉아 있기에는 불편하게 만든 편의점 의자에 앉아 몸 속으로 흘려 넣은 카페인이 혈관을 타고 흐른다. 그로 인한 약간의 흥분이 복잡한 마음을 억누르는 사이 다시 길 위에 섰다.

40번 절 간지자이지(관자재지, 観自在寺)로 가는 길은 수쿠모시에서 크게 세 갈래로 갈라진다. 56번 도로를 따라 하천을 끼고 걷는 길, 321번 도로를 따라 가는 바닷가 길(이 길은 다시 38번 절 곤고후쿠지 방향으로 이어짐.) 그리고 산길을 따라 마츠오고개(松尾峠, 마츠오토우게)를 넘어가는 길이다. 며칠 동안 도로와 바닷길은 많이 걸었으니 이번에는 산길을 따라 가기로 했다.

　산길로 접어드는 마을의 끄트머리에는 주민들이 직접 그린 것으로 보이는 이정
표가 각양각색의 표정으로 헨로를 이끌어준다. 이정표를 따라 산길로 들어서면
갑자기 폭이 좁고 풀이 무성한 길이다. 사람의 발걸음이 뜸한 듯 방향 없이 아무
렇게나 자란 풀을 밟고 걸어가야 한다. 커다란 유해조수(有害鳥獸) 포획틀이 설
치되어 있었는데 멧돼지를 잡으려는 것이 아닐까 짐작해 본다. 중심을 잃고 뒤뚱
거리다가 무심코 붙잡은 철조망에 화려한 색깔의 애벌레가 기어가고 있어 질겁
을 했는데 자세히 보니 예쁜 구석도 있었다. 성충이 되면 어떤 모습일까. 까만 날
개에 형형색색의 무늬를 가진 나비가 되지 않을까 제멋대로 상상해 보았다. 이
길은 사람의 발걸음이 뜸한 만큼 자연은 더 깊었다. 자그마한 호수의 잔잔한 물
결이 흡사 원시림에 온 듯한 착각을 불러일으켰다. 농업용수를 공급하기 위해 인
공적으로 만들었겠지만 이제는 방치된 듯하다. 그래서일까 야생의 생명력이 압
도적으로 다가온다. 심술궂게 작은 돌을 하나 던져보았는데 퍼지는 물결을 따라
무언가 움직이는 것들이 있음을 알 수 있었다.

산 하나를 벗어나면 다음 산에 진입할 때까지 평지에 자리를 잡은 작은 마을이 이어진다. 마을의 개천가에 커다란 거북이 느릿느릿 움직이고 있었다. 눈대중으로 보아 녀석의 등껍질은 A4용지 한 장 반 정도의 크기였다. 어쩐지 이 마을의 분위기는 지금까지 지나온 목가적인 농촌마을과는 달랐다. 그래서 사실 조금 무서웠다. 좋게 얘기하면 그야말로 인간과 자연이 공존하는 마을이라고 할 수 있겠지만, 다르게 표현하면 사람이 자연을 완전히 지배하지 못하고 있다고 할 수 있을 것이었다. 사람들이 피상적으로 생각하는 농촌 또는 자연이란 인간에 의해 이미 완벽하게 정복된 상태를 의미하는 것일지도 모른다. 노숙을 해보니 확실히 알 수 있었는데, 있는 그대로의 자연은 사실 두렵고 공포스러운 대상이다. 그래서 인간은 자연을 파괴하고 그 자리에 인간의 것을 만들어 두었을지도 모르겠다. 그러면 더 이상 무섭지 않으니까. 내가 이 마을에서 무서움을 느낀 것은 마을을 관리할 사람이 없어서 방치된 모습 때문이었을 것이다. 하지만 동시에, 인간이 두려움을 느끼는 만큼 인간 이외의 동물들에게는 삶의 길이 열린다. 그러니 결국에는 비긴 셈이다.

꼬리에 꼬리를 무는 이런저런 생각을 하며 다시 산길로 접어들었다. 꽤 험한 길이었다. 입에 단내가 나기 시작하고 마츠오고개가 멀지 않음을 알리는 이정표를 만났다. 그리고 한 시간을 더 올라 드디어 정상에 닿았다. 낡고 오래된 초라한 이정표 하나가 에히메현에 진입했음을 환영해주었다.

한 쪽 면만 부드러운 산은 많지 않다. 어김 없이 내려오는 길도 올라갔던 길처럼 험했다.

아무래도 산에서 내려올 때는 앞꿈치에 체중이 실리게 되니 흔들리는 새끼발톱에 통증이 더해졌다. 구릉지까지 내려오니 마을이 나타났고 마을을 따라 흐르는 실개천이 있었다. 발의 열도 식히고 쉬어갈 겸 개천의 적당한 돌 위에 앉아 신발을 벗고 발을 물에 담갔다. 날씨는 여름인데 흐르는 물은 아직 겨울이었다. 3분 정도 간격으로 발을 넣고 빼며 열을 식혔다. 새로 거즈와 반창고를 붙여 고정을 하고 마을 구경을 하며 걸었다.

이 마을은 인간이 지배하는 공간이었다. 앙증맞은 장난감 중장비들과 젖소인형이 손님을 맞이하는 작은 집도 있고 여름귤나무도 주렁주렁 열매를 달고 있었다. 하류에 이르러 폭이 넓어진 개천에서는 학인지 왜가리인지 알 수 없는 다리 긴 새가 먹이를 구하고 있으며, 길가의 풀도 인간의 길로 침범하지 못했다. 안정된 느낌이 들었다. 사람의 손길로 정돈된 풍경이 내게는 편안함으로 다가옴을 인정하지 않을 수 없었다.

40번 절 간지자이지는 강 하구까지 바다를 끌어들인 아이난초(愛南町)라는 마을에 있는 사찰이다. 강 하구라서 그런지 하천의 폭이 상당히 넓었다. 하천을 따라 길고 곧게 뻗은 길을 따라 걷다가 주택가 골목으로 들어서니 저 앞에 삼문이 나타났다.

　도착한 시간은 오후 5시 30분이 조금 넘어 이미 납경소도 문을 닫은 시각이다. 참배를 하고 있는데 납경소에서 일하는 듯한 보살님이 혹시 납경을 받으려면 해주겠다고 했다. 납경은 받지 않고 있다고 말씀을 드리고 벤치에 앉아 지도책을 폈다. 어제 호텔에서 묵었으니 오늘은 무조건 노숙을 하기로 마음을 먹고 있었는데 근처에 적당한 휴게소 마크가 없었다. 하기모리상의 숙박일람표에 간지자이지에 츠야도가 있다는 정보가 있기에 납경소로 가보았더니 어느새 보살님은 퇴근을 하셨는지 아무도 없었다. 미리 생각을 하지 못한 나를 탓할 뿐이다. 일단 길을 더 걷다가 적당한 잠자리를 찾기로 결정했다. 10km 앞에 하나, 11km 앞에 하나의 휴게소 마크가 있기 때문에 최악의 경우에는 그곳까지 걸을 각오를 했다.
　운이 나쁘지는 않았다. 5km 정도 걸었을 무렵 노숙이 가능할 만한 버스정류장이 나타났기 때문이다. 오후 8시 무렵 완전히 깜깜해져서 도착하는 바람에 휴대폰 불빛으로 겨우 자리만 깔고 얼른 누웠다. 낮에 깊은 숲길을 걸어서였을까. 난폭하게 바람을 가르며 쌩쌩 지나가는 자동차 소리에도 아랑곳 하지 않고 깊은 잠을 잤다.

Day 22. 소비내역

아침식사(편의점) 310엔

점심식사(편의점) 240엔

저녁 및 식료품(편의점) 866엔

담배, 라이터 410엔

소계 : 1,826엔

누계 : 69,937엔

Day 23. 5월 21일. 맑음
아직 깨닫지 못해서 12년째 걷고 있다네

아침 해와 함께 일찍 일어나 오전 6시 정각에 하루를 시작했다. 길을 나선지 얼마 지나지 않아 산길과 56번 도로를 따라가는 해안길이 갈리는 지점이 나왔다. 어제 산길을 걸었으므로 오늘은 해안길을 선택했다. 해안가에는 양식장이 많았는데 터널의 개통을 기념하는 조형물이 진주조개 모양인 것을 보니 진주양식으로 유명한 마을이 아닐까 싶었다.

상쾌한 아침바람이 서서히 열기로 바뀌어 갈 때쯤 길가에서 온천을 발견했다. 벤치에 배낭을 내려두고 살펴보니 영업은 오전 11시부터 시작이다. 현재 시간이 오전 9시를 조금 넘었으니 두 시간 정도를 기다려야 한다. 온천은 하고 싶지만 포기해야 하나 생각했는데 유리창에 에히메현 와이파이 마크가 붙어 있는 것을 보았다. 공공 와이파이라 별 기대감 없이 연결을 해보았는데 꽤 괜찮은 속도로 접속이 되었다. 쉬어가는 셈치고 온천의 오픈시간까지 기다리며 인터넷을 했다. 한국과 일본의 지인들에게 현 상황을 알려 본다. 멀리 떨어진 곳에서 각자의 일상을 살아가고 있는 지인들이 전파를 타고 헨로길에 모여들었다. 오랜만에 인터넷 삼매경에 빠져있는 데 아이 두 명이 내게 다가왔다.

"오헨로상, 안녕하세요. 저희는 소학교(초등학교) 학생들인데 오헨로상에게 설문조사를 하고 있어요. 괜찮으시면 이거 좀 해주실 수 있을까요?"

아이들이 만든 설문지는 귀여웠다. 성심껏 빈 칸을 채워 건네주었다. 고맙다며 돌아서는 아이들의 모습이 예쁘다. 아이들의 아버지가 대견한 듯 아이들의 머리를 쓰다듬어 준다.

온천을 하고 가뿐해진 몸과 마음으로 어촌 마을에 들어섰다. 옥빛 바닷물을 보니 진주를 품고 있을법한 물이라는 생각이 들었다.

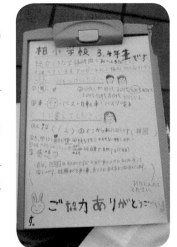

이 마을도 예전에는 영광의 시절이 있었던 듯 버스정류장을 중심으로 도로의 폭이 좁지 않았다. 하지만 지금 사람은 보이지 않았고 주인 없는 떠돌이 개 한 마리만이 길 건너편에서 나를 감시하고 있다. 멸치 몇 마리를 던져주었는데 경계만 할 뿐 흥미를 보이지 않았다. 배가 고파 식당이 있으면 좋겠다는 생각을 하며 걷는데 마침맞게 마을 끝에서 식당을 찾았다. 드르륵 소리를 내며 미닫이 문을 열고 들어서니 부부인 듯한 중년의 남녀가 어서오세요 한다. 창가에 자리를 잡고 오늘의 정식을 주문했다. 바닷가 풍경을 오롯이 담은 창틀을 장식한 생화가 무표정한 실내의 분위기를 화사하게 이끌고 있었다. 주인장의 요리 솜씨는 상당했다. 생선류는 모두 근방에서 잡은 물고기라고 했다. 잔잔하고 조용한 바닷가 풍경을 반찬으로 더하니 밥맛이 한층 좋았음은 물론이다.

길은 다시 내륙으로 이어질 준비를 한다. 걷다가 정신을 차려보니 언제부터인가 해안가를 등지고 걷고 있었다. 간간히 지나는 자동차를 제외하면 눈으로 확인 가능한 공간에 사람이라고는 나밖에 없었다. 하루에 한 두 명 스쳐 지나가던 다른 헨로들도 오늘은 한 명도 만나지 못했다.

조금 침울해져서 처진 어깨로 터벅터벅 걷고 있는데 맞은편에서 달려오던 베이지색의 경자동차 한 대가 나를 지나치자 마자 갑자기 유턴을 하더니 내 옆에 다가와 멈췄다. 조수석에서 아주머니 한 분이 내리더니 내게 캐러멜 맛 비스킷을 한 봉지 내밀었다. 건강하게 결원하라는 덕담을 남기고 자동차는 다시 유턴을 해서 사라졌다. 오후의 간식이 당기는 시간에 참으로 타이밍이 좋은 오셋타이를 받았다.

등 뒤로 멀어지던 바다가 보이지 않을 때쯤 농촌마을
이 등장했다. 학인지 왜가리인지 모를 다리 긴 새가 논
에서 미꾸라지를 잡고 있었다. 마을 어귀에 꽤 근사한
헨로휴게소가 있어 배낭을 내려놓고 잠시 쉬었다. 지도
책을 보고 있는데 덥수룩한 수염이 멋진 헨로 한 분이
다가오는 것이 보였다. 작은 손수레까지 끌고 있었는데
직업헨로 같은 분위기를 풍긴다. 그는 인사를 건네며
내가 앉은 테이블 쪽으로 다가왔다.

"안녕하시오. 준우치?"
"네, 안녕하세요."
아저씨는 무려(!) 12년 동안 헨로길을 계속 돌고 있다
고 했다. 결원한 횟수는 80번까지 세고 더 이상은 세지
않는다고 했다. 왜 그렇게 긴 시간 동안 헨로길을 걷고
있냐고 물으니 아직 깨닫지 못해서라는 대답이 돌아왔
다. 나는 이해할 수 없었지만 그의 삶은 그런 것이었다. 처음에는 조금 가벼운 사
람처럼 보였지만 아저씨는 쓸데없는 말을 내뱉는 타입의 사람은 아니었다. 헨로
길을 걷는 나름의 원칙을 가지고 있었고 깨달을 때까지 계속 길을 걸을 것이라고
했다. 소위 말하는 경계해야 할 유형의 직업헨로는 아니었다.
아저씨에게 주변에 노숙을 할 만한 휴게소를 물으니 마츠오터널(松尾トンネ
ル) 등산로 입구에 있는 곳이 다다미가 깔려 있어 노숙하기에 좋다고 추천해 주
었다. 조금 더 얘기를 나눈 뒤에 아저씨는 먼저 일어나며 내게 바나나 2개를 주
었다. 오셋타이로 받았는데 자신은 과일을 먹지 않는다고 했다. 아저씨는 내게
꼭 결원하라고 덕담을 해주었고 나는 아저씨에게 꼭 깨달으시라고 얘기했다.

마을의 개천을 따라 걸었다. 좁은 개
천의 사이즈와는 어울리지 않게 커다
란 물고기떼가 무리를 지어 누비는 것
이 신기했다. 개천가에서 거북 한 마
리를 또 만났다. 어제 그 녀석이 아닌
가 싶을 정도로 크기가 비슷했다. 동
물에 대해 모르는 나는 갑자기 저 녀
석이 자라일지도 모르겠다는 생각이
들었다. 어느 쪽이든 무지한 헨로를 이해해 주기를 바랐다.
오후 6시가 조금 넘어 아저씨가 말해준 휴게소에 닿았다. 누군가 외벽에 멋진
그림을 그려놓았다. 아저씨 말대로 다다미가 깔려 있고 창도 나 있어서 노숙하기
에는 맞춤 맞은 휴게소였다.

그 동안 묵어간 헨로들이 휴게소 뒷편에 쓰레기를 버려둔 것이 많이 쌓여 있어서 위생적이지는 않았다. 밤이 되니 어쩐지 폐가 같은 분위기가 되어 조금 무서웠지만 잠은 잘 잤다.

<u>Day 23. 소비내역</u>

온천 500엔

점심 정식 900엔

음료, 식량 256엔

돈 주움 -5엔

소계 : 1,651엔

누계 : 71,588엔

Day 24. 5월 22일. 맑음
모기부대의 습격

어제 묵은 휴게소는 산으로 둘러싸여 있어서 해가 늦게 떴다. 조금 늦게 일어나 오전 7시 즈음부터 걷기 시작했다. 한 시간 정도 걸으니 길이 점점 번화가가 되었고 오가는 사람과 자동차가 늘어났다. 우와지마시(宇和島市)에 들어선 것이다. 패밀리레스토랑 Joyfull의 간판을 발견하고 나도 모르게 빨려 들어갔다. 보통 일본의 패밀리레스토랑은 모닝세트가 500엔 전후의 가격으로, 드링크바까지 무제한 이용할 수 있기 때문에 가격 대비 괜찮은 아침 식사를 할 수 있다. Joyfull의 아침세트는 422엔이었다. 커피를 세 잔 정도 마시고 나니 깜빡거리던 형광등이 켜진 것처럼 흐릿했던 정신이 맑아졌다.

우와지마시는 가로로 길게 뻗어 있어서 통과하는데 시간이 꽤 걸렸다. 오랜만에 번화한 길을 걸으니 평생 시골에 살다 대도시에 처음 온 사람처럼 재미난 것이 많았다. 상점가의 쇼윈도에 하나하나 눈길을 주면서 즐겁게 걸었다.

41번 절 류코지(용광사, 龍光寺)를 7km 정도 앞두고 57번 국도를 따라 작은 산을 하나 넘어가는 길이 나온다. 그 오르막이 시작되는 곳에 작은 휴게소가 있어 잠시 다리를 풀었다. 휴게소 뒤쪽으로 작은 하천이 흐르는데 산수화 같은 풍경이 썩 마음에 들었다. 10분쯤 앉아 있으니 헨로 두 명이 산 윗쪽에서 내려와 자리를 나누었다. 50대의 아저씨 두 명으로 갸쿠우치를 한다고 했는데 걷는 리듬이 깨지면 안 된다며 5분 정도 앉았다가 바로 길을 떠났다. 리듬 따위 신경쓰지 않는 나는 좀 더 앉아 있었다.

산을 넘어 류코지가 있는 마을(여기도 행정구역상으로는 아직 우와지마시였다.)에 들어서니 도롯가의 미치노에키에서 축제가 열리고 있는 듯 소란스럽다. 근방 사람들이 다 여기에 숨어 있었구나 싶었다. 일본 각 지방의 물산전이 꽤 큰 규모로 열리고 있기에 나도 간식거리로 사츠마이모(薩摩芋, 규슈 가고시마 지방의 고구마)가 들어간 떡과 말린 꼴뚜기 그리고 멸치를 샀다.

이제 류코지로 가려고 하는데 미치노에키 주차장 옆의 식당에서 점심정식을 팔고 있었다. 점심시간이기도 해서 들어가 정식을 주문했다. 카레나 규동(牛丼, 소고기덮밥)등 대부분의 메뉴가 점심시간에는 5백엔이었다. 자전거 동호회인 듯한 사이클링슈트 차림의 단체가 홀의 테이블석을 차지하고 떠들썩하게 식사를 하고 있기에 나는 창가의 카운터석에 앉았다. 정식은 치킨가라아게가 메인이었는데 바삭하고 맛있었다. 걷느라 에너지 소비가 많기 때문에 음식은 웬만하면 맛있을 수밖에 없을지도 모르겠다.

41번 절 류코지는 산등성이를 따라 자연스럽게 아랫마을과 이어진 모양새를 하고 있다. 담이 없어서 탁 트인 느낌이지만 무언가 완성되지 않은 느낌을 주는 것도 사실이다. 내가 갔을 때는 일부 공사중인 부분도 있었기 때문에 한층 더 어수선하게 느껴졌을지도 모르겠다. 류코지에는 신사(神社)에 있는 도리이(鳥居, 신사의 입구에 세우는 기둥문)가 있는 것이 특이한데 류코지 자리에 원래 신사가 있었고, 농사의 신을 모셨기 때문이라고 한다. 일본 군국주의와 관련이 있는 곳은 아니니 가볍게 둘러봐도 좋을 것 같다.

42번 절 부츠모쿠지(불목사, 佛木寺)는 류코지에서 출발해 30분 정도면 도착한다. 부츠모쿠지는 삼문 위에 누각을 2단으로 쌓아 올렸는데 소박하고 기품 있는 것을 선호하는 내 취향은 아니었다. 본당과 대사당의 문을 조금 열어두어 안을 볼 수 있게 한 것이 인상적이었는데 항시 열어두는지 특별히 열어두는 기간이었는지는 알 수 없었다. 이 절에는 헨로 이외에도 일반인 참배객이 많았다. 고보다이시가 한 노인의 소를 얻어 타고 가다가 보물을 발견한 것이 이 절의 기원이라고 하는데 그래서인지 소 조각과 인형이 놓인 곳에 사람들이 공물을 바쳐두었다. 나는 다른 것보다 화장실의 이중유리가 상을 왜곡하는 것이 기억에 남았다.

부츠모쿠지 참배를 마치고 나오니 오후 4시가 지나고 있었다. 43번 절 메이세키지(명석사, 明石寺)는 약 10km 거리이니 부지런히 걸으면 어두워지기 전에 도착할 수 있을 거리였다. 지도책에는 절 옆에 휴게소 마크도 있어서 잠자리도 해결할 수 있기를 바라며 발길을 서둘렀다. 산길을 헤치고 다시 도롯가로 나왔는데 길에서의 안전을 기원하는 대사상이 귀여운 보살들과 함께 미소 짓고 있었다.

메이세키지 근처까지는 잘 왔는데 바로 앞 주택가에서 길을 잘못 들어서 헤매고 말았다. 어둑어둑해져서 겨우 도착했는데 참배를 하기에는 너무 어두웠다. 할 수 없이 참배는 내일 아침에 하기로 하고 휴게소를 찾았는데 어디에 있는지 도저히 찾을 수가 없었다. 나중에 안 것이지만 휴게소는 절 뒷편으로 난 산길 쪽에 있었는데 나는 절의 정문 쪽에서 찾았으니 찾을 수 없는 것이 당연했다. 날은 금세 어두워지고 깜깜해져서 결국 눈에 띄는 작은 절 건물의 툇마루에 자리를 잡을 수밖에 없었다. 땅이 습한 곳인지 몸에 한기가 스며드는 느낌이었다. 그 뿐이라면 참을 수 있었는데 모기부대가 무차별적으로 습격해온다. 머리까지 침낭을 뒤집어썼는데 천을 뚫을 기세로 웅웅거리는 모깃소리가 살벌한 밤이었다.

Day 24. 소비내역

Joyfull 모닝세트 422엔

점심 정식 500엔

사츠마이모떡 200엔

마른 꼴뚜기, 멸치 350엔

저녁 빵, 음료 등(편의점) 797엔

소계 : 2,269엔

누계 : 73,857엔

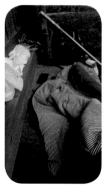

Day 25. 5월 23일. 맑음
완전범죄

　이 곳의 모기들은 포기를 모르는 녀석들이었다. 밤새 뒤척이다가 결국 항복을 선언하고 일어날 수밖에 없었다. 아직 깜깜한, 이제 겨우 오전 4시를 조금 넘은 시각이었다. 여기저기 모기 물린 곳을 긁적이다 짐을 정리하기 시작했다. 오전 5시가 되니 날이 밝기 시작하는데 공기 중에 물방울이 떠다니는 것처럼 안개가 자욱하다. 오늘도 맑을 것이라는 일기예보였으니 이 곳은 지형적으로 습한 곳인 것 같다. 가만히 누워있어도 습기가 몸으로 스며오는 느낌이 괜한 것이 아니었다. 다행히 모기는 날이 밝아오자 어디론가 사라지기 시작했다. 밤새 싸우긴 했지만 모기들이 사라지면서 적막해져서 나도 일찍 길을 나섰다.

　어쨌거나 하루 신세를 진 이 곳은 천태종 사찰 카이에이지(해영사, 海栄寺)였다. 원래는 다른 곳에 있었는데 절을 이을 후계가 없어서 몇 년 전에 메이세키지 근처로 이전해 본당만 건립해 두었다는 안내판이 있었다. 달랑 건물 하나인데 절 현판을 달고 있어서 의아했는데 쓸쓸한 사연이 있는 절이었다.

43번 절 메이세키지는 크고 웅장한 사찰이었다. 그러면서도 동시에 소박한 절이었다. 양립하기 어려운 가치를 조화롭게 녹여낸 것이 마음에 들었다. 애써 멋을 내려 주칠(朱漆)을 하지도 않았고 위세를 뽐내려 현란한 양식을 사용하지도 않아 포근했다. 규모는 크지만 최대한 자연을 살리려 경내에 거목들을 남겨둔 점도 좋았다. 이슬비가 부유하는 듯한 안개가 신비로운 분위기를 더해주니 천오백년 역사의 사찰을 독점한 것 같은 기분이다. 헨로길의 대부분 사찰이 진언종(眞言宗)인데 메이세키지는 천태종(天台宗) 문파의 사찰인 것도 특이한 점이다. 고보다이시가 종파를 초월해서 존경을 받는다는 반증일 것이다. 8월에는 서(西)일본 각 지역에서 사람들이 모여들어 행사를 한다고 하니 언젠가 기회가 되면 꼭참가하고 싶었다.

메이세키지에서 내려와 다시 56번 도롯길로 접어들었다. 일기예보대로 맑은 날씨였다. 아루키헨로를 경험했다는 사람이 만들어 둔 휴게소가 맹렬한 땡볕을 피해 잠시 쉬어가게 도와주었다. 그 마음이 고마워 방명록에 감사의 마음을 전해보았다. 44번 절 다이호지(대보사, 大寶寺)는 70km나 떨어져 있기 때문에 오늘 도착할 수는 없다. 때문에 오늘은 고보다이시가 메이세키지에서 다이호지로 가는 중에 묵었다는 도요가하시(十夜ヶ橋)의 츠야도에서 하룻밤을 부탁해보려 생각하고 있다. 고보다이시가 이 다리의 아래서 묵었기 때문에 오늘날에도 헨로들에게 다리를 지날 때는 지팡이를 들고 건너라는 얘기가 전해온다. 거리는 메이세키지에서 23km 정도이므로 해지기 전에 여유롭게 도착할 수 있을 테다.

다이호지 가는 길은 56번 도로를 따라서 쭉 갈 수도 있고, 도로를 중심으로 좌우로 구불구불 이어지는 산길과 도로를 번갈아 걸을 수도 있다. 거리는 도롯길이 조금 더 가까운데, 햇볕이 강한 날에는 나무가 볕을 막아주는 산길이 훨씬 수월하다. 나는 산길을 택했다.

오전 10시쯤 도착한 휴게소에 누군가가 오셋타이로 놓아둔 커다란 사과가 세 알 있었다. 아침을 건너뛰고 걸었기 때문에 허기가 져서 하나를 먹었다. 크기가 상당히 커서 하나만 먹어도 배가 불렀다. 그런데 산길로 접어들어 30분쯤 걸었을 무렵 사달이 났다. 빈속에 허겁지겁 사과를 먹었더니 배탈이 난 것이다. 곧 다시 도로가 나올 테니 화장실을 찾을 때까지 참아보려 했지만 도저히 참을 수 있는 상황이 아니었다. 산길 한가운데서 배낭을 내려놓음과 동시에 길가 풀섶으로 폴짝 뛰어들었다. 울창한 삼림의 풀섶에는 상상을 초월하는 많은 종류의 생명이 살아가고 있었다. 갑작스런 침입자의 등장에 각종 벌레들이 여기저기로 튀어나왔다. 녀석들의 평온함을 깨버린 것에 대한 미안함과 혹시 뱀이 나오지 않을까 하는 두려움을 함께 느꼈다. 일을 마치고 떠날 때는 '어쩔 수 없는 상황이었어. 그래도 쓰레기를 버린 게 아니고 거름을 줬잖아.'라고 스스로를 합리화하는 교활한 인간의 원래 모습으로 돌아왔다. 뒷간 갈 때 마음과 나올 때 마음은 살벌하게 다른 것이었다.

완전범죄를 저지르고 한층 가벼워진 몸으로 길을 재촉했다. 갈림길에서 방향을 확인하려고 지도책을 보는데 지나가던 작은 트럭 한 대가 멈추었다. 할아버지 한 분이 내리더니 내게 백엔 동전 하나를 오셋타이 해주었다.

"이거, 음료수라도 하나 사서 드시구려."

물론, '오늘만큼은 오셋타이를 받을 수 없습니다. 범죄를 저질렀거든요.'라고 얘기하진 않았다. 오히려 진지한 표정으로 낼름 동전을 받았다. 아! 교활한 인간이여.

산길을 내려오는 도로에 식당 몇 군데가 모여 있었다. 주로 주변의 공장이나 건설현장에서 일하는 분들이 식사를 해결하는 곳이다. 그 중에 도시락 가게에서 부타동(豚丼, 돼지고기 덮밥)을 사먹었다. 유니폼을 입은 사람들이 단체로 식사를 하고 있었는데 그들은 돈을 내지 않고 장부에 사인을 하고 밥을 먹었다. 사람 냄새가 나는 식당이었다. 밥맛도 좋았다. 돌이켜 생각컨데 헨로길에서 이렇게 주변의 공장 사람들이나 건설현장 사람들이 단체로 가는, 이른바 함바집 같은 식당은 실패가 없었다.

길은 순조로웠고 도요가하시에는 오후 5시에 도착했다. 오늘 츠야도에 묵기를 청하니 스님이 친절하게 안내를 해주었다. 다른 헨로가 올 수도 있으니 짐을 풀지는 않고 배낭만 내려두었다. 방에는 책이 몇 권 놓여 있었는데 통일교 관련 책도 한 권 꽂혀 있었다. 통일교가 해외에서 교세(敎勢)가 대단하다는 얘기를 들은 기억이 있는데 정말인가 싶었다.

도요가하시 주변은 상점도 많고 번화한 지역이다. 오는 길에 봐두었던 Joyfull에 가서 저녁을 먹었다. 멀지 않은 곳에 100엔 스시집이 있어서 갈등했는데 스시집에 가면 50접시는 먹을 것 같아 주머니 사정을 고려해 그만두었다. 오늘 밤과 내일 아침거리를 사러 마트를 향해 가는데 온천 간판이 보이기에 먼저 온천에 들렀다. 온천에서 체중을 재보았더니 약 7kg이 줄어있었다. 한 달도 안되어 7kg이 빠졌으니 괜찮은 다이어트라고 해야 할까. 몸을 덥히고 먹거리를 사서 돌아오니 해질녘의 도요가하시가 황금빛으로 빛나고 있었다. 아름다웠다. 문득 88개 절의 하나는 아니지만 헨로에게 공간을 내어준 도요가하시가 고마워 정성으로 참배를 드렸다.

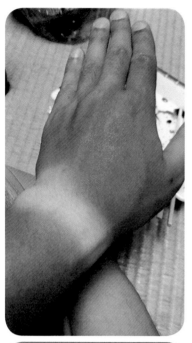

다른 헨로는 오지 않았다. 덕분에 나는 도요가하시 츠야도를 독방으로 사용하는 호사를 누렸다. 저녁을 빨리 먹은 탓에 배가 고파져 내일 아침으로 사둔 스시를 먹는데 까맣게 탄 팔이 오늘따라 눈에 들어온다. 시계를 풀었기 때문에 타지 않은 팔목 부분과의 색 대비가 극명하게 드러난다. 아주 조금 스스로에게 칭찬을 했다.

자리를 깔고 누워 앞서 간 사람들의 흔적을 찾아 방명록을 펼쳤다. 나보다 1년쯤 먼저 다녀간, 부산에서 온 순례자 '지산'이라는 분이 멋진 글과 그림을 남겨두었다. 서화(書畵)에 까막눈인 내가 보기엔 아마추어가 정성껏 그렸거나 공력이 상당한 프로가 스케치하듯 그린 것으로 보였다. <대사님도 잉어도 함께 자는 도요가하시>라는 글과 그 옆에 그려둔 고보 다이시의 표정이 너무나 온화하다. 그림 실력이 없는 나는 겨우 감사의 글만 남겨둘 수 있었다.

Day 25. 소비내역

담배 290엔

부타동(도로변 식당) 350엔

Joyfull 저녁 422엔

온천 550엔

먹거리, 식량(마트) 640엔

트럭할아버지 오셋타이 -100엔

소계 : 2,152엔

누계 : 76,009엔

Day 26. 5월 24일. 흐리고 비
오사카에서 온 커플헨로 타다시와 아야카

하룻밤을 허락해준 도요가하시에 감사인사를 하고 오전 6시 40분에 출발했다. 어제 일기에 보를 확인하지 못했는데 낮게 깔린 구름을 보니 비가 올 수도 있을 것 같았다. 니이야(新谷)라는 지역을 지나게 되었는데 <은하철도999>의 시발역(始發駅)이라는 깃발이 펄럭이고 있다. 거리의 이름이 <메텔거리>인 것을 보니 이 지역이 뭔가 관계가 있는 것 같았다.

나중에 확인해 보았는데 은하철도999의 원작자인 마츠모토 레이시(松本零士)가 어린 시절이었던 제2차 세계대전 중에 이 지역으로 소개(疏開)되었고, 그 때 이 지역에서 보았던 증기

기관차에 대한 기억이 은하철도999의 창작에 영향을 주었다고 한다. 그는 "이 곳은 세상에서 가장 아름다운 이상향. 여기에 돌아오면 생기가 돈다."라고 말했다고 한다. 그런 이유로 2013년부터 <니이야를 부자동네로 부흥시키는 모임, 新谷一万石まちおこしの会>이라는 단체가 생겨나 이 지역을 은하철도999 탄생의 시발역으로 지정하고자 활동을 벌였고 2014년에 결실을 맺게 되었다고 한다. 조금 억지라는 생각이 들기도 하지만 인구가 줄어들고 있는 지방에서 지역의 지명도를 높이고자 하는 노력의 일환으로 이해하지 못할 것도 아니었다.

니이야 거리를 지난 뒤 다시 큰 마을을 하나 거치면 56번 도로에서 갈라지는 379번 도로를 걷게 된다. 이 도로는 오다가와(小田川)라는 하천을 모양 그대로 따라 굽이치며 함께 가는 길이다. 하천은 양쪽으로 산맥을 끼고 있어서 길도 계곡을 따라 흐른다. 점점이 나타나는 마을의 규모는 조금씩 작아지고 사람은 줄었다. 인심 좋은 누군가가 헨로들을 위해 묵어갈 곳을 만들어두기도 했고 피곤할 때가 되면 적당한 곳에 휴게소가 나타났다. 몇몇 민가의 벽에 '그리스도는 곧 오신다.'라는 글이 걸려있는 것을 보니 일본에서 흔치 않은 기독교 계열 종교의 신자들이 모여 사는 마을도 있는 것 같다.

쉬어가는 헨로들이 오사메후다를 붙여놓은 특이한 휴게소에 앉았다. 무료로 숙박을 하게 해주는 곳에서 오사메후다를 붙여두는 것은 봤어도 잠시 앉아 가는 휴게소에 오사메후다를 붙이는 것은 처음이라 재미있다고 생각하며 나도 한 장 붙여두었다.

길은 다시 두 갈래로 갈라진다. 379번 도로가 계속해서 이어지는 길과 남동쪽으로 향하는 380번 도로가 그것인데 여기서 귀신에 홀린 듯이 방향을 잃었다. 두 개의 도로 모두 헨로길이니 길을 잃었다고 할 수는 없을지도 모르지만, 지금 지도를 다시 보아도 이 구간은 어떤 길을 걸었는지 묘하게도 알 수가 없다. 저녁 무렵이 되도록 계속 걷다가 인적이 드문 마을에서 만난 아주머니에게 물어본 뒤에서야 내가 우스키(臼杵) 지역을 걷고 있음을 알았다. 아무래도 나중에 한 번 더 가서 확실하게 알아볼 수 밖에 없을 것 같다.

방향을 잃고 걷다가 휴게소가 보이기에 들어서니 할아버지 헨로 한 분이 노숙을 하려는 듯 자리를 잡고 있었다. 적어도 70대는 되어 보이는 분이었는데 순례를 오래 했다고 한다. 수염이 넥타이 길이만큼 자랐고 오래 갈아입지 않은 듯한 옷차림새를 하고 있어서 도사님 아니면 노숙인처럼 보였다. 외양을 보면 가히 헨로의 끝판왕이라 할 수 있는 모습이었다. 얼마나 오래 헨로를 하고 계신지 물으니 대답이 없다. 말없이 앉아 있던 그는 갑자기 반야심경 얘기를 꺼냈다. 반야심경의 내용을 해설해 주었는데 맞는지 알 길은 없었다. 이야기의 마지막에 결국 마음이 중요한 것 아니겠느냐며 뜻 모를 말을 남겼을 뿐이었다. 이 분에게 길을 물으니 방향을 알려주었는데 걷는 중에 도로 표지판이나 헨로 이정표를 보지 못했다. 길을 따라 꽤 오래 걸었을 때 맞은편에서 갸쿠우치를 하고 있는 헨로 한 분을 만나 이 길이 헨로길이 맞냐고 물으니 그렇다고 하기에 무작정 앞으로 나아갔다.

단조로운 길을 걷고 있으니 잡생각이 떠나지 않는다. 아까 만난 할아버지 헨로는 달리 있을 곳이 없어서 헨로길을 방황하는 것일까 아니면 진지하게 구도의 길을 걷고 있는 것일까? 진정한 고수와 얼치기로 흉내를 내는 사람을 구분할 수는 있는 것일까? 애초에 진짜와 가짜는 같은 것일까, 다른 것일까? 생각도 산으로

가고 발걸음도 산으로 향하고 있었다.

　문자 그대로 쇠락한 마을이었다. 고도
가 꽤 높은 지대임에도 사방이 산으로 둘
러싸여 있어 해는 늦게 뜨고 일찍 지게
될 것이었다. 방치된 집들 중에는 기둥이
버티지 못하고 허물어진 것도 몇 채 있
었다. 산 중에서 날이 저물어 버릴 것 같
아 마음이 급했다. 하루에 두어 번 버스
가 서는 정류장에 앉아 쉬자니 어디선가
개 한 마리가 슬금슬금 다가왔다. 킁킁거
리며 다가온 녀석은 내가 내어준 멸치 몇
마리에 잠시 관심을 보이더니 다시 길을
건너 서성거렸다. 쇠락한 마을처럼 힘없

는 개였다. 이 때 길 아래쪽에서 운동복 차림의 아주머니 한 분이 올라왔다. 아주
머니에게 길을 물었고 여기가 우스키라는 것을 알 수 있었다. 조금 더 올라가면
큰 마을에 대사당이 하나 있고 거기서 잘 수 있을 것이라는 정보도 얻었다. 아주
머니와 대화를 나누는 중에도 계속 주변을 어슬렁대는 개에게 이목이 쏠렸다. 아
주머니는 개에 대해 잘 알고 있었다. 12~3년 전에 누군가가 이 동네에 녀석을 버
리고 갔다고 한다. 천성이 얌전한 녀석인지 딱히 동네에 해가 되는 짓을 하지 않
아서 주인은 없지만 이 집 저 집에서 얻어먹는 동네 개가 되었다고 한다. 이제 늙
어서 눈도 보이지 않고 귀도 어두운 것 같다고 한다. 녀석의 부자연스러운 움직
임이 비로소 이해되었다. 아주머니는 동네의 노인들이 하나 둘 죽으면서 동네가
점점 사라지고 있다고 했다. 동네가 사라진다... 주인 없는 늙은 개는 이 동네를
상징하는 존재라는 데 생각이 닿았다.

아주머니 말대로 큰 동네는 있었지만 대사당은 찾지 못했다. 큰 동네라지만 구멍가게가 하나 있는 정도인데 그나마 가게에는 사람이 없었다. 날은 곧 저물 것 같은데 대사당의 위치를 물어볼 사람이 없어서 버스 정류장에서 묵을 생각이었다. 신발을 벗고 앉아 있는데 길 아래쪽에서 인기척이 들려왔다. 고개를 빼고 살펴보니 헨로 두 명이 올라오고 있었다. 젊은 커플헨로 타다시와 아야카였다.

타다시와 아야카는 오사카에서 온 커플헨로였다. 인사를 나누고 얘기를 하는 중에 비가 시작되었다. 약하게 시작된 비는 점점 굵어졌다. 수완 좋은 청년 타다시는 동네 사람들을 찾아 보겠다고 하며 구멍가게 쪽으로 뛰어갔고 잠시 후에 작은 트럭 한 대와 함께 돌아왔다. 트럭에서 내린 동네 아저씨는 공민관(公民館, 마을회관 비슷한 시설)을 열어주었는데 수년 동안 방치된 상태라서 각 방마다 영화 <링>의 사다코 몇 명은 족히 살고 있을 법한 상태였다. 아저씨도 공민관이 이 정도 상태인지는 예상하지 못한 듯 무안해했다.

내가 아랫마을에서 들은 대사당 얘기를 하니 아저씨가 거기라면 괜찮을 거라고 했다. 대사당은 버스정류장에서 조금 더 올라간 산기슭에 있었는데 마룻바닥이 깨끗했다. 대사당 문을 열어주고 돌아간 아저씨는 술과 안주, 간식을 가지고 돌아왔다. 시골이라 맛있는 게 없다며 상추샐러드와 채소조림을 주었는데 오랜 농사일로 단련된 솥뚜껑 같은 아저씨의 손에서 두터운 인심이 느껴졌다.

술과 함께 타다시, 아야카와 즐거운 이야기가 시작되었다. 타다시는 미토콘드리아 활성화를 이용해서 애완동물의 질병을 치료하는 사업을 준비중이라며 열변을 토했다. 잘 알 수 없는 얘기였지만 그의 열정이 좋았다. 책과 드라마, 영화를 좋아하는 아야카는 한국 드라마도 여러 편 보았다고 해서 이야기가 잘 통했다. 장대비가 쏟아지는 밤은 깊어갔고 이야기는 오래 계속되었다. 갑자기 내리는 비처럼 갑자기 만난 타다시와 아야카는 외로운 헨로의 시간에 잠시 좋은 친구가 되어주었다.

Day 26. 소비내역

음료 130엔

음료 160엔

음료 120엔

소계 : 410엔

누계 : 76,419엔

Day 27. 5월 25일. 비
얕은 꾀는 통하지 않아

지난 밤의 숙취를 안고 오전 7시에 일어났다. 짐 정리를 하고 출발 준비를 하는데 타다시가 침낭 속에서 꿈틀댄다.

"먼저 출발할게. 괜찮아?"

"응, 어제 좀 과음했네. 우리는 오전 쉬고 오후에나 출발할 것 같아. 하하."

비는 간밤에 조금 약해졌지만 해발 500미터가 넘는 고지대이다 보니 꽤 춥게 느껴진다. 다행히 출발하고 한 시간쯤 뒤에는 걸으면서 몸이 뜨거워진 덕분에 추위는 사라졌지만 몸이 열기를 비옷 밖으로 발산하지 못해서 땀이 옷 속에서 흘러내렸다.

44번 절 다이호지는 해발 790미터의 히와다봉(ひわだ峠) 뒤에 숨어 있었다. 녹록치 않은 길이었지만 툇마루 같은 휴게소와 지친 헨로들을 위해 사람들이 만들어 둔 재미있는 소품들, 비 맞으러 나온 작은 게 등이 비 맞는 헨로에게 응원단이 되어 주었다.

히와다봉에 도착해 지명의 유래를 설명해 둔 안내판을 보니, 고보다이시가 헨로길을 걸을 때 계속 비가 내리다가 이 곳에서 비가 그쳐 '히요리(日和, 해를 쬐기에 좋음)'라고 말한 것이 변형되어 '히와다'가 되었다고 전한다. 마침 내가

도착했을 때도 비가 그쳤다. 신기하다고 생각했는데 히와다봉은 구마고원(久万高原)의 일부로 주변지역보다 고도가 300미터 정도 급격하게 높아지는 지역이라 지형상의 이유로 다른 곳보다 비가 적게 내리는 것은 아닌가 싶기도 했다.

다이호지는 구마고원의 아랫마을 구마초(久万町)에 있다. 단풍나무가 건물의 지붕 아래로 가지를 한껏 뻗치고 있는 모습이 예쁜 절이었다. 가을 단풍철에는 틀림없이 장관이 연출될 것이다. 우르르 몰려든 단체헨로들이 초록의 단풍나무 가지 속으로 들어가니 그 또한 장관이었다. 본당과 대사당 사이에 조용히 서있는 관음상이 이들의 기원(祈願)을 꼭 들어줄 것만 같았다.

해발 약 600미터의 고지대 마을임에도 절 주변은 적잖이 번화한 거리였다. 아루키헨로의 루트가 다이호지 >> 45번절 이와야지(암야사, 岩屋寺) >> (다시) 다이호지 >> 46번절 야사카지(팔판사, 八坂寺)로 이어지기 때문에 헨로들은 다이호지 근처에 숙소를 잡아두고 가벼운 몸으로 이와야지에 다녀오는 경우가 많다. 다이호지에서 이와야지까지 거리가 약 9.5km이기 때문에 왕복이라면 적잖은 걸음이다. 나도 숙소를 잡고 짐을 맡겨두려고 했는데 너무 이른 시간인지 전화를 받는 숙박업소가 없었다. 어제 예약을 해두었으면 좋았겠지만 아쉬움은 이미 지나간 시간 속에 들어 있었다. 할 수 없이 배낭을 메고 걸었다. 그나마 꾀를 낸 것이 야사카지 앞의 정류장에서 버스를 타고 돌아오는 것이었다.

계획은 계획일 뿐이었다. 고보다이시가 내 얕은 꾀를 간파하셨는지 다이호지를 출발해서 약 4km 지점의 <고원골프클럽>을 지날 무렵 갑자기 장대비가 퍼붓기 시작했다. 날벼락처럼 내리는 비를 보며 곧 그칠 것이라고 생각했는데 오산이었다. 골프클럽 앞의 버스정류소 지붕 아래서 한 시간을 기다렸지만 비는 그칠 줄 몰랐고 오히려 하늘은 시야의 안으로 들어오는 경계 끝까지 먹구름으로 뒤덮였다. 곧 그칠 것 같던 비는, 절대 그치지 않을 비가 되어 있었다.

할 수 없이 다이호지에서 접어 배낭에 넣어두었던 비옷을 다시 꺼내 입었고 레인커버를 배낭에 씌웠다. 조금이라도 비를 피할 수 있는 곳에는 무조건 들어가 쉬면서 걸었지만 얼마 안되어 온 몸과 배낭은 흠뻑 젖어버렸다. 어떤 한계를 넘어 비를 맞으니 포기하면 편하다는 생각이 들었다. 마치 비 내리는 날 신발이 젖지 않게 하려고 조심조심 걷다가 조금씩 신발에 스며든 물이 어느 선을 넘으면 물 웅덩이를 첨벙첨벙 밟게 되는, 그러한 임계점을 넘어선 것이다. 묘하게도 약간의 카타르시스가 느껴지기도 했다.

그렇게 한 시간쯤 걸었을까? 길가에 번듯한 호텔 하나가 자리잡고 있었다. 이와야지를 3km 앞둔 곳, 국민숙사 후루이와야소(国民宿舎 古岩屋荘)였다. 이것 저것 재지 않고 호텔로 들어갔다. 체크인 시간보다 조금 이른 시간이라 짐을 프런트에 맡겨두고 온천을 먼저 했다. 따뜻한 온천물로 한기를 걷어내고 나니 제정신이 돌아오는 것 같았다. 1박 2식 포함에 온천이 무제한 무료라고 했다. 7천 5백 엔이라는 가격은 아마도 나의 헨로길에서 가장 비싼 숙박료가 되지 않을까. (실제로도 그랬다.) 방에 들어가서 배낭 속의 물건을 모두 꺼내 말려두고 내려와 젖은 옷을 세탁했다. 로비 구경을 한 뒤에 저녁을 먹고 방으로 돌아왔다. 돈으로 구매한 시설의 이용권과 타인의 서비스는 편안하고 안락했다. 쉴 때는 아무런 걱정 없이 편히 쉬자. 포근하게 몸을 감싸주는 이불 속에서 자는 잠은 달고 또 깊었다.

Day 27. 소비내역

음료 140엔

음료 110엔

담배 440엔

세탁, 건조 300엔

소계 : 990엔

누계 : 77,409엔

Day 28. 5월 26일. 흐리고 때때로 비
혼자 헨로를 하면 자기 사진은 찍기 힘들잖아요

시간의 상대성은 만고의 진리이다. 안락한 밤은 짧았고 아침은 너무 일찍 찾아왔다. 늦잠을 자지는 않았는데 이불 속에서 지렁이처럼 꾸물거리다가 오전 7시가 넘어서야 간신히 몸을 빼낼 수 있었다. 아침 온천을 하고 조식을 먹었다. 잘 마른 옷가지와 물건들을 다시 배낭에 꾸리고 체크아웃 후 길에 서서 하늘을 살폈다. 비는 내리지 않지만 잔뜩 흐린 날씨였다. 언제 비가 내려도 이상하지 않을 것이다. 이와야지로 발길을 서둘렀다. 사찰을 알리는 이정표를 발견하고 도로를 벗어나자 언덕길에 알록달록한 헨로마크가 이와야지에 도착했음을 알렸다.

이와야지로 오르는 언덕길 초입에는 길지 않은 상점가가 늘어서 있고 뒤이어 신자들의 봉납 깃발과 돌 조각이 경쟁하듯 길게 늘어서 참배객을 맞는다. 이와야지는 암벽을 등지고 건물을 세웠는데 암벽의 모양을 따라 건물을 맞추어 지었기 때문에 그것을 뚫고 나온 듯한 모습이 강렬한 인상을 남긴다. 사람 보는 눈은 비슷비슷한 것이어서 다른 헨로들도 고개를 길게 빼고 암벽에 박힌 건물을 한참이나 구경하고 있었다.

예정되어 있던 비가 내리기 시작했다. 후둑후둑 떨어지는 비를 피해 절에서 내려왔다. 버스정류장에 도착해 시각표를 확인하고는 힘이 쭉 빠졌다. 절 앞 정류장에는 하루에 버스가 한 번 밖에 정차하지 않는 것이었다. 오후까지 몇 시간을 기다릴 수는 없었다. 뭔가 수를 내야 하는 상황이었다. 매정한 빗방울이 조금씩 굵어지면서 마음 속의 조바심도 그에 맞춰 짙어졌다. 순간 오르막길 아래의 이와야지 주차장이 떠올랐다. 혹시 자동차헨로가 있으면 다이호지까지 부탁해볼 수 있을 것이다.

주차장에는 자동차가 총 열 대 정도 주차되어 있었다. 하지만 히치하이킹을 해본 적이 없어서 쭈뼛거리다가 자동차 몇 대를 그냥 보내버렸다. 그러는 사이에 한층 굵어진 빗방울이 얼른 결단을 내리라고 재촉하고 있었다. 내가 참배를 마치고 내려올 때 도착해 올라가던 단체헨로들이 다시 내려와 전세버스를 타고 떠나고 나니 주차장도 한산해졌다. 비를 맞더라도 걸어야 하나보다라고 마음을 돌리려는 찰나 하쿠이를 걸친 중년의 남녀가 주차장으로 내려오고 있었다. 한 번 시도라도 해보자는 마음으로 깊게 숨을 들이켜고 그들에게 다가갔다.

"안녕하세요. 아루키헨로를 하고 있는데요, 비가 내려서 그러는데 다이호지 앞 거리까지만 태워주실 수 있을까요?"

"그래요? 갸쿠우치인가요? 우리는 46번 절 죠루리지(정유리사, 浄瑠璃寺)로 가거든요."

그랬다. 나는 아루키헨로의 경로만 생각했기 때문에 자동차헨로도 다이호지 쪽으로 갈 것이라 예단했던 것이었다. 과학문명의 발명품을 가진 이들의 길은 아루키헨로의 그것과는 사뭇 다르다. 역시 서는 곳이 바뀌면 세상이 다르게 보이는 법이다.

"아뇨, 저는 준우치를 하고 있습니다."

"그럼 우리가 태워다 줄게요. 타세요."

나를 태워준 이들은 미에현(三重県)에서 온 사카다니 겐지(坂谷賢司)와 히데코(英子) 부부였다. 시간 날 때마다 자동차로 헨로를 한다고 했다.

버스를 타지 못해서 하늘이 무너지는 것 같았는데 버스보다 몇 배는 편하게 이동을 하게 되니 정말 세상사는 알 수 없는 것이었다. 죠루리지는 도로변의 평지에 자리잡고 있었다. 나는 참배를 마치고 절 앞의 자판기에서 캔커피 두 개를 샀다. 자동차를 태워준 사카다니상 부부에게 작은 답례라도 하고 싶었다. 참배를 마치고 나온 부부에게 캔커피를 건네고 인사를 했다.

사카다니상은 47번 절 야사카지까지 태워준다고 했지만 비도 다시 약해졌으니 걸어가겠다고 말씀을 드리고 헤어졌다. 헤어지기 전에 작은 인연을 기념하기 위해 오사메후다를 교환하고 부부의 사진을 찍었다. 히데코상의 오사메후다 뒷면에는 아들의 행복한 결혼생활과 딸이 건강한 아이를 순산하기를 기원한다는 글귀가 적혀 있었다. 죠루리지는 부처님의 손바닥, 발바닥이 새겨진 돌과 천연기념물로 지정된 노수(老樹), 부처의 말씀을 새긴 설법석(說法石) 등이 유명하지만 그 순간 내게는 사카다니상 부부와의 만남이 더욱 소중했다. 결국 사람이 먼저 아니겠는가.

야사카지는 죠루리지에서 1km만 가면 된다. 그래서였을까, 야사카지 앞에서 사카다니상 부부를 다시 만났다. 작별인사를 한 지 얼마 안되었는데 머쓱했다.

"우리가 인연이 있나보네요. 다음 절까진 같이 가요. 두 번 거절하면 안됩니다."

그렇게 사카다니상과의 인연은 조금 더 이어졌다. 부부와 함께 야사카지를 참배했다. 야사카지는 역사 깊은 절이라고 하는데 내게는 새 것이 더 많이 보였다. 아는 만큼 보이는 법이니 나의 우둔함을 탓할 밖에는 없을 것이다. 아들과 딸을 위해 기원하는 히데코상은 유난히 정성껏 참배를 드렸다. 그녀의 뜻을 알고 나서 보니 새벽에 정한수를 떠놓고 자식들의 안녕을 기원했던 우리네 부모의 모습과 매한가지였다.

48번 절 사이린지(서림사, 西林寺)는 하얀 절이다. 하얀색의 낮은 담과 밝은 회색빛의 지붕이 전체적으로 채도가 빠진 색감을 발하고 있었다. 수묵화에 찍힌 빨간 낙인처럼 짙은 색감의 삼문이 강렬한 채도대비 효과를 뽐내고 있었다. 참배를 드리는 중에 타다시 커플과 다시 만났다.

"나보다 늦게 출발했는데 금방 따라왔네?"

"우리는 이와야지에 가지 않았거든. 비가 너무 많이 와서 엄두가 나지 않더라고. 하하."

그들처럼 정해진 길에 너무 얽매이지 않는 것도 좋을 것이다. 헨로길을 걷는다는 것은 88개 사찰을 경주하듯 돌아보는 것이 아니라 그 과정에서 어떤 생각을 하는가에 달렸을 테니 말이다. 다시 만난 김에 타다시와 SNS 정보를 교환했다. 사카다니상 부부를 기다리는 동안 타다시와 아야카를 먼저 보냈다.

사카다니상은 오늘 하루는 같이 차를 타자고 제안했지만 이번에야말로 헤어질 시간이었다. 뭐랄까, 너무 편하게 가면 고보다이시에게 너무 어리광을 부리는 것 같았다.

"저는 이제 걸어갈게요. 아루키헨로니까 걸으면서 경험할 수 있는 것을 놓치고 싶지 않아서요."

"과연 그렇겠네요. 그럼 사진 한 장 찍어줄게요. 혼자 헨로를 하면 자기 사진은 찍기 힘들잖아요."

사카다니상이 헤어지기 전에 사이린지 앞에서 내 사진을 찍어주었다. 그가 찍어준 사진은 헨로길에서 찍은 사진 중에 가장 마음에 드는 사진 중 하나가 되었다.

49번 절 죠도지(정토사, 浄土寺)는 사이린지에서 주택가 사이로 난 길을 따라 3km 떨어져 있다. 단독주택 뿐 아니라 맨션이나 상업건물들도 적지 않은 지역이라 사이린지는 마치 도시 한 켠에 숨어 있는 듯한 인상을 준다. 삼문을 들어서면 탁발을 하는 모습의 석조 대사상이 참배객을 맞이한다. 본당이 당나라식이라 하여 살펴보니 지붕의 모양이 지금까지의 절과는 조금 달라 보였다. 참배를 마치고 벤치에 앉아 있는데 단체헨로들이 도착했다. 홀로 걷는 아루키헨로의 길은 너무나 조용하기 때문일까, 아니면 사카다니상 부부와 헤어지고 얼마 지나지 않아서일까. 그들의 왁자지껄한 헨로길이 조금 부러웠다. 하지만 무리의 일원이 되면 다시 혼자가 그리워질 것이다. 그네를 타는 것처럼 사람들 사이를 왕복하는 것이 삶일지도 모르겠다는 생각이 스쳐간다.

단체헨로들을 먼저 보내고 천천히 길을 나섰다. 50번 절 한타지(번다사, 繁多寺)도 가까이에 있었다. 아루키헨로길은 공동묘지 사이를 지나는 길이다. 사카다니상과 헤어질 때 얘기했던, 아루키헨로만 경험할 수 있는 길이다. 묘지에 잠들어 있는 분들을 위해 발걸음을 조심해서 이동했다.

한타지는 야트막한 언덕배기에 작은 저수지 두 개를 좌우에 끼고 들어앉은 모양새의 절이다. 널찍한 진입로에는 주차장과 벤치가 넉넉하게 마련되어 있었다. 죠도지에서 보았던 단체헨로들을 한타지에서도 만났다. 절묘하게 비슷한 타이밍에 경내에 들어서게 되어 그들 속에 섞여 참배를 함께 드렸다. 한타지에서 내려오는 길은 시야가 탁 트여 있어 좋았다.

한타지의 창건은 고겐덴노(효겸천황, 孝謙天皇, 쇼토쿠(称德)라는 시호로도 불린다. 일본의 제 46대, 48대 천황. 749년~758년/764년~770년 재위. 일본 역사상 최초의 독신 천황이자 6번째 여성 천황이다.)의 명에 의해 시작되었다고 하는데 백성들을 가까이서 살피고자 하는 왕의 마음을 반영하여 어염집과 가까운 곳에 절터를 잡았을지도 모르겠다는 생각을 했다. 무사정권 쇼군의 성(城)이 위압적으로 내려다보는 것에 비하면 곁에서 눈높이를 맞추는 느낌이었다.

51번 절 이시테지(석수사, 石手寺)도 3km 남짓 떨어진 곳에 있었다. 역시나 주택가 사이를 지나는 길이다. 길가 주차장으로 쓰이는 곳 한 켠에 100엔 자판기와 마루를 놓아둔 휴게소가 반가웠다. 청포도맛 칼피스는 처음 마셔봤는데 맛이 괜찮았다.

이시테지는 깜짝 놀랄만큼 규모가 큰 절이었다. 이 절 역시 덴노의 지시로 만들어졌기 때문에 창건 당시부터 규모가 큰 것이기도 했고, 헨로의 원조라고 하는 에몬사부로(衛門三郎)와 고보다이시의 전설에 얽힌 코세키(小石)를 간직하고 있어서 사람들을 끌어들이기 때문에 그 규모를 유지할 수 있었을지도 모른다. 또한 오래 전부터 명탕(名湯)으로 알려진 도고온천(道後温泉)이 가깝고, 일본 근대 소설가 나츠메 소세키의 <도련님, 봇짱(坊ちゃん)>의 배경으로 시계탑이나 관광열차가 다니기도 하기 때문에 지금까지도 유동인구가 많은 지역이다.

　이시테지에는 삼중탑을 비롯하여 일본의 중요문화재가 많다고 하지만 내게 인상적이었던 것은 사찰 뒤쪽에 있던 돌하르방이었다. 아무리 봐도 현무암으로 만든 제주 돌하르방인데 어째서 이시테지의 경내에 있게 되었는지 알 수가 없었다. 납경소에 있던 관계자에게 물어도 돌하르방에 대해서 아는 사람은 없었다.

　이시테지는 츠야도가 있어서 납경소에 간 김에 오늘 묵어갈 수 있는지 물었는데 수리중이라 현재는 헨로들이 묵어갈 수 없다고 했다. 주변이 번화한 지역이기 때문에 숙소를 찾기는 어렵지 않을 것이라는 생각에 인사를 드리고 발걸음을 옮겼다.

　도고온천이 있는 번화가에 들어오니 오후 5시가 되어가고 있었다. 이런 동네에서 노숙을 하기엔 무리다. 숙소를 잡기로 했다. 우연의 힘을 믿어볼까 싶어 마침 간판이 눈에 띈 호텔로 들어갔다. 들어서니 프런트에는 아무도 없었다. 벨을 누르고 잠시 기다리니 위에서 주인장이 내려왔다.

　　　　"안녕하세요. 예약은 하지 않았는데 빈 방이 있을까요?"
　　　　"네, 오늘은 손님이 별로 없어서 여유가 있어요."
　　　간판에는 호텔이라고 쓰여 있는데 게스트하우스라고 했다. 침대가 많이 들어간 다인실의 가격이 싼데 오늘은 손님이 없을 것 같아 6인실을 혼자 사용할지도 모르니 싼 방으로 하라고 주인장이 먼저 권했다. 장사하는 사람의 기본(?)이 되지 않은 솔직한 사람이었다. 체크인 수속을 하려 여권을 내밀었더니 그가 놀란다.

"한국 사람이에요? 나도 한국인이에요. 재일교포에요."

주인장은 스스로 역마살이 낀 팔자라고 했다. 방 안내를 받아 올라가는데 계단 벽면에 세계 각국을 여행한 주인장의 사진이 빼곡하게 붙어 있었다. 오토바이를 이용한 여행을 주로 한다는데 아프리카의 사막까지 오토바이로 횡단했다고 하니 정말 여행을 위해 태어난 사람 같아 보였다. 오헨로는 해봤냐고 물어보니 안 해봤단다. 아무래도 그는 해외용 역마살을 타고 났는가 보다 생각했다.

게스트하우스에 짐을 정리해두고 저녁도 먹을 겸 주변 관광을 나섰다. 일본 애니메이션 <센과 치히로의 행방불명>의 배경 중 하나로 유명한 도고온천은 수학여행을 온 학생들, 웨딩사진을 촬영하는 신랑신부를 비롯해 삼삼오오 무리를 지어 나온 사람들로 활기찼다. 게스트하우스에서 샤워를 하고 나왔기 때문에 아쉽지만 온천은 하지 않았다.

　도고온천 앞의 아케이드 상점가를 구경하며 내려오면 봇짱 시계탑과 관광열차가 모습을 드러낸다. 시계탑은 시간이 되면 문이 열리고 음악에 맞춰 봇짱의 주인공 인형들이 등장하면서 회전한다. 느긋하게 온천을 하고 관광열차도 체험한 뒤 시계탑을 구경하고 상점가에서 기념품을 쇼핑하면 하루 일정의 멋진 여행이 될 것 같았다.

　구경을 마치고 나니 저녁을 먹어야 할 시간이다. 아케이드를 다시 한 번 걸어 보았는데 마음에 드는 식당이 없었다. 숨어있는 현지의 맛집을 기대하며 뒷골목으로 들어서니 '오늘의 정식 500엔'이라는 종이를 붙여둔 라멘가게가 어쩐지 마음에 들었다. 가게 이름도 <도련님>이다.
　문을 열고 들어섰는데 동네 아저씨 아주머니 두어 명이 앉아 반주(飯酒)를 하며 여주인과 얘기를 나누고 있었고 카운터석에는 젊은 남자 한 명이 식사를 하고 있었다. 나도 카운터석에 자리를 잡고 앉아 정식을 주문하니 닭고기와 생선 중에 어느 쪽이 좋으냐 묻기에 닭고기를 골랐다. 빙산 모양의 덩어리 얼음이 들어간 차를 내어주는데 느낌이 좋았다. 주인장이 조리를 하는 동안 잠시 앉아 있는데 오른쪽에서 오시보리(おしぼり, 물수건)가 날아와 내 앞에 툭 떨어졌다. 식사를 하고 있던 남자가 던져준 것이다. 오시보리를 집어 들며 남자를 바라보니 그는 시치미를 떼고 밥만 먹고 있다. 살펴보니 그의 오른쪽에 오시보리를 넣어둔 냉장고가 있었다. 그는 이 가게의 단골인 듯 아주머니 대신에 내게 오시보리를 건네준 것이다. 던져준 것이 마음에 들지는 않았지만 터프가이병에 걸린 것이려니 했다.
　동네 아저씨 아주머니들은 낯선 여행객에게 관심을 드러냈다. 한국에서 왔다고 하니 서울 여행을 한 적이 있다며 불고기와 김치가 맛있다는 모범적인 감상이 돌아왔다.

적당히 맞장구를 치고 있자니 주인장이 요리를 내주었다. 두툼한 닭가슴살 구이에 연근두부조림과 샐러드, 미소시루에 고봉밥이 엄청난 볼륨감을 자랑한다. 양만 많은 것이 아니고 맛도 좋아서 그릇을 다 비우고 나니 올챙이 배가 되었다. 손님으로서는 감사한 것이지만 500엔이라는 가격이 너무 헐하다 싶었다.

숙소로 돌아오니 주인장의 예언대로 다른 손님은 들지 않았다. 게스트하우스의 6인실을 독방처럼 사용하게 되었다. 베란다 유리를 통해 비치는 해질녘의 하늘이 예뻤다. 물리적으로는 같은 시간이지만 오늘 하루는 유난히 길었던 것처럼 느껴졌다. 사카다니상과의 만남과 두 번의 헤어짐, 타다시 커플을 다시 만났고 45번 절이와야지부터 51번 절 이시테지까지 7개의 사찰을 거쳐왔기 때문일 것이다.

빠르게 어두워지는 하늘을 바라보며 어느덧 어른헨로가 된 것처럼 느꼈다. 발톱이 빠지고 굳은살이 자리잡은 발은 더 이상 아프지 않았고, 길을 잘못 들어도 당황하지 않게 되었으며, 먹을 것을 적당히 미리 준비하며 주어진 상황을 원망하지 않고 적응하려 하는 나의 모습을 깨달았기 때문이다. 물론 어른헨로 자격증이 있는 것도 아니니 확실치는 않았다. 다만 그렇게 느꼈을 뿐이다.

Day 28. 소비내역

국민숙사 후루이와야소 숙박비 7,500엔

편의점(점심) 616엔

자판기 음료 100엔

저녁식사(봇짱) 500엔

게스트하우스 에코 숙박비(선불) 2,300엔

편의점 앞 오셋타이 -100엔

소계 : 10,916엔

누계 : 88,325엔

Day 29. 5월 27일. 흐린 뒤 맑음, 밤에 비
별 일 없이 걷는다

헨로길을 걷는 것보다 관광지를 둘러보는 것이 힘든 일
이었나 보다. 조금 늦잠을 잤다. 천천히 준비하고 로비에
내려오니 오전 8시 30분이 되었다. 어제 체크인 할 때 주
인아저씨는 말했다.

"아침에는 로비에 아무도 없을 거예요. 여기 통에 열쇠를 넣고 가면 돼요."

아저씨의 말대로 로비에는 아무도 없었다. 열쇠를 수거통에 넣고 길을 나섰다.
올려다보니 하늘이 흐렸다. 하지만 구름이 얇아 보였고 곧 맑을 하늘이었다. 52
번 절 타이산지(태산사, 大山寺)에는 정오가 다 되어 도착했다. 천천히 걸으면서
카페에서 브런치도 먹고 느긋하게 게으름을 피웠기 때문이다. 이정표가 친절하
게 53번 절 엔묘지(원명사, 円明寺) 방향도 알려주고 있었다.

날씨가 맑아져서 그런지 타이산지는 깨끗하게 다가왔다. 가마쿠라 시대에 지어
진 본당은 에히메현 내에서 가장 큰 목조건축으로 국보로 지정되어 있다고 하는
데, 고고한 모습으로 당당하게 선 멋진 건물이었다. 홀로 참배를 하는 사람들이
몇 명 있을 뿐 조용한 경내에서 쉬고 있으니 마음까지 고요해지는 기분이었다.
오랜만에 고개를 내민 해와 길게 인사했다.

경내는 햇빛을 온전히 받아 들이려는 듯 사방이 트여 있는데, 내려가는 길은 나무그늘이 포근했다. 봉납자들의 이름과 금액을 새겨둔 돌비석이 분위기를 조금 흐리는 것 아닌가 싶었지만 그들 나름의 방식일 테니 크게 불만은 없었다.

점심 때가 되어 도로변의 작은 식당에 들어갔다. 개업한지 오래되지 않은 듯 실내와 집기가 깔끔한 곳이었다. 토끼우동이라는 이름이 재미있어서 냉우동 세트를 주문했는데 토끼가 먹을 듯한 신선한 채소를 듬뿍 사용해서 맛이 깔끔하고 좋았다. 어머니가 요리를 하고 따님이 접객을 담당하는 것 같았는데 장삿집의 기교를 부리지 않고 집밥을 그대로 내어놓은 듯한 맛이었다.

엔묘지는 작은 절이다. 좁은 공간에 가람 배치를 하다 보니 건물을 촘촘하게 들여놓았는데 그것대로의 매력이 있었다. 참배를 마치고 벤치에 앉아 지도책을 살폈다. 54번 절 엔메이지(연명사, 延命寺)는 35km가 떨어져 있기 때문에 중간에 숙박을 정해야 한다. 하기 모리상이 추천했던 게스트하우스에 전화를 해보았는데 연결이 되지 않았다. 걷다가 적당한 곳에서 자리를 잡을 수 밖에 없을 듯하다.

묵묵히 걷는 사이 태양도 묵묵히 자신의 시간을 걸었다. 네 시간 정도를 쉬지 않고 걸었더니 쉬어야만 하는 타이밍이 찾아왔다. 편의점 앞에 배낭을 내려두고 한 숨 돌리고 있었는데 편의점에서 나오던 아저씨가 오렌지 주스 한 병을 건네주었다. 무사결원하라며 환하게 웃어주는 친절함에 기운이 솟았다.

오후 5시 조금 넘어 휴게소에 도착했다. 머물기에 적당한 곳이었지만 숙박이 금지되어 있었다. 결국 오후 6시가 넘어서까지 잠잘 곳을 정하지 못했다. 약간의 불안함을 느끼며 JR아사나미역(浅海駅) 근방의 대사당을 마지막 희망으로 삼았다. 길을 헤매다 도로 뒷편에 숨어있는 대사당을 겨우 찾아냈지만 문이 잠겨 있었다. 대사당 아래의 펌프가게에서 관리를 한다고 하는데 그곳에 사람이 없었다. 해가 지면서 비가 내리기 시작했다. 처마에서 비만 피해야 하나 생각하고 있는데 펌프가게 주인장의 트럭이 돌아왔다. 아저씨는 친절하게 대사당 문을 열어주었다. 다다미 12조 정도 크기의 넓은 대사당이었다. 하룻밤을 신세지게 된 대사당에 예를 드리고 자리를 잡았다. 지금까지 적어둔 메모와 일지를 정리하다가 문득 빳빳한 새 것이었던 지도책이 어느새 낡은 책이 되어 있음을 알아챘다.

Day 29. 소비내역

브런치 597엔

커피 100엔

커피 100엔

점심(토끼우동 세트) 750엔

담배 290엔

저녁, 식료품(마트) 699엔

소계 : 2,536엔

누계 : 90,861엔

Day 30. 5월 28일. 흐리고 때때로 비
그냥 원래 그런데?

눈을 떠보니 시간은 이미 오전 9시에 가까웠다. 서둘러 정리를 하고 길을 나섰다. 가느다란 비가 흩날리다가 그치기를 반복하는 날씨가 기다리고 있었다. 덥지 않아 좋았으나 맑지 않아 좋지 않았다. 196번 도로를 따라 북쪽의 세토내해(瀨戶內海, 시코쿠섬과 혼슈섬 사이의 바다)를 바라보고 이어지는 길이다. 작은 통통배를 탄 사공이 고기를 잡는 것을 보니 비가 많이 내리지 않을 가능성이 높지 않을까 점쳐본다. 바다의 하늘은 뱃사람이 가장 잘 알 테니 바다에 나오지 않았을까. 시코쿠 대부분의 마을처럼 바닷마을에는 인적이 드물었다. 큰 도시와 관광지를 제외하고는 사람 보기 힘든 것이 시코쿠의 기본값이라 이제는 무덤덤하다.

길가에 접대소라는 글자를 적은 하얀 천이 나부끼고 있었다. 휴게소인가 싶어 가보니 몇 가지 소품을 헨로들이 자유롭게 가져갈 수 있도록 늘어놓았다. 티슈나 수건, 양말 등이 있었고 자기(磁器)로 구운 '부지카에루(ぶじカエル)'라는 개구리 모양의 오마모리(お守り, 가지고 있으면 액을 막아주는 물건)가 눈에 띄었다. 주변 마을에서 헨로들이 무사히 결원하고 돌아가기를 기원하며 만든 것이라고 설명이 붙어 있었다. 개구리(蛙)와 돌아가다(帰る)의 발음이 모두 '카에루'이기 때문에 중의적인 의미로 만든 것일게다. 감사 인사를 하고 개구리를 하나 집어 들었다. 작은 비닐 폴리백 안에 '불심(仏心)'이라고 적은 종이와 함께 청자색 개구리 한 마리가 들어있다. 플라시보 효과 같은 것일까. 어쩐지 마음이 든든해진 기분이 되었다.

쌀쌀한 날씨 때문에 뜨끈한 국물이 먹고 싶어 점심은 우동집에서 먹었다. 야마모리(山盛り, 산더미)우동이라고 했는데 양이 그렇게 많아 보이지는 않았다. 그런데 먹다 보니 우동그릇이 꽤 깊어 양이 많은 것이었다. 아래로 야마모리 우동이었다. 메뉴 이름을 빙산의 일각 우동으로 하면 어떨까 싶다.

오후 3시 무렵 봉긋한 모양의 부드러운 언덕배기에 자리잡은 54번 절 엔메이지에 도착했다. 53번 절 엔묘지와 발음이 비슷한데 실제로 예전에 두 절은 같은 이름의 사찰이었다. 메이지유신 이후에 54번 절을 엔메이지로 개명했다고 한다. 엔메이지는 원래 칠당가람(七堂伽藍)의 대찰이었으나 거듭되는 화재의 피해로 사찰의 세력이 점점 기

울었고, 에도시대 중기인 1727년에 현재의 위치로 옮겨왔다.

짙은 녹색의 작은 아기상들이 많이 놓여 있어서 이유가 있나 궁금했는데 딱히 설명이 되어있지 않아 궁금함으로 남았다. 작은 금붕어들이 유유히 노니는 작은 연못을 바라보며 한숨을 돌리고, 만듦새 좋은 경내 휴게소에 앉아 오늘 묵을 곳을 찾아보았다. 56번 절 타이산지(태산사, 泰山寺)와 58번 절 센유지(선유사, 仙遊寺)에 츠야도가 있다고 하고 중간에 휴게소도 몇 군데 있으니 크게 걱정하지 않아도 될 것 같았다.

55번 절 난코보우(남광방, 南光坊)로 가는 길, 오른쪽으로 길게 공동묘지가 펼쳐졌다. 일본에는 도쿄 같은 대도시에도 주택가 곳곳에 묘지가 많이 있다. 우리와는 다른 일본인들의 세계관을 엿볼 수 있는 부분이다. 요즘에는 줄었다고 하지만 집 안에도 불단을 두고 조상을 기리는 일본인들이 많다. 뿐만 아니라 주택가 곳곳에 절과 신사도 많다. 삶과 죽음을 분리하지 않고 융화시킨 모습이다. 한편으로는 대단히 현세적이기도 한 것이, 집 안의 불단에 모시는 망자는 얼굴을 모르는 먼 조상이 아니라 직접적으로 아는 가족에 한한다는 것이다. 우리와는 다르기 때문에 알 듯 모를 듯 하지만 물론 우열의 대상은 아니다. 학자들이 어떻게 분석하는지는 모르겠지만 일본의 지인들에게 물으면 '그냥 원래 그런데?'라는 대답이 돌아올 뿐이다. 원래 그런 것을 연구하는 학자들이 이상한 것일지도 모른다. 묘지가 끝나는 지점의 공터 나무둥지 옆에서 귀를 쫑긋 세운 고양이 한 마리와 눈이 마주쳤다. '얼음 땡' 놀이를 하듯 누가 먼저 움직이나 신경전을 벌이다가 녀석이 먼저 야옹 하고는 눈길을 돌렸다. 이겼다.

　55번 절 난코보우는 JR이마바리역(JR今治駅) 근처의
번화가에 자리잡고 있다. 고야산 이마바리별원(高野山今
治別院)과 벳쿠오오야마즈미신사(別宮大山祇神社)가 함
께 무리를 이루고 있어서 규모가 더 크게 느껴진다. 감각
적으로는 약간의 위압감이 느껴질 정도다.

　난코보우는 ~사(寺)로 끝나지 않는데, 이전에 이 자리에
있던 별궁의 팔방(八坊)을 고보다이시가 순례한 후에 시
코쿠 영장(靈場)으로 정했기 때문이다. 헨로들도 많이 찾
아오고 주변의 주민들이 공원처럼 나들이 장소로 이용하
기도 해서 사람들이 들고 나는 활기찬 분위기였다. 산중
에서 고고하게 진리를 탐구하는 사찰도 좋지만 속세의 사
람들에게 속살을 내어주는 절도 좋다.

　부지런히 걸어서 오후 5시가 조금 못되어 56번 절 타이
산지에 도착했다. 즐겁게 재잘거리며 참배를 마친 단체헨
로들이 주차장으로 돌아가고 있을 때 그들과 바통을 터치
했다. 참배를 마치고 납경소가 문을 닫기 직전에 들어가
오늘 츠야도에서 묵을 수 있는지 물었다. 퇴근 준비를 하
던 초로의 스님이 선뜻 문을 열어주었다.

　타이산지 츠야도는 사찰 경내의 화장실 건물을 나누어
만든 공간이었다. 다다미를 깐 작은 2층 침대가 하나 들
어가 있는 소박한 공간이다. 아루키헨로에게는 비바람을
막아주는 것만으로도 감사할 따름이다.

저녁 먹을거리를 준비하지 못해 스님에게 주변에 마트가 있는지 물었더니 걸어서 30분 정도 거리에 이온몰(イオンモール)이라는 커다란 대형할인점이 최근에 생겼다고 했다. 근처에는 온천도 있는데 헨로들에게는 할인도 해준다고 하니 가지 않을 이유가 없었다.

저녁 장을 보러 가는 길에 다시 비가 쏟아져서 고생을 좀 했지만 온천을 하고 몸을 덥혔더니 한기가 스며들지는 않았다. 마트에서 사 온 저녁을 먹으니 느긋하게 하루가 마무리 된 기분이 된다. 온천을 하면서 내일 날씨를 확인했는데 비가 온다고 했다. 일기예보가 틀리기를 바라며 잠이 들었다.

Day 30. 소비내역

커피 100엔

점심(야마모리우동 세트) 730엔

저녁, 식료품(마트) 1,051엔

온천(오헨로 할인) 250엔

소계 : 2,131엔

누계 : 92,992엔

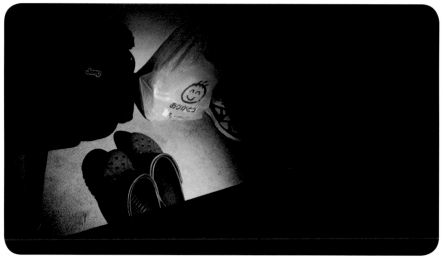

Day 31. 5월 29일. 흐린 뒤 비
의심하고 있는 것은 나의 마음일 뿐

　안개비가 흩날리는 흐린 아침이었다. 하룻밤을 신세 진 타이산지 대사당에 인사를 하고 오전 6시 30분에 출발했다. 길을 나서고 얼마 안되어 주택가 한 켠에 세워둔 무연고 헨로의 묘가 눈길을 끈다. 헨로길에 나서기 전에 자료조사를 할 때 예전에는 헨로길에서 죽는 사람이 많았다는 글을 보았던 기억이 떠올랐다. 건조한 문장 몇 줄로 표현되었던 사실을 시각화하여 마주하니 다른 느낌이었다. 활자 속에 갇혀 있는 옛날 헨로의 죽음이 내게 말을 건네는 것 같았다. 작은 예를 표하고 다시 걷는다.

57번 절 에이후쿠지(영복사, 栄福寺)에 도착할 무렵에는 흩날리던 비가 떨어지는 비로 변해 있었다. 참배를 하기 전에 벤치에 앉아 한 숨을 돌리는데 한 쌍의 부부헨로가 맞은편 벤치에 배낭을 내려놓았다. 호시야마상 부부를 떠올리게 하는 선한 인상의 부부였다. 눈인사를 하고 나도 참배를 드렸다. 절 게시판에 이 절의 주지스님이 낸 책이 영화로 만들어졌다는 소식이 붙어 있었다. <오헨로는 마음의 해독제>라는 인터뷰 기사의 제목이 마음에 들었다. 아직 결원 전이지만 현재까지의 경험 만으로도 충분히 동의할 수 있는 문구였다.

　58번 절 센유지는 해발 약 300미터의 사레
이산(作札山) 정상을 차지하고 앉아 있는 절
이다. 에이후쿠지에서 조금씩 고도가 높아지
는 길을 따라가다 보면 삼문이 모습을 드러
낸다. 사찰은 삼문에서부터 급격한 경사의
돌계단 길을 따라 올라가야 만날 수 있다.
　입에서 단내가 올라와 삼문의 벤치에 배낭
을 내려놓았다. 고개를 들어보아도 눈으로는
경내가 보이지 않는 것으로 미루어 꽤 올라
가야 하는 모양이다. 젖은 돌계단 길이 상당
히 미끄러워 보였다. 작은 꾀를 내어 배낭을
삼문에 두고 올라가 참배를 하고 내려오기로
했다. 배낭을 분실하지 않을까 조금 걱정도
되었지만 저 무거운 것을 누가 들고 갈까 싶
었다. 돌계단 길은 원시림이라는 표현이 적
당할 숲에 둘러싸여 있었다. 비와 안개가 감
싸고 있는 숲 속은 어디선가 정령들이 튀어
나올 것 같은 성스러운 분위기가 감돌았다. 헉헉대며 오르던 중 위에서부터 내려
오는 헨로와 마주쳤다. 노숙인처럼 보이는 차림새가 직업헨로의 분위기를 풍기
는 초로의 남자였다. 인사를 하며 말을 건네보았다.
　"안녕하세요. 절까지 먼가요?"
　"거의 다 왔어요. 조심해서 올라가요."
　그와 엇갈려 계속 오르던 중에 문득 불길함이 엄습했다. '저 아저씨가 내 배낭
을 훔쳐가면 어쩌지? 배낭 안에 돈도 들어있는데..' 그러한 생각이 든 순간 발걸
음이 빨라지기 시작했다. 절에 도착했어도 안개에 휩싸인 신비로운 분위기를 만
끽할 여유가 없었다. 빠르게 참배를 하고 사진을 몇 장 남기고는 미끄러운 돌계
단 길을 뛰듯이 내려왔다. 사찰 경내에는 5분이나 있었을까? 88개 사찰 중에 가
장 짧은 체류시간이었다.
　숨을 헐떡이며 내려오니 가방은 그대로 있었다. 왠지 모르게 아저씨에게 미안
했다. 벤치에 앉아 숨을 돌리고 있는데 자전거를 탄 헨로가 올라왔다. 그에게 물
으니 올라오는 길에 다른 헨로는 보지 못했다고 했다. 조금 이상한 생각이 들었
다.

내 기억에 아저씨는 걸음이 꽤 느렸다. 사실 나는 돌계단을 내려오면서 그를 따라잡을 것이라고 생각했다. 그런데 삼문에 내려올 때까지 그를 따라잡지 못했다. 그럴 수도 있다고 생각했다. 하지만 자전거 헨로도 그를 보지 못했다는 것은 조금 이상했다. 센유지에 신선이 노닐었다는 전설이 있다더니 신선을 만난 것인가 싶었다.

하지만 나중에 지도책을 보니 그는 도로를 따라 올라갔을 가능성이 있었다. 도로 중간에 휴게소가 있기 때문에 그곳에서 쉬려고 올라갔을 것이다. 가장 합리적인 추론이다. 하지만 누가 알겠는가. 의심하는 마음을 멀리하라고 일깨워주기 위해 잠깐 나타난 부처였을지. 삼문 양쪽을 지키고 있는 명왕께서는 진실을 알고 있을 것이다.

59번 절 고쿠분지(국분사, 国分寺)는 산을 내려가 다시 마을로 들어가야 하는 길이다. 비는 그칠 기미가 보이지 않았고 오히려 미묘하게 강해지는 느낌이었다. 마을의 작은 빵집 앞마당에서 비를 피했다. 허기진 배를 채우려 빵이라도 사먹을까 싶었는데 마침 정기휴일이라 문이 닫혀 있었다. 지도책을 펼쳐 오늘은 어디쯤에서 숙박을 해결해야 하나 고민을 시작했다. 그 때 아주머니 한 분이 다가왔다. 내게 다가온 것이 아니라 빵집 주인 아주머니가 외출을 했다가 돌아온 것이었다.

"멋대로 벤치에 앉아서 죄송합니다. 잠깐 비를 피하느라 들어왔어요."

"괜찮아요. 푹 쉬다가 가세요."

아주머니는 벤치를 사용해도 좋다고 흔쾌히 허락해주었다. 벤치 사용료라고 하기에는 뭣하지만 자판기에서 음료수를 하나 뽑았다. 그 때 아주머니가 빵 봉지를 들고 다시 나왔다.

"이거 오셋타이예요. 쉬는 날이라 빵을 만들지 않아서 어제 팔다 남은 것 밖에 없어서 미안해요."

"아, 감사합니다. 잘 먹겠습니다."

친절한 아주머니 덕분에 챙기지 못했던 아침을 먹게 되었다.

고쿠분지라는 이름의 절이 많다. 왜 그런가 찾아보니 덴노의 명에 의해 건립된 사찰 중에 고쿠분지라는 이름의 절이 많다고 한다. 59번 절 고쿠분지에서 단체 헨로들을 만났다. 하루에 한 팀 정도는 마주치는 것 같다. 이제는 단체헨로를 만나지 않는 날은 무언가 허전하게 느껴질 정도가 되었다. 사찰 한 켠에 진분홍 철쭉이 흐린 날씨를 이겨내고 맵시를 뽐내고 있는 것이 어여쁘다.

고쿠분지에서 다음 절로 갈 때는 두 가지 선택지가 있다. 하나는 순서대로 60번 절 요코미네지(횡봉사, 橫峰寺)로 가는 것이고, 다른 하나는 61번~64번 절을 먼저 갔다가 그 다음에 요코미네지로 가는 것이다. 고쿠분지에서 멀지 않은 고마츠쵸(小松町)라는 동네에 61번~64번 절이 모여 있기 때문에 요코미네지를 나중에 가는 것이 거리상으로는 조금 이득이다. 하지만 나는 순서대로 요코미네지를 먼저 가는 길을 택했다.

　　요코미네지로 가기 위해서 156번 도로를 따라 걸었다. 점심으로 미치노에키에서 우동세트를 먹었는데 헨로길에서 먹은 우동 중에 제일 맛이 없었다. 뜨내기 손님을 대상으로 하는 곳이라 아무래도 신경을 덜 쓰는 것 아닌가 싶다. 미치노에키 주변에는 온천도 있었는데 가지 않았다. 어제 온천을 하기도 했거니와 무엇보다 비에 젖은 옷을 벗고 다시 입기가 귀찮았기 때문이다. 땀과 비에 젖은 옷이 몸에 착 달라붙어 있어서 마치 피부가 한 겹 더 생겨난 것 같았다.

　　점심 휴식을 마치고 다시 나선 길에서 한껏 여문 보리가 상쾌하다. 숨막힐 듯한 습기에 젖은 길에 잠깐의 청량감이 찾아왔다. 그런데 조금 걷다가 '저게 보리가 맞나? 혹시 밀 아닌가?'하는 의문이 피어났다. 어른이 된지도 오래되었는데 보리와 밀을 구분하지 못하고 확신이 없었다. 금융시장만 불확실성을 싫어하는 것이 아니다. 확신하지 못하는 인간은 초라해진다. '모든 것은 변화한다. 끊임 없이 정진하라.' 석가의 마지막 말씀은 확신하기 위해 스스로를 갈고 닦아야 하는 인간의 슬픈 운명에 대한 반어일지도 모르겠다.

　　슬금슬금 비가 다시 내리기 시작하더니 어느 순간 폭우가 되었다. 휴게소도, 비를 피할만한 곳도 찾지 못해서 어쩔 수 없이 그대로 비를 맞으며 한 시간여를 더 나아갔다. 그리고 드디어 주택가 좁은 골목 사이에 작은 암자가 하나 있었다. 우스이고라이고(臼井御来迎)라는 곳이다. 숙박을 원하는 헨로는 1km 더 가서 코메이지(광명사, 光明寺)라는 절에서 묵을 수 있다는 안내판이 친절하게 붙어 있었다. 현재 시간이 오후 2시를 조금 지났을 뿐이지만 거세지는 비 때문에 더 이상 걷기에는 힘들었다. 빗줄기가 조금 온화해진 틈에 서둘러 코메이지로 발걸음을 옮겼다.

　　코메이지에 도착해서 오늘 묵어가기를 청하려는데 경내에 사람이 아무도 없었다. 허락도 없이 짐을 부려놓을 수는 없어서 스님이 돌아오기를 기다렸다. 무료하게 두 시간을 기다린 끝에 외출했던 스님이 돌아왔다. 오늘 하루 묵어가기를 청해 허락을 받고 츠야도에 들어섰다.

이층침대 하나가 놓여 있는 작은 방이
었는데 급탕기가 있어서 컵라면 정도는
취사가 가능했다. 며칠 동안 계속된 비
때문에 얇은 합판을 댄 벽에 습기가 가득
차 있어서 손으로 만지면 물기가 묻어날
정도였다. 뭐 그래도 우중노숙(雨中露
宿) 보다는 나으니 감사할 따름이었다.
다행히 코메이지 주변에 작은 동네 마트
가 있어서 저녁거리를 살 수 있었다. 컵
라면을 끓여 뜨거운 국물로 하루 종일 비
맞은 몸을 달래주었다. 습해서 잠을 잘
수 있을까 싶었던 걱정은 기우였음을 알
았다. 침낭 속에 들어가 오 분도 안되어
잠이 들어버렸다.

Day 31. 소비내역

음료 100엔

커피 100엔

점심(우동세트) 560엔

저녁, 식료품 547엔

소계 : 1,307엔

누계 : 94,299엔

Day 32. 5월 30일. 비 내리다 흐림, 다시 맑음
아줌마 할인!

공기 중의 습도가 너무나도 높은 밤이었다. 그치지 않는 비가 공기 속으로 계속해서 습기를 공급하는 바람에 흡사 물고기가 된 것 같았다. 축축하게 숨이 죽은 침낭을 개고 짐을 정리했다. 인사라도 드리고 가려고 스님을 찾았지만 코메이지 경내는 도착할 때처럼 조용했다. 스님을 뵙지 못해서 대신에 본당에 예를 표하고 길을 나섰다. 다행히 빗줄기는 약해졌지만 비는 여전히 그치지 않고 있었다. 요코미네지가 있는 산맥 쪽을 바라보니 거대한 구름이 산을 감싸며 빠르게 지나가고 있었다. 저것들을 뚫고 요코미네지에 도착할 수 있을지 걱정이 앞선다.

147번 도로와 11번 도로가 교차하는 지점에 이르면 마을은 점점 사라지고 요코미네지로 오르는 산길이 모습을 드러낸다. 교차점의 편의점에서 커피 한 잔을 마시며 길을 살폈다. 지도책에는 비가 많이 내리면 강의 수량이 급격하게 불어날 수 있는 구간이므로 대단히 위험하다는 경고문이 실려 있었다. 맑은 날에도 에히메 헨로고로가시의 하나로 알려진 길이라 위험하다고 하는데 요코미네지를 포기해야 하는 것인지 갈등이 되었다. 어제 길가에서 보았던 무연고 헨로의 묘가 생각나면서 나도 그렇게 되는 것 아닌가 하는 불안이 파고들었다. 뭐, 여권이 있으니 무연고로 처리되지는 않겠지만. 고민을 빨아들이는 듯한 짙은 검정의 커피를 응시하며 갈피를 잡지 못하고 있다가 고개를 들었다. 한 틈도 보이지 않던 파란 하늘이 조금씩 구름을 걷어내고 있는 중이었다. 여기까지 왔는데 돌아가기는 싫었다. 질척하게 달라붙는 걱정을 뿌리치고 앞으로 나아갔다.

147번 도로는 해발 300미터 지점까지 이어져 있다. 요코미네지는 해발 745미터 지점이기 때문에 나머지 약 450미터는 산길이다. 다들 다른 길을 택한 듯 헨로들을 한 명도 만나지 못했다.

점심시간이 다 되어서 겨우 147번 도로의 끝, 요코미네지 등산로 입구에 닿았다. 하늘에서 내리는 비는 거의 그쳤지만 뜨거워진 몸에서 내뿜는 열기가 비가 되어 흘러내리고 있었다. 그나마 도로의 끝에 커다란 주차장과 헨로휴게소가 마련되어 있는 것이 위안이었다.

휴게소에서 헨로들에게 커피와 간식을 오셋타이 하는 요시다 아주머니와 만났다. 아주머니는 매주 두 세 번 이곳에서 헨로들을 위해 봉사를 하고 있다고 했다. 오늘은 날씨가 좋지 않아서 헨로들이 별로 없을 것 같아 나올까 말까 망설이다가 나오셨다는데 내가 오늘의 두 번째 헨로라고 했다. 요시다 아주머니처럼 사람들이 알아주지 않아도 묵묵히 자신의 것을 나누는 분들 덕분에 헨로들은 포기하지 않는다. 잠시 아주머니와 얘기를 나눴다. 윤년에는 갸쿠우치를 하는 헨로들이 많은데, 올해는 60년에 한 번 돌아오는 특별한 윤년이라 더 많다고 했다. 아주머니가 내어준 커피와 스낵으로 요기를 하고 다리에 힘을 넣었다. 출발 전에 아주머니와의 만남을 기억하고 싶어 함께 사진을 한 장 청했다.

"다 늙은 할머니하고 사진을 찍어도 되겠어요?"

라고 하시면서도 아주머니는 기분 좋게 프레임 안으로 들어와 주었다. 등산로 입구에서 요코미네지까지는 2.2km라고 되어 있다. 평지라면 40분 정도면 충분할 거리지만, 요시다 아주머니 말씀으로는 빠르면 한 시간 반, 보통은 두 시간 정도 걸린다고 했다. 그리고 오늘은 길이 미끄러우니 조금 더 걸릴 것 같다고 덧붙였다. 나는 0.9km가 남은 지점을 두 시간에 통과했다. 누군가 이정표에 익살맞게 스파이더맨 피규어를 달아 놓았는데, 울창한 삼나무 숲 사이를 스파이더맨이 되어 통통 튀어가고 싶었다. 나는 요코미네지에 세 시간 만에 도착했다.

에히메 헨로고로가시라는 명성답게 입에서 단내가 나고 다리가 후들거릴 때가 되어서야 요코미네지는 모습을 드러냈다. 몸의 수분을 엄청나게 배출한 탓에 참배도 하기 전에 납경소에 들어가 노스님에게 다짜고짜 마실 물이 있는지 물었다. 스님은 오테미즈샤(御手水舍, 신사나 절의 참배객들이 손과 입을 씻기 위한 물을 받아두는 곳)의 물을 마셔도 된다고 말해주었다. 작은 생수통에 물을 가득 받아 단숨에 마시고 벤치에 앉아 쉬고 있는데 단체헨로들이 올라왔다. 내가 올라온 산길의 반대쪽으로 이어진 포장도로를 통해 차를 타고 올라온 무리였다. 인솔자인 듯한 스님 한 분과 어르신들이었다. 그 중에 붙임성 좋아 보이는 할아버지가 내게 말을 걸었다.

"헨로님은 걸어서 올라오신겨? 대단허네이~"

"네, 길이 험하네요."

"얼마나 걸렸능가? 우리 같은 노인네들은 엄두도 못 내는데 말이지."

"세 시간 정도 걸린 것 같아요."

"으메, 수고했소~"

할아버지는 갑자기 동료들에게 나를 소개하기 시작했다. 다른 분들도 대단하다며 칭찬을 하신다. 졸지에 대단한 수행자가 되어버린 상황이 검연쩍어 나도 얼른 참배에 나섰다. 비가 걷히면서 고지대의 시원한 바람이 땀을 식혀주었다. 참배를 마치고 출발하려는데 요시다 아주머니를 다시 만났다. 내가 출발하고 얼마 뒤 자동차로 올라왔다고 한다. 내가 건강하게 올라와서 다행이라고 좋아하셨다.

올라오는 길에 비하면 내려가는 길은 꽃길이었다. 완만한 경사의 산등성이를 휘감아 내려오며 주변 경치도 만끽할 수 있는 길이었기 때문이다. 마지막에 급경사로 내려오는 구간도 있지만 오르는 것보다는 훨씬 수월하다. 그런데 오랜만에 비가 그치고 나니 야생동물들이 활발하게 움직이기 시작했다.

여기저기서 경쟁적으로 새와 벌레들이 울어대기 시작했고, 버젓하게 길의 한복판을 차지하고 있는 뱀을 밟을 뻔했다. 잘은 모르지만 어떻게 봐도 독사처럼 보이는 녀석이었는데 다행히 나를 등지고 있었다. 즈에로 조심스럽게 땅을 몇 번 두드리니 귀찮은 듯 슬금슬금 길을 내주었다. 뱀을 만나 잠시 식은 땀이 흐르기도 했지만 오랜 비의 뒤에 햇살이 내리쬐는 세상은 아름다웠다. 긴 비 뒤의 햇빛에 감탄하고 보니 고대의 사람들이 태양을 숭배하는 사상을 가진 것은 필연일 수밖에 없을 것 같았다. 햇살을 따라 61번 절 코온지(향원사, 香園寺)를 가리키는 이정표가 나타났다.

코온지는 쇼와(昭和) 51년(1976년)에 완성된 현대적인 시멘트 건물을 사찰로 이용하는 특이한 곳이다. 하지만 가람의 역사는 쇼토쿠태자(聖德太子, 574년 ~622년)로 거슬러 올라간다고 하니 역사는 깊은 절이다. 고보다이시가 난산을 겪고 있는 여인의 순산을 도와주었다는 전설이 전해지고 있어서 안산(安産)과 교육의 이미지로 지역주민들에게 친근한 절이기도 하다.

아루키헨로 한 명이 벤치에 놓아둔 배낭에 스게가사를 씌워두고 참배를 갔는데 옆 벤치에 앉아서 보니 커다란 단풍나무가 지키듯 감싸고 있는 모습이 인상적이었다. 콘크리트 절에서 참배를 하니 조금 어색하기도 했지만 경내의 분위기만은 영락없이 고요한 사찰의 그것이었다. 참배를 마치고 앉아 쉬는데 손등이 간지러웠다. 긁으려고 보니 산뜻한 녹색의 애벌레 한 마리가 손등을 기어오르고 있었다. 이 녀석도 오랜만에 햇살이 드니 몸이 근질거렸을 것이다. 뭔가 낯선 곳에 올라온 것을 아는 듯 방향을 잡지 못하고 헤매는 녀석이 귀여워서 한동안 바라보다가 풀섶의 나뭇가지에 놓아주고 62번 절 호쥬지(보수사, 宝寿寺)로 향했다.

호쥬지는 코온지에서 지적에 있다. 30분 정도 갔을까? 11번 국도변에 사찰의 입구를 알리는 이정표가 보인다. 작은 절이다. 눈꼬리가 내려간 자애로운 모습의 석조 관음상이 기억에 남는다. 경내는 부분적으로 공사중이어서 조금 어수선했다. 모녀인 듯한 서양인 헨로 두 명이 진지하게 참배를 하고 있었다. 아루키헨로는 아닌 듯 깔끔한 모습이었다.

63번 절 기치죠지(길상사, 吉祥寺)로 가는 길에 이른 저녁을 먹었다. 점심을 먹지 않았으니 늦은 점심이라고 해야 할지도 모르겠다. 도로변에 중화요릿집이 있어서 들어갔는데 손님이 없기에 점심과 저녁 사이의 쉬는 시간인가 싶었다. 다시 나가려는데 주방에서 직원이 나오며 반긴다. 직원의 말투나 모습으로 미루어 화교(華僑)가 운영하는 가게인 것 같았다. 스부타(酢豚, 탕수육 비슷한 돼지고기 튀김요리)정식을 주문했다. 요리는 일본식으로 변형된 중국요리였지만 맛은 좋았다.

　기치죠지는 법정스님이 계시던 성북동의 길상사와 이름이 같아 왠지 친근함이 느껴졌다. 늦게 도착해서 납경소는 문을 닫았고 경내는 조용했다. 기치죠지에는 동그란 구멍이 난 돌 죠쥬이시(성취석, 成就石)가 유명한데, 눈을 감고 소원을 말하면서 다가가 즈에의 끝이 돌 구멍으로 들어가면 바라는 바가 이루어진다는 말이 있다고 한다.

　기치죠지를 참배하고 나니 오후 6시가 되었다. 64번 절 마에가미지(전신사, 前神寺)가 멀지 않기 때문에 오늘은 조금 늦게까지 걸어볼 계획을 세웠다.

　64번 절 마에가미지는 깜짝 놀랄 정도로 규모가 컸다. 호쥬지부터 기치죠지까지 마을에 위치한 작은 절들을 거쳐왔기 때문에 더욱 크게 느껴지기도 하지만 커다란 산 계곡 하나를 전부 차지하고 있는 본당의 크기는 압도적이었다. 마침 해질녘의 골든타임에 도착했기 때문에 사위어가는 석양의 붉은 빛으로 물든 경내가 마치 붉게 타오르는 것 같았다. 대사당을 참배하고 석등이 불을 밝히는 길을 따라 올라가면 산과 산 사이의 계곡에 들어앉은 웅장한 본당이 모습을 드러낸다. 아직 해가 남아 있는 시간이지만 산으로 둘러싸인 본당은 밤처럼 어두웠다. 새들이 지저귀는 소리가 계곡 이쪽에서 저쪽으로 울려 퍼져서 약간 무섭기까지 했다.

　본당까지 참배를 마치고 다시 도롯가로 나와 오늘의 숙박을 고민할 시간이 되었다. 요코미네지를 다녀와서 그런지 피곤해서 오늘은 좀 편하게 자고 싶었다. 지도책에는 3km 정도 앞에 비즈니스호텔이 하나 표시되어 있었다. 일단은 이곳을 목표로 걷다가 중간에 적당한 곳이 있으면 예정을 변경하기로 하고 11번 도로를 향해 내려갔다.

길에서 머물만한 곳을 찾지 못하고 처음 생각했던 비즈니스호텔에 도착했다. 시간은 이미 오후 8시가 되어 있었다. 카운터에 인상 좋은 아주머니가 앉아 있다.

"안녕하세요. 빈 방이 있을까요?"

"네, 싱글룸은 3,150엔이고 샤워실은 공용이에요."

"알겠습니다. 체크인 부탁드립니다."

"네, 신분증 보여주세요."

여권을 내밀었더니 한국인이냐고 묻는다. 아주머니는 한국드라마 팬이라며 소녀처럼 반가워했다. 그녀는 나보다 한국드라마에 대해 더 많이 알고 있었다. <천국의 계단>의 권상우를 가장 좋아한다고 한다. 그러더니 역시 한국 남자들은 체격이나 얼굴이 남자답고 박력이 있다고 하셨다. 권상우씨야 그렇겠지만 나는 전혀 그렇지가 않은데 아주머니에게는 그렇게 보이나 보다. 그녀는 방 열쇠를 내주려다가 갑자기 "아줌마 할인!"이라고 외치더니 싱글룸 요금으로 샤워실이 딸린 트윈룸을 주겠다고 했다. 헨로길에서 한류의 덕을 보게 되었다. 권상우씨 감사합니다.

낡은 호텔이었다. 때묻은 쑥색 다이얼식 전화기가 세월을 뒤집어쓰고 있었다. 오랫동안 샤워를 했다. 피로가 조금 풀리는 기분이었다. 1층의 세탁기에 빨래를 돌리고 편의점에 가서 저녁거리를 샀다. 자기 전에 지도책을 펼쳐 내일의 루트를 체크했다. 65번 절 산가쿠지(삼각사, 三角寺)는 40km가 넘게 남았다. 아마도 중간보다 조금 더 갈 수 있을 것 같다.

Day 32. 소비내역

커피 100엔

담배 290엔

점심 겸 저녁(스부타 정식) 880엔

숙박비 선불(비즈니스호텔 일레븐) 3,150엔

세탁비 200엔

저녁, 식료품 410엔

소계 : 5,030엔

누계 : 99,329엔

Day 33. 5월 31일. 맑음
심심한 길, 심심(深深)한 마음

 일찍 일어났지만 일부러 늑장을 부렸다. 요코미네지 헨로고로가시의 여파가 남아 있어서 다리와 어깨에 근육통이 왔기 때문이다. 뜨거운 물로 샤워를 하고 스트레칭을 하니 어느 정도는 걸을만한 상태가 되었다. 한류 팬 아주머니가 아침까지 카운터를 지키고 있었다. 인사를 드리고 길을 나섰다. 아주머니는 여기까지 왔으니 꼭 건강하게 결원할 것이라고 응원해 주었다.

 정말 오랜만에 아침부터 맑은 날씨였다. 어제 늦게 도착해서 사진을 남겨두지 못했다는 것이 생각나서 조금 걷다가 뒤돌아 호텔의 사진을 찍어 두었다. 사거리를 지나 Joyfull이 보였다. 늑장을 부린 김에 아침도 느긋하게 먹어볼까 싶어 들어갔다. 아침 낫토세트로 배를 채우고 오전 10시 30분이 되어서 실질적으로 출발한 셈이 되었다.

 11번 도로를 따라가는 길은 지루했다. 단조로운 풍경이 계속되었고 아스팔트에 내리쬐는 뙤약볕은 덤이었다. 간간히 만나는 휴게소에서 잠시 쉬는 시간이 문자 그대로 오아시스였다. 하기유안(萩生庵)이라는 젠콘야도는 노부부가 헨로들을 위해 마련한 곳인데 이른 시간에 도착하지 않았다면 묵어가고 싶은 곳이었다. 어떤 휴게소는 헨로들을 위해 캔커피를 놓아두기도 하고, 어떤 지역은 귀여운 고보다이시 그림 이정표를 걸어두기도 했다. 일부 헨로들의 무례한 행동 때문에 헨로들을 싫어하는 주민들도 있다고 하지만 절대 다수의 사람들은 길 위의 헨로들을 말없이 응원해주고 있음을 느낄 수 있었다. 길은 심심했지만 사람들의 마음도 심심(深深)했다.

오후가 되어 점심거리를 사러고 편의점에 들렀다. 음료
와 빵으로 요기를 하고 있는데 할아버지 한 분이 다가와
말을 걸었다. 그늘을 찾지 못해 땡볕 아래에서 먹느라 조
금 짜증이 난 상태였는데, 할아버지가 속사포처럼 말을 걸
어오니 심술이 났다. 건성으로 몇 마디 대답하다가 식사를
마치고 매정하게 자리를 뜨고 말았다. 얼마 지나지 않아
할아버지에게 미안한 마음에 후회가 되었다. 일부의 '무례
한' 헨로가 되어버렸기 때문이다. 걸어도 걸어도 나는 아직
멀었구나 싶었다.

얼마나 걸었을까. 오늘은 이만 걸어도 되겠다는 생각이
들어 시계를 보니 오후 5시가 막 지나고 있다. 현재 위치
를 파악하고 지도책과 하기모리상의 숙박일람표를 종합해
보니 약 3km 앞에 있는 엔메이지(연명사, 延命寺)라는 별
격(別格) 사찰의 휴게소에서 노숙을 하는 것이 가장 합리
적으로 보였다. 엔메이지를 100미터 정도 남겨두고 골목
에서 만난 한 할머니가 자양강장제 한 병을 손에 쥐여주었
다.

엔메이지는 기품있는 절이었다. 주택가 안쪽에 소소하게
자리잡고 있지만 해질녘의 석양과 어울려 고즈넉한 분위
기가 풍겼다. 고보다이시가 심었다고 전하는 이자리마츠
(いざり松)라는 땅으로 넓게 가지를 펼치는 모양의 소나
무가 역사를 증명하고 있었다. 소나무는 쇼와 43년(1968
년)에 말라 죽었고 지금은 커다란 마른 가지와 밑동이 남
아있다. 참배를 드리고 종무소(宗務所)에 가서 오늘 휴게
소에서 노숙을 해도 되는지 물었다. 스님은 온화하게 그러
라고 답해 주었다.

휴게소에는 나보다 먼저 도착한 젊은 아루키헨로 한 명이 있었다. 20대 초반의 앳된 청년이었다. 도쿄 근방의 사이타마현(埼玉県)에서 왔다고 했는데 헨로는 처음이라고 했다. 그와 얘기를 나누고 있는데 50대로 보이는 아루키헨로 한 명이 또 왔다. 간단하게 인사를 하고 저녁거리를 사러 마트에 다녀오니 두 사람은 짐을 챙기고 있었다. 나중에 온 50대의 헨로가 청년에게 숙박비를 내줄 테니 함께 민박에서 묵자고 제안했다고 한다. 그렇게 두 사람은 떠나고 휴게소는 온전히 내 차지가 되었다. 낮에는 더웠지만 아직은 밤이 쌀쌀했다.

Day 33. 소비내역

아침식사(Joyfull) 422엔

점심식사(편의점) 314엔

저녁, 식료품 915엔

소계 : 1,651엔

누계 : 100,980엔

Day 34. 6월 1일. 맑음
니시가와상의 젠콘야도

노숙은 어느 정도 익숙해졌지만 밤새도록 달려드는 모기떼에는 도무지 적응이 되지 않았다. 주변에 모기 서식지가 있는지 따뜻한 피를 가진 인간 하나를 두고 모기들의 경쟁은 치열했다. 결국 오전 5시가 되자마자 자리를 털고 일어났다. 짐을 정리하고 세수를 했다. 하룻밤을 허락해 준 엔메이지에 예를 드리고 출발했다. 오전 5시 40분이었다. 한 시간쯤 걷고 난 후 위밍업이 되니 배가 고팠다. 마침 편의점이 있기에 들어가 따뜻한 커피와 팬케이크를 먹었다. 밥이 아니라 든든하지는 않았지만 임시방편은 되었다.

11번 도로와 나란히 126번 도로가 달린다. 지도책은 126번 도로를 안내하고 있지만 65번 절 산가쿠지(삼각사, 三角寺)로 통하는 갈림길만 놓치지 않는다면 어느 길이든 상관은 없다. 나는 11번 도로를 계속 걸었다. 두어 시간을 더 걸어 산가쿠지 방면 갈림길 가까운 곳에서 패밀리레스토랑 가스토(ガスト)가 눈에 들어온다. 커피와 팬케이크는 이미 뱃속 어딘가의 블랙홀 속으로 빨려 들어갔으므

로 가스토에서 아침을 먹기로 했다. 그런데 문이 닫혀 있었다. 안내판을 보니 영업시간이 오전 9시 30분부터다. 15분 정도 기다려야 한다. 곧 산길에 접어들 예정이니까 미리 먹어두는 편이 좋겠다 싶어 기다리기로 했다. 텅 빈 주차장에 앉아 있었는데 오픈시간 무렵이 되니 자동차 몇 대가 들어왔다. 차에서 내린 사람들은 모두 노인이었다. 저렴한 가격으로 아침을 해결할 수 있으니, 혼자 계시는 어르신들은 직접 식사를 준비하는 것보다 이곳에서 식사를 하는 것이 편리할 것이다. 조금 쓸쓸한 모습이었지만 어쩌면 익숙해져야 하는 모습이 아닐까 생각했다. 모닝세트로 배를 든든하게 채우고 산길을 향해 다시 걸음을 내디뎠다.

갈림길에서 방향을 바꾸어 11번 도로를 뒤로하고 산을 향해 올라간다. 산가쿠지는 해발 500미터이니 땀 좀 흘릴 각오를 챙겼다. 자동차전용 고가도로 밑을 지나 본격적인 언덕길이 시작되는 곳에서 오토바이를 탄 할아버지 한 분이 내 앞에 멈추었다. 할아버지는 오셋타이가 있다며 오토바이 시트를 젖혀 비닐봉투 하나를 꺼내 건네주었다. 봉투 안에는 뿌리는 파스가 들어 있었다. 며칠 전부터 무릎이 조금 아팠는데 맞춤 오셋타이였다. 할아버지께 인사를 드리고 주변 공원에서 잠시 쉬었다. 파스를 발목과 무릎에 뿌려보니 시원한 것이 좋았다. 공원의 화장실에 가다가 원숭이를 주의하라는 경고문이 붙어 있는 것을 보았다. 고치현에서 녀석들과의 일전(?)이 생각나서 조금 긴장되었다.

산가쿠지로 오르는 산길은 두 갈래다. 하기모리상이 추천해 준 루트는 도로와 나란히 걷다가 산으로 올라간다. 조금 돌아가는 느낌이지만 위험하지 않을 것 같아서 그쪽으로 갈 생각이었다. 그런데 갈림길에서 동네 할아버지가 나를 불러 세웠다.

"오헨로상, 이쪽 길로 가요. 이쪽 길이 올라가기 더 좋아요."

"그런가요? 저는 저쪽 길이 좀 더 수월하지 않을까 싶었는데 아닌가 봐요?"

"그쪽은 막판에 힘들어요. 이쪽이 더 나을거유."

경험상 이럴 때는 현지인의 말이 옳다. 경로를 변경하여 바로 언덕길로 들어섰다. 경사진 길에도 차도가 조금 더 이어지고 도롯가에 집들이 좀 있었다. 귀에 익은 새소리가 나기에 고개를 들어보니 제비 한 쌍이 새끼들에게 부지런히 먹이를 나르고 있었다. 한 마리가 먹이를 주고 있을 때 카메라를 꺼냈다. 셔터를 누르는 찰나에 나머지 한 마리가 어디선가 둥지로 날아들어와 두 녀석 모두 사진에 담을 수 있었다. 내가 어린 시절에는 서울에도 길가를 낮게 날아다니는 제비가 많았는데 그 많던 제비들은 다 어디로 간 것일까. 그 많던 싱아를 누군가 다 먹어버린 것처럼 먹어버린 것은 아닐텐데. 동네 할아버지 말씀대로 경로를 바꾼 것은 정답이었다. 누군가 얼기설기 만들어 둔 산 중턱의 휴게소에서 바라보는 시내의 경치가 너무나도 시원했기 때문이다. 설사 이 길이 더 힘들다고 하더라도 괜찮다는 생각이 들었다.

65번 절 산가쿠지는 새색시처럼 수줍음을 간직한 절이다. 삼문으로 인도하는 자연석 돌계단을 오르면 범종(梵鍾)을 바라보며 경내에 들어서게 된다. 사찰 곳곳에 가지를 늘어뜨린 나무들이 건물들을 살짝살짝 가리며 구석구석 녹음을 배달하고 있다. 본당과 대사당 중간에 선 청동 지장보살상이 온화하게 참배객들을 맞이해 준다.

한 쌍의 노부부가 정성껏 참배를 하고 있었다. 할머니가 몸이 조금 불편해서 할아버지가 조심스레 부축하며 천천히 이동하고 있었다. 나는 그들을 앞질러 가지 않고 뒤에서 조용히 따랐다. 두 분의 기원이 이루어지지는 않는다 하더라도 마음의 평안만은 얻어 가시기를 바랐다.

산가쿠지는 에히메현의 마지막 사찰이었다. 66번 절 운펜지(운번사, 雲辺寺)는 해발 900미터의 고봉(高峯)까지 올라야 만날 수 있다. 지도책을 보니 도쿠시마현과 에히메현의 경계를 지나서 헨로길의 마지막 고장 가가와현(香川県)으로 진입하게 된다. 우동의 고장 사누키(讚岐, 가가와현의 옛 명칭)에서는 맛있는 우동을 많이 먹어야지.

산가쿠지를 내려오는 길에는 여러 숙박업소들이 경쟁적으로 광고판을 내걸어 두었다. 커다란 광고판 중 하나에는 가가와현의 헨로지도가 그려져 있었다. 마지막 88번 사찰까지 그려진 것을 보니 이제 정말 헨로길의 끝이 실체가 되어 다가오는 듯하다. 운펜지까지 거리는 20km나 되기 때문에 오늘은 중간에 숙박을 해야 한다. 광고판을 보니 편안하게 자고 싶은 마음이 굴뚝 같았지만 가난한 아루키헨로에게 맑은 날 숙박업소 이용은 사치일 터. 한다(半田) 지역의 니시가와라는 분이 운영한다는 젠콘야도를 목표로 걸었다.

한다 지역에는 오후 3시 30분 무렵에 도착했다. 생각보다 일찍 왔기 때문에 더 갈까 망설이다가 오늘은 무리하지 않고 쉬기로 했다. 젠콘야도에 도착하니 사람이 없었다. 내가 너무 빨리 와서 그런가 싶어 젠콘야도 문 앞의 휴게소에서 기다렸다. 30분 정도 지났을 때 마침 지나가는 할아버지가 계시기에 물어 보았다.

"안녕하세요. 여기 젠콘야도에는 사람이 언제 오나요?"
"응? 여긴 젠콘야도가 아닌데? 여긴 그냥 휴게소여."
"네? 여기가 니시가와상의 젠콘야도가 아닌가요?"
"거긴 어딘가? 암튼 여기는 그냥 휴게소여."

갑자기 난감한 상황이 되었다. 하기모리상은 이 지역에 젠콘야도가 있다고 볼펜으로 대충 표시해 주었는데, 공교롭게도 표시해 준 곳 옆에 휴게소 마크가 있었다. 나는 휴게소가 젠콘야도라고 착각한 것이었다. 젠콘야도는 이미 지나쳤거나 다른 길에 있을 가능성이 높아 보였다. 휴게소에는 벤치가 없고 1인용 의자가 몇 개 놓여 있을 뿐이어서 밤을 지새우기에는 적당치 않아 보였다. 결국 더 걸으면서 잠잘 곳을 찾아보거나 불편함을 감수하고 이 곳에서 밤을 보내야 할 판이었다. 고민을 하고 있는데 작은 트럭 한 대가 아래쪽에서 올라왔다. 트럭에서 내린 아저씨가 내게 말을 걸었다.

"오헨로상, 니시가와 젠콘야도 찾는담서?"
"네? 네, 어딘지 아세요?"
"응, 저 위쪽으로 올라가야혀. 걸어가긴 머니께 타드라고."

트럭 아저씨는 동네 이장님 같은 분이었는데 내가 처음에 길을 물었던 할아버지가 이장님에게 길을 헤매는 헨로가 있다고 얘기를 전했다고 했다. 아저씨는 나를 니시가와 젠콘야도 앞에 데려다 주었다. 젠콘야도는 문이 닫혀 있었는데 친절하게 니시가와상에게 전화도 해 주었다. 마을 주민들 덕분에 곤경에서 벗어나게 되었다.

니시가와상은 얼마 후 작은 트럭을 타고 나타났다. 그는 50대 후반 정도로 부처님 같은 온화한 인상이었다. 젠콘야도는 니시가와상의 목공소 다락에 헨로들을 위해 만들어 둔 공간이었다. 니시가와상은 문을 열어주고는 다시 가봐야 한다며 휑하니 사라졌다. 목공소 한 켠에는 지금까지 신세를 진 헨로들이 보낸 사진과 편지들이 붙어 있었고, 오사메후다가 나무선반 아래 빼곡하게 붙어 있었다. 나도 한 장 붙여두고 짐을 풀었다. 소박하게 놓인 매트리스와 침구가 어린 시절 다락방의 기억을 떠오르게 했다.

저녁 6시가 조금 지나서 니시가와상이 맥주를 들고 다시 찾아왔다. 시원한 맥주 한 잔과 함께 니시가와상과 도란도란 얘기를 나누었다. 젠콘야도를 운영하고 있지만 정작 니시가와상은 다른 종파의 불교신자이기 때문에 헨로길을 걸어본 경험은 없다고 했다. 그런데 왜 젠콘야도를 하고 있냐고 물으니 어린 시절에 부모님이나 동네 어른들이 아루키헨로들을 집에서 재워주곤 했는데 그 기억이 남아있기 때문이 아닐까라고 했다. 어른들은 종교나 종파에 상관없이 헨로들의 잠자리를 살펴주었다고 한다. 니시가와상 말로는, 원래 탁발을 하며 순례를 하는 헨로들을 '오헨도'라고 불렀는데 이것이 오헨로의 시작이었다고 했다. 니시가와상과의 대화는 즐거웠다. 이 곳 출신으로 젊은시절에는 도회지에서 일을 하다가 돌아온 얘기나 목공소를 운영하게 된 사정 등에 대해 들려주었다. 인생에 영화 한 편 나오지 않는 사람 없다는 말이 딱 들어맞는다.

깜깜해지고 나서 니시가와상은 돌아갔다. 아침에 갈 때는 목공소 셔터만 내려두고 가라고 했다. 누군가와 이렇게 오래 대화를 나눈 것은 꽤 오랜만이었다. 항상 사람들 속에서 살아왔다고 생각했는데, 어쩌면 항상 사람들 속에서 고립되어 있었던 것은 아닐까 싶었다. 만남은 있지만 진정한 소통은 없는 계산적이고 사무적인 관계만을 이어왔던 것 같다. 진심으로 교감하고 소통할 수 있는 관계는 어떻게 만들어갈 수 있는 걸까. 남은 헨로길은 하루하루 짧아지는데 화두는 매일매일 늘어나고 있으니 큰일이다.

Day 34. 소비내역

편의점(커피, 팬케이크) 208엔

점심식시(가스토) 515엔

소계 : 723엔

누계 : 101,703엔

가가와

Day 35. 6월 2일. 맑음
낮에 전화한 헨로상?

오전 6시에 니시기와 젠콘야도에서 출발했다. 시원한 맥주와 멋진 하룻밤을 선사해준 니시가와상에게 마음이나마 인사를 드리고 가볍게 발걸음을 옮겼다. 앞으로도 건강하셔서 오래도록 헨로들에게 선의를 베풀어 주었으면 좋겠다는 바람이다. 구름을 모두 몰아낸 하늘이 맑다. 오늘은 드디어 가가와현에 진입할 것이다.

오늘은 192번 도로를 따라 걷다가 운펜지로 올라가는 산길을 걷는다. 192번 도로는 양쪽으로 산지를 낀 계곡지형을 따라 이어지는 도로다. 도로와 함께 하천이 흐르고 하천을 따라 논과 밭, 마을이 함께 흐르는 길이다. 한 시간 정도 걸었

을 때 죠후쿠지(상복사, 常福寺)라는 별격 14번 사찰에서 쉬었다. 이 절은 강렬한 빨강색의 삼문 때문인지 중국 분위기가 느껴지기도 했는데 주칠을 최근에 한 것 같았다. 고보다이시가 이 지역에서 병자를 치료하고 지역 주민들을 불러모아서 즈에를 땅에 꽂아 주민들의 병도 함께 땅에 묻었다는 얘기가 전해지고 있다. 고보다이시가 꽂은 즈에는 후에 동백나무가 되었고 그래서 죠후쿠지는 츠바키도(椿堂)라고 부르기도 한다.

죠후쿠지에서 나와 다시 한 시간 남짓 걸었더니 시골마을 원두막 같은 휴게소가 쉬어가라고 손짓한다. 커피를 마시며 잠시 느긋하게 마을경치를 구경하고 있었는데 아루키헨로 한 명이 내 뒤를 따라오고 있었다. 그도 휴게소의 부름에 응답한 듯 올라왔다. 그는 서양인 헨로였는데 이름은 제이미, 영국에서 왔다고 했다. 일본인과 결혼해서 오사카에서 12년을 살았다고 하는데 7월에 오랜 일본생활을 마치고 영국으로 돌아갈 예정이라고 했다. 시

코쿠 헨로는 그의 오랜 버킷리스트 중 하나였는데 고국으로 돌아가기 전에야 시간을 낼 수 있었다고 한다. 제이미는 일본어를 잘 해서 한국인과 영국인이 일본어로 소통하는 상황이 되었다. 운펜지까지 제이미와 함께 걷기로 하고 산길을 오르기 시작했다.

운펜지 산길은 꽤 험했다. 처음에는 제이미와 얘기도 나누었지만 숨이 차고 땀이 흐르기 시작하면서 우리는 과묵해졌다. 3시간을 조금 더 올랐더니 드디어 운펜지에 가까워짐을 알리는 말쑥한 이정표가 포장도로를 가리키고 있었다.

해발 921미터. 운펜지는 헨로길 88개 사찰 중에 가장 고지대에 세워진 절이다. 절 바로 아래까지 데려다 주는 로프웨이가 생긴 후에는 접근성이 좋아져서 많은 사람들이 찾고 있다고 한다. 고보다이시가 16세 때 이 곳에 올라 수행을 했다고 전해지고 있어서 시코쿠 4개 현의 학승(学僧)들이 모여있던 슈쿠보가 있었다.

고보다이시는 차후에 덴노의 명을 받고 이 곳에 사찰을 열었다. 덴노가문의 상징인 국화문양의 노렌이 본당 앞에 걸려 있는 이유일 것이다. 과거 칠당가람(七堂伽藍, 불전, 강당, 승당, 고리(부엌과 창고), 삼문, 욕옥(목욕탕), 서정(화장실)의 칠당을 갖춘 사찰) 대찰이었던 위용이 아직도 남아 있어 볼거리도 많았다. 옛 건물이 많이 남아있지는 않아서 조금 아쉽기도 했지만 정상에서 내려다보는 경치가 모든 것을 잊게 해주었다. '구름가의 절', 운펜지라는 이름이 그냥 생긴 것이 아니었다.

내가 경치에 취해 있는 사이에 제이미는 열심히 참배를 했다. 내게는 아쉬운 건물들도 그에게는 동양의 신비함으로 다가왔을지 모를 일이다. 제이미와의 짧은 동행은 여기서 마쳤다. 그는 절을 더 둘러보고 로프웨이를 타고 내려가겠다고 했다. SNS 주소를 교환하고 건강하게 결원하라고 서로 덕담을 했다.

운펜지를 나서자 곧 가가와현임을 알리는 돌비석이 보였다. 도쿠시마, 고치, 에히메를 거쳐 드디어 가가와현에 진입한 것이다. 산길은 줄곧 내리막이었다. 당연한 것이지만 올라온 만큼 내려가야 한다. 언젠가는 내려가야 하는 산길처럼 우리네 삶 또한 아무리 크게 성공한 사람이라 해도 결국에는 모두 내려놓고 이 세상에서 저 세상으로 가야 한다. 내리막을 덤덤하게 받아들일 수 있는 사람은 많지 않을 것이다. 내려갈 때, 너무 억울해하지 말아야겠다는 다짐을 해본다. 구름 아래의 멋진 경치를 보았으니 괜찮지 않았나 싶었다. 내려가야 할 만큼 성공이란 것을 해보지도 않은 주제에 김칫국부터 한 사발 마시고 있었다.

도쿠시마는 활력이 있었고, 고치는 무심했으며, 에히메는 담백한 느낌이었다면, 가가와의 첫 인상은 세심함으로 다가왔다. 산을 내려가는 길에 야생 조류의 종류와 울음소리, 헨로길의 유래와 설화 등에 대한 여러 안내판을 설치해 두어 심심하지 않게 산길을 걸을 수 있도록 배려한 느낌이었다. 벤치도 적재적소에 놓아두어 틈틈이 쉬어가기에 알맞다.

땀을 식히러 벤치에 앉아서 쉬는데 손가락이 간질간질했다. '뭐지?'하고 손을 떼어보니 작은 도마뱀 한 마리가 나무 틈에서 얼음이 되어 있었다. 내가 손을 떼자 순간적으로 위험을 느끼고 멈춰버린 것 같았다. 조심스레 사진을 찍자마자 녀석은 휙 사라져버렸다. 곤충이나 벌레가 친근하게 느껴지는 것이 왠지 모르게 뿌듯하다.

운펜지에서는 가깝게 보이던 구름이 어느새 정수리 위로 올라와 있었다. 평지의 마을 주변까지 내려오니 길가를 장식하고 있는 파스텔톤의 수국이 한창이다. 휴게소의 벤치에 붙어있는 작은 스티커가 헨로길 최고봉(最高峯)을 무사히 내려온 아루키헨로를 반겨주고 있었다. 역시 가가와는 세심하게 배려해준다.

67번 절 다이코지(대흥사, 大興寺)는 지역 주민들에게는 고마츠오데라(小松尾寺)라고도 불린다. 다이코지는 고보다이시의 진언종과 사이쵸다이시(최징, 最澄, 767년~822년, 일본 천태종의 개조)의 천태종(天台宗)을 함께 모시고 있으며, 관광지로 유명한 나라현(奈良県) 도다이지(동대사, 東大寺)의 말사(末寺)이다. 고보다이시와 사이쵸다이시는 동시대의 인물로 두 사람 모두 당나라에 유학했으며 서로를 존중하며 경쟁하기도 했던 고승이다. 유홍준의 <나의 문화유산 답사기> 일본편에 두 분이 모두 한반도 출신 도래인의 후손이라는 내용이 있었는데, 그래서인지 두 분의 기운을 함께 느낄 수 있는 다이코지에 친근함을 느꼈다. 절은 거대한 대찰이었지만 옮기거나 몇 차례의 화마를 입어 소실되었고 현재의 사찰(본당)은 1741년에 재건되었다고 한다.

내게 다이코지는 '나무의 절'로 다가왔다. 삼문의 안쪽 돌계단에는 고보다이시가 심었다는 거대한 비자나무(榧)와 녹나무(楠)가 좌우를 지키고 있다. 그냥 수사(修辭)가 아니라 정말로 크다. 경내에도 크고 작은 나무들이 자칫 건조해 보일 수 있는 사찰의 풍경을 넉넉하게 살찌우고 있었다.

한 가지 옥에 티는 대사당 정면을 장식하고 있는 목조 용조각의 눈동자가 떨어져 나간 것이었다. 화룡점정이라는 사자성어가 성립하는 이유가 있었다. 눈동자가 없으니 조각의 생명력이 전혀 느껴지지 않았다.

참배를 마치고 벤치에서 쉬는데 제이미가 도착했다. 그는 운펜지에서 오래 있다가 내려왔다고 했다. 다이코지에서도 꼼꼼하게 참배를 하고 납경까지 받는 모습을 보고 있자니 내가 날라리 헨로가 된 것 같은 기분이었다. 나는 충분히 쉬었으므로 먼저 일어났다. 제이미에게 인사를 하고 68번 절 진네인(신혜원, 神惠院)과 69번 절 칸온지(관음사, 観音寺)를 향해 나섰다. 두 절은 같은 장소에 있기 때문에 일석이조라는 말이 딱 맞는다. 아루키헨로길을 따라 다이코지의 뒤쪽으로 들어왔기 때문에 사찰의 입구인 삼문을 마지막에 거쳤다. 삼문 앞에는 작은 개울이 흐르고 그 위를 가로질러 작은 다리가 놓여 있었다. 삼문 뒤에서 바라본 마을의 논이 눈부시게 빛나고 있었다. 두 고승의 법력 때문일까. 유난히 평화로운 마을이었다.

동화 같은 전원마을은 점차 일반적인 주택가로 바뀌어갔다. 마을의 학교 울타리에 젠콘야도 제니가타(銭形)라는 작은 광고판이 걸려 있었다. 무료로 묵어가는 젠콘야도를 광고까지 하며 알리는 것이 고마웠다. 지도책에도 표시되어 있는 곳이었다. 시간을 보니 조금 무리하면 진네인과 칸온지에 갈 수 있을 것 같아 고민했지만 무리하지 않고 일찍 숙소를 정하는 것으로 마음을 돌렸다.

공중전화를 찾아 광고에 실린 번호로 전화를 걸었다. 착신전환이 된 듯 신호음이 바뀌었고 오래 신호가 울렸다. 통화가 안되나 보다 싶어 끊으려는데 연결이되었다. 잡음이 심하고 연결상태가 불량했다.

"여보세요. 아루키헨로인데 오늘 젠콘야도에서 하루 묵어갈 수 있을까요?"

"여보세요. 네…… 들려요? 오늘……… 운전중…"

"네? 운전중이시라구요?"

"네, 운전…… 지금…… 와요?"

"네? 네, 한 시간 정도 후에 도착할 것 같습니다."

"네? ……………… 그럼………… 네…… (뚜뚜뚜)"

동전이 떨어져서 도중에 통화가 끊기고 말았다. 주인장은 운전중인 것 같은데오늘 묵어갈 수 있다는 것인지 아닌지 확신을 할 수가 없었다. 젠콘야도 옆에 휴게소도 있는 것 같으니 안되면 휴게소에서 노숙을 하자는 생각으로 일단 발걸음을 옮겼다.

오후 5시경에 휴게소에 도착했다. 휴게소 옆 건물에 제니가타 젠콘야도가 있었는데 문은 잠겨 있었다. 휴게소는 동그란 원형이라서 잠을 자려고 눕기에는 난이도가 높은 형태였지만 그런대로 하루를 보내기에 문제는 없을 것 같았다. 200여 미터 떨어진 곳에 편의점이 있어서 먹을거리를 사고 화장실을 이용할 수 있는지 확인해 두었다. 저녁 8시가 넘어 깜깜해져서 침낭 속에 몸을 밀어 넣고 잠을 청했다. 한 시간 정도 지났을까, 갑자기 주변이 환해졌다. 자동차 한 대가 휴게소 옆에 정차하면서 전조등 불빛이 비친 것이었다. 놀라서 일어났는데 자동차에서 사람이 내려 다가오더니 내게 말을 걸었다.

"낮에 전화한 헨로상?"

젠콘야도 주인장이 찾아온 것이었다. 터널이 많아 전화가 잘 끊기는 지역에서 운전중이었다고 했다. 내가 왔을 것 같아서 일을 마치고 일부러 찾아와 주신 것이었다.

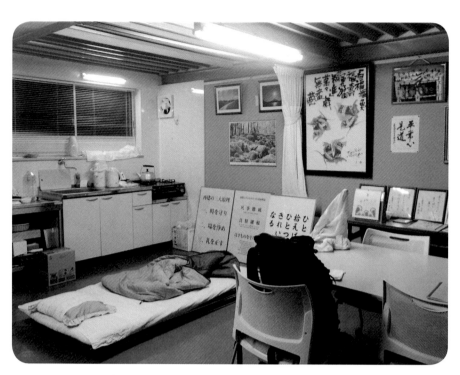

  그냥 모른척해도 괜찮았을텐데 정말로 선하고 좋은 분이었다. 젠콘야도는 아저씨의 회사 사무실을 내어주는 것이었다. 직원은 오전 9시에 출근하니 그 전에 출발하게 되면 문만 닫고 가면 된다고 했다. 사람 좋은 아저씨 덕분에 편하고 따뜻하게 밤을 보낼 수 있게 되었다. 첫인상처럼 가가와현은 헨로를 세심하게 배려해주고 있었다.

Day 35. 소비내역

커피 150엔

커피 140엔

저녁식사, 식료품, 담배 1,643엔

커피 100엔

소계 : 2,033엔

누계 : 103,736엔

Day 36. 6월 3일. 맑은 뒤 흐림
호랑이 선생님은 츤데레

조금 늦게 일어나서 잠자리를 정리하고 출발 준비를 하니 오전 7시가 되었다. 도로에는 출근하는 사람들을 태운 차들이 제법 있었다. 제니가타 젠콘야도의 문을 잘 닫아두고 사진을 찍었다. 새삼스레 어젯밤 휴게소에서의 작은 소동이 떠올라 슬그머니 웃음을 지었다. 오늘부터는 본격적으로 가가와현이 시작된다!

오전 8시가 조금 넘어 진네인과 칸온지의 삼문이 보이기 시작했다. 이 지역은 지명 자체가 칸온지시(観音寺市)이다. 사찰이 지역 주민들에게 얼마나 큰 영향을 끼치는지 상상이 되는 지명이었다. 절은 옛날부터 바닷가에서 가까운 작은 언덕에서 주민들의 든든한 배경이 되어 주었을 것이다. 자동차 아래 그늘에서 늦잠을 즐기고 있는 고양이가 미동도 없이 인형처럼 앉아 있는 모습이 귀여웠다. 녀석은 내가 사진을 찍는 것도 모르고 잠에 취해 있었다.

두 개의 절이 한 자리에 있으니 형식적으로라도 삼문이 두 개 있을 것이라고 생각했는데 두 사찰은 하나의 삼문을 공유하고 있었다. 들어가보니 납경소도 한 곳이었다. 본당과 대사당 등 중요 건물 몇 개를 제외하고는 실질적으로 경내를 공유하는 하나의 가람이라고 봐도 좋을 것 같다. 그러니 당연히 절과 절 사이의 거리가 가장 짧다. 본당이나 대사당을 기준으로 하면 몇 십 미터, 삼문을 기준으로 하면 0미터다. 반면에 두 절 사이의 거리가 가장 긴 구간은 고치현의 37번 절 이와모토지에서 38번 절 곤고후쿠지까지의 약 90km이다.

진네인은 본당이 특별히 기억에 남는다. 콘크리트로 된 외벽 안으로 들어가면 안에 본당건물이 숨어있다. 즉 콘크리트 외벽이 본당을 감싸고 안에 숨겨두고 있는 것이다. 같은 공간을 공유하고 있지만 칸온지는 분위기가 조금 다르다. 주칠을 많이 사용해서 참배를 마치면 전체적으로 빨강의 이미지가 남는다. 나중에 알게 되었는데 경내에서 조금 더 올라간 곳에 있는 고토히키공원(琴弾公園)에서 내려다 보이는 바닷가의 모래사장에 직경약 100미터의 엽전모양 모래그림이 있다고 한다. 미리 알았다면 보러 올라갔을 텐데 아쉬움이 남는다. 어제 머무른 젠콘야도의 이름이 제니가타(銭形, 엽전 모양)인 이유가 있었다. 아직 납경소가 닫혀 있는 아침시간이라 넓은 경내에 참배객은 많지 않았다. 일본인 부부가 한 쌍 있었고, 친구 또는 자매로 보이는 중년의 서양인 헨로가 내가 앉은 벤치 옆에 배낭을 내려두고 경내를 둘러보고 있었다. 나는 종루(鐘樓)의 세밀한 나무조각까지 살펴보고 천천히 참배를 마쳤다.

70번 절 모토야마지(본산사, 本山寺)는 5km 정도 가야 한다. 바다로 향하는 하천을 거슬러 올라가는 길인데 도중에 자라 가족이 수면위로 솟은 바위에 올라 햇볕을 쬐고 있었다. 조금도 움직이지 않고 마네킹처럼 가만히 있는 녀석들을 보니 자동차 밑 그늘에서 잠들어 있던 고양이가 생각났다. 헨로길에서 느끼는 것 중 하나는 사람들이 미물이라고 생각하는 동물들이 생각보다 대단한 능력을 가지고 있다는 것이다.

　　<인간의 굴레>, <달과 6펜스> 등의 작품으로 유명한 서머 셋 모옴(William Somerset Maugham, 1874년~1965년, 영국의 소설가 겸 극작가)의 <과자와 맥주>라는 작품 중에 이런 구절이 있었다. '그녀는 아무것도 하지 않을 수 있는 능력을 가지고 있었다.' 호기심의 동물 인간에게는 대단한 능력이지만 야생의 동물들은 대부분 이 능력을 가지고 있다.

　　70번 절 모토야마지에 오전 10시경 도착했다. 신호등 건너로 오중탑(五重塔)을 수복(修復)중이라는 안내판이 삼문 앞에 서있었다. 거대한 오중탑은 수복을 위해 회색 가림막 뒤로 숨어 버렸다. 공사차량이 드나들 수 있도록 시설물을 설치한 탓에 경내는 어수선했다. 뿐만 아니라 공사를 위해 기부한 사람들의 명단을 나무판에 적어 경내에 빼곡하게 세워두었는데 내게는 오히려 절의 품격을 떨어뜨리고 있는 모습으로 다가왔다. 애써 관심을 두지 않으려 해도 거슬리는 것은 사실이었다.

　　모토야마지 본당은 일본 국보로 지정되어 있는데 고보다이시가 하룻밤 만에 건립했다는 전설이 전해온다고 한다. 현재의 본당은 가마쿠라시대(鎌倉時代, 일본 역사 최초의 무신정권 시대, 1185년~1333년) 말기에 새로 지어진 것이다.

일부 고문서에 의하면 에도시대 말기에 화재로 소실되었다는 기록도 있는데, 연구에 의하면 건물 마룻대의 표시, 초석, 묵서(墨書) 등으로 미루어보아 가마쿠라 시대의 것이 확실하다고 전한다. 어수선한 분위기 탓에 참배를 마치고 오래 머물지 않았다. 다음에는 정돈된 모습을 한 모토야마지를 만날 수 있기를 바라며 71번 절 이야다니지(미곡사, 弥谷寺)로 발걸음을 돌렸다.

이야다니지는 11번 도로를 따라 11km 정도 떨어져 있다. 문득 출출해서 시계를 보니 시곗바늘이 정확하게 정오를 가리키고 있었다. 가가와에서의 첫 식사이니 일부러 우동집을 찾아 보았다. 얼마 뒤에 유독 주차장에 빈 자리가 없는 우동집 하나가 눈에 띄었다. 맛집이겠거니 싶어 들어갔는데 역시 만원이었다. 겨우 카운터석에 자리를 잡고 앉아 튀김우동을 주문했다. 카운터 너머로 우락부락한 인상의 주인장을 비롯해 몇 명의 인원이 바쁘게 우동을 만들고 있었다. 홀서빙을 전담하는 직원도 여러 명 있는 것을 보니 꽤 장사가 잘되는 가게인 것 같다. 주인장은 예전 드라마 <수사반장>과 <호랑이 선생님>등에 출연했던 배우 고(故) 조경환씨와 비슷한 인상이었다. 무뚝뚝한 표정으로 직원들에게 이것저것 지시하는 모습이 조금 무서워 보이기도 했다.

사누키 우동은 맛있었다. 국물 맛은 호불호가 갈릴 수 있겠지만 면발의 탄력은 발군이었다. 급하게 먹으라는 사람은 없었지만 기다리는 손님이 많아서 조금 허겁지겁 먹은 것은 어쩔 수 없을 것이다. 국물까지 싹싹 비우고 홀서빙 직원에게 계산서를 부탁하니 그냥 가면 된다고 한다. 뭔가 착오가 있는가 싶어 돈 안받으셨다고 했더니 직원이 주인장을 바라본다. 주인장은 뒷통수에도 눈이 달렸는지 우동을 만들면서 무심하게 말했다.

"우리가게는 아루키헨로상은 무료야. 오셋타이라고."

그렇게 가가와에서의 첫 우동을 오셋타이로 받았다. 감사 인사를 드리고 가게를 나왔다. 주인장은 나의 감사에 반응하지 않았다. 하지만 나는 그가 인사를 받았다는 것을 느꼈다. 우락부락 험악한 인상의 주인장은 속된 말로 '츤데레'였다. 블라인드 테스트를 해서 우동의 맛에 순위를 매긴다면 이 집이 일등을 할지는 확신할 수 없다. 하지만 음식은 맛으로만 먹는 것이 아니다. 가게와 그 가게의 직원들이 손님들과 교류하고 공감하는 모든 것이 오랜 시간을 거친 후에 '맛'이라는 한 단어로 귀결되는 것일 테다. 그런 생각을 하고 보니 주차장에 자리가 없어도 기다리고 있는 손님들의 마음이 이해가 되었다. 가가와의 우동가게에서 또 하나 배웠다.

날씨가 꽤 더웠다. 중간에 쉬었던 휴게소 중 하나는 <시코쿠 88개소 헨로코야 프로젝트>라는 단체에서 만든 곳이었다. 한국인 센타츠(先達) 최상희씨를 중심으로 일본, 영국의 여러 사람들의 뜻을 모았다는 안내판이 걸려 있었다. 휴게소의 디자인은 한국과 일본에 차(茶)문화가 있고 이 지역이 차의 생산지이기도 하기 때문에 차나무를 모티브로 했다고 하는데 그러고 보니 벽면에 찻잎 모양의 구멍이 뚫려 있다. 휴게소 안에 <우탕구라>라는 젠콘야도의 광고지가 붙어 있어서 사진을 찍어두었다. 음료캔을 재활용한 모빌이 돌아가는 모습이 묘하게 청량감을 주기에 한동안 그것을 바라보며 앉아 있었다.

무엇인가 농작물의 수확이 끝난 것인지 아니면 파종(播種) 전인지 알 수 없었던 들판을 지나 작은 마을로 들어섰다. 이야다니지가 가까워지면 조금씩 산길이 된다. 오르막길의 저 편으로 작은 저수지에 연꽃이 무리지어 피어 있었다. 산길이 갈라지는 곳에 이야다니지와 72번 절 만다라지(만다라사, 曼荼羅寺), 73번 절 슷샤카지(출석가사, 出釈迦寺)를 알리는 이정표가 서있었다. 빨간 화살표 옆에 '본당까지 약 530 계단 정도'라는 문구가 조금 긴장하게 한다.

고보다이시가 죽은 사람들의 유해를 납골하기도 해서 사자(死者)의 영령이 가는 절로 알려진 이야다니지는 계단이 많았다. 해발 382미터의 이야다니산(弥谷山)을 종(縱)으로 안고 있는 사찰이기 때문이다. 삼문을 거쳐 첫 번째 돌계단을 오르면 청동 대보살상(大菩薩像)이 자비로운 표정으로 참배객을 맞이한다. 나뭇가지에 가려진 보살상의 얼굴이 살짝 수줍어하는 것처럼 보이기도 한다. 다음에는 108 돌계단이 이어지고 잠시 쉬었다가 다시 돌계단이 이어진다. 경치를 감상하며 쉬엄쉬엄 다시 오르면 본당에 다다른다.

　계단 옆으로는 작은 석상들이 줄지어 서서 참배객을 응원하고 있다. 본당과 주변의 암벽에는 삼존불(三尊佛)이 조각되어 있는데 전설에 의하면 고보다이시가 8만 4천 개의 조각을 남겼다고 한다. 본당 안에는 불경을 드리는 스님과 보살들이 자리를 차지하고 앉아 있었다. 납경소가 본당 내부의 한 켠에 마련되어 있어 납경을 받는 헨로들도 많았다. 내려오는 길의 하이쿠차야(俳句茶屋)는 아메유(あめ湯, 조청을 더운 물에 녹여 생강즙이나 계피 등을 첨가한 음료), 감주, 우동 등이 유명하다고 하는데 배가 고프지 않아 눈으로만 맛을 보았다.

　72번 절 만다라지는 이야다니지에서 한 시간 정도 거리다. 조용하고 정갈한 절이다. 초로의 헨로 몇 명이 참배를 하고 있을 뿐 새소리도 들리지 않고 바람소리도 쉬어가는 듯 고요했다. 이야다니지의 돌계단을 오르내리느라 지친 다리를 쉬게 해주라는 뜻인가 싶었다. 벤치에 앉아 넉넉하게 쉬었다. 절을 나서니 73번 절 슛사카지는 800미터 떨어져 있음을 알려주는 이정표가 반갑다.

　슛사카지는 귤 과수원이 늘어선 길을 따라 5분이면 도착한다. 입구의 커다란 고보다이시상이 마을을 굽어보고 있는 모습이 인상적인 절이다. 슛사카지에는 고보다이시가 어린 시절에 출가를 결심하고 계곡으로 몸을 던졌다는 전설이 전해 내려온다. 한 무리의 단체헨로들이 안내하는 스님의 설명을 들으며 참배를 드리고 있었다. 그들의 참배에 방해가 될까 싶어 경내의 벤치에서 기다렸다. 처마 아래에 플라스틱 슬레이트를 받쳐두어 사찰의 격이 조금 떨어지는 것 아닌가 싶었지만 절이 미술관도 아니고 사람들이 편리하게 사용하면 족할 것이다.

　74번 절 코야마지(갑산사, 甲山寺)는 고
보다이시가 개창한 오래된 절이지만 새로
세워둔 돌기둥과 하얀 담장이 조금 이질적
인 느낌을 준다. 경내의 잘 다듬은 소나무
가 일본인들이 추구하는 정원의 이미지를 떠올리게 했다. 사실 그다지 흥이 일지
않아서 잠시 앉아 있다가 75번 절 젠츠지(선통사, 善通寺)로 나섰다. 이 지역의
지명이 젠츠지시(善通寺市)이기 때문에 기대가 되어 빨리 가보고 싶기도 했다.

젠츠지는 규모가 엄청나게 큰 절이었다. 면적이 450,000㎡라고 하는데, 내 생각에는 시코쿠 헨로길 88개 사찰 중에서 가장 크지 않나 싶었다. 알고 보니 이 지역이 고보다이시가 태어난 곳이라고 했다. 숏사카지에서 어린 마오(真魚, 고보다이시의 아명(兒名))에 대한 전설이 전해 내려오는 것이 떠오르며 이내 연결되었다. 경내는 헨로들과 관광객들로 북적거렸다. 젠츠지가 고야산(高野山), 동사(東寺)와 함께 고보다이시의 3대 영장(靈場)이라고 하니 그럴 것이다. 젠츠지라는 이름은 이 지방의 호족이었던 고보다이시의 아버지 사에키노아타이타기미요시미치(佐伯直田公善通)의 마지막 두 글자를 따 온 것이다.

넓은 경내를 한 번에 둘러볼 수 없어서 대사당을 둘러보고 한 박자 쉬었다. 오후 5시가 넘었기 때문에 숙소를 해결해야 하는데 하기모리상이 이 지역에서 꼭 가보라고 권했던 젠콘야도가 생각났다. 납경소에 가서 문의하면 알려준다고 했으니 오늘 숙박이 가능한지 확인을 해보기로 했다.

젠콘야도를 찾아오는 헨로들이 많은 듯, 납경소에 문의하니 위치와 주의사항 등이 인쇄된 종이를 내어준다. 오늘은 나보다 먼저 2명이 왔기 때문에 문은 열려 있을 것이라고 했다. 젠츠지 주변 주택가를 10분 정도 걸어 젠콘야도를 찾을 수 있었다. 딱히 이정표나 간판이 있지는 않은데 앞마당에 잡초가 정리되어 있지 않은 것이 어쩐지 이 집 같다는 생각에 들어가보니 맞았다. 먼저 온 두 명 중에 한 명은 별격 사찰 엔메이지에서 50대의 아저씨 헨로가 숙박비를 내준다는 제안에 떠났던 그 젊은이 헨로였다. 다른 한 명은 5년에 한 번 정기적으로 헨로길을 걷는다는 규슈 후쿠오카 출신의 시미즈상이었다. 그는 깡마른 체격의 50대 아저씨인데 과묵하고 좋은 사람이라는 느낌을 받았다. 젠콘야도는 은퇴한 교사 다케모토 아주머니가 2층짜리 잇켄야(一軒家, 단독주택)를 헨로들을 위해 제공하는 곳이었다. 오늘의 동지들과 얘기를 조금 나눈 뒤에 젠츠지를 마저 둘러보고 저녁거리도 구하기 위해 밖으로 나왔다. 고양이 한 마리가 녹슨 드럼통에 앉아 야옹하고 인사를 한다. 미모의 미묘다. 나도 안녕하고 인사를 건넸다.

젠츠지 경내를 마저 둘러보고 참배를 마쳤다. 고보다이시가 좋아해서 기록에도 자주 언급했다는 천 년이 넘는 녹나무가 눈길을 끌었다. 천 년의 세월을 한 장소에 서 있다는 사실 만으로도 나무에게 존경심이 생길 것 같았다. 버팀목을 괴어 둔 것을 보니 나무도 사람처럼 오래되면 알맞은 보조기가 필요한 것이리라. 하지만 오래 되었다고 쓸모 없는 것은 아니었다. 늙은 나무는 어린 것들보다 넓은 그늘을 내려주고 있었다. 나는 노인이 되어 젊은이들에게 저 나무의 그늘 같은 지혜를 내려줄 수 있을까? 하루하루 검손하게 정진하며 살아야겠다고 잠시 다짐을 했다.

동네 마트에서 저녁거리를 구해와 저녁을 먹고 오늘 밤의 친구들과 얘기를 나누었다. 시미즈상은 헨로 경력이 많아서 이것저것 재밌는 얘기들을 많이 알고 있었다. 5년 전의 지난 헨로길에서 한국인 여성 헨로와 친구가 되었다고 했는데 연락이 끊겨서 마음에 상처를 받은 것 같았다. 그렇게 엇갈리는 것이 사람과 사람의 관계일 테니 그도 이제는 아쉬워하지 않았으면 싶었다. 시미즈상은 내게 납경을 받느냐고 묻기도 했다. 왜 그러냐고 하니 납경을 받는 경우에는 헨로길의 마지막이 될수록 도난을 조심해야 한다고 했다. 88개 절의 납경을 받은 납경장은 인터넷에서 약 10만 엔 정도에 거래가 되기도 해서 훔쳐가는 사람들이 있단다.

얘기를 나누는 중에 주인장 다케모토 아주머니가 왔다. 그녀는 전직 교사의 면모를 유감없이 발휘했다. 독실한 불교 신자인 듯한데 3명의 숙박자들을 앉혀두고 고보다이시에 대해서 전도를 하듯 이야기를 늘어놓기 시작했다. 테이블 위의 관련 서적들을 설명하기도 했고 전에 묵었던 헨로들에 대해서 품평을 하기도 했다. 이야기는 돌고 돌아 같은 얘기를 3번 정도 반복하는 것은 조금 힘들었지만, 하룻밤 신세지는 처지이기에 나름 집중해서 들으려고 노력했다. 아주머니가 몇 가지 주의사항을 당부하는 것을 끝으로 댁으로 떠나고 숙박자들은 곧장 잠자리를 펼쳤다. 모두들 피곤했는지 소등(消燈) 후에 금세 곯아떨어졌다.

Day 36. 소비내역

커피 100엔

자판기음료 50엔

저녁 식료품 등 825엔

소계 : 975엔

누계 : 104,711엔

Day 37. 6월 4일. 흐리고 비
13인의 만찬

　오전 6시 30분에 길을 나섰다. 시미즈상은 나보다 먼저 떠났고 사이타마에서 온 청년헨로는 내가 출발할 때까지 잠에서 깨어나지 못하고 있었다. 그에게 문단속을 부탁해 두었다. 하늘이 잔뜩 흐렸다. 아무래도 오늘은 비를 맞을 각오를 해야 할 것 같다.

　한 시간쯤 걸었을 때 제법 규모가 큰 공장 주변을 지나게 되었는데 공장의 직원인 듯 유니폼을 입은 사람들이 길가의 한 식당으로 무리 지어 들어가는 것을 보았다. 아침을 먹으려던 참이었는데 맛있을 것 같아 나도 따라 들어갔다. 실내는 구내식당처럼 규모가 컸다. 쟁반을 가지고 배식구를 따라가며 음식을 주문하고 마지막에 계산하는 방식이었다. 나는 카레우동과 오징어튀김을 맛있게 먹었다. 배를 채우고 10분 정도 걸으니 76번 절 콘조지(금창사, 金倉寺)에 도착했다.

　주택가의 2차선 이면도롯가에 삼문을 면하고 있는 콘조지는 사누키 오대사(讚岐五大師)중의 한 사람인 치쇼다이시(智証大師)가 건립한 사찰로 알려져 있다. 치쇼다이시는 모계가 고보다이시와 인척 관계라고 하며, 천태종의 총본산으로 사이쵸다이시가 창건한 교토 히에이산(比叡山)의 엔랴쿠지(연력사, 延曆寺)에서 수행하다 40세 때 당나라에 유학을 했다. 5년 간의 수행 끝에 돌아온 그는 천태사문종(天台寺門宗)을 열고 개조(開祖)가 되었다. 그래서 76번 절 콘조지도 진언종이 아닌 천태사문종에 속한다.

　참배를 마치고 잠시 앉아 있었는데 비가 한 방울 두 방울 떨어지기 시작했다. 오전까지는 구름이 버텨주기를 바랐는데 생각처럼 되지 않았다. 배낭에 레인커버를 씌우고 서둘러 걸어보기로 했다.

다행히 77번 절 도류지(도륭사, 道隆寺)에 도착할 때까지 비는 강해지지 않았다. 예전에 도류지 주변 일대는 뽕나무 밭이었다고 하는데 지금은 논밭과 민가들이 들어서 있다. 도류지에 가까운 마을의 골목에서 할아버지 한 분이 헨로들에게 작은 자기불(磁器仏)을 나누어주고 있었다. 자기불 밑에는 구멍이 뚫려 있고 돌돌 말린 종이 한 장이 들어 있다. <77번 절 도류지 참배기념으로>라고 연필로 쓴 종이였다. 나중에 시미즈상에게 들었는데 이 할아버지의 아들은 지체장애가 있는 분이라고 한다. 아드님이 집에서 자기불을 만들고 할아버지는 지나가는 헨로들에게 그것을 나누고 있는 것이라고 했다.

도류지라는 절의 이름은 이 사찰을 창건한 사람의 이름에서 따온 것이다. 그는 절의 본존(本尊)인 목조 약사여래(藥師如來)를 조각해 안치한 것으로 전해지는데 그와 관련한 전설이 있다. 어느 날 도류가 밭에서 기괴한 빛을 발하는 뽕나무를 발견하고 그것을 향해서 화살을 쏘았더니 빛이 사라졌다. 가까이 다가가 확인하니 그곳에는 도류의 화살을 맞은 아낙이 쓰러져 있었다고 한다. 그는 슬픔에 잠겼고 뽕나무를 조각하여 약사여래를 만들어 안치했다. 이것이 도류지의 시작이 되었다.

이후에 고보다이시가 다른 약사여래를
조각하였고 그 안에 도류의 약사여래를
넣어 두었기 때문에 현재는 이체(二体)
약사여래가 안치되어 있다고 한다. 요
즈음 이 약사여래는 <눈을 고치는 약사
여래(目をなおす薬師如來)>로 알려져
참배객들을 불러모으고 있다고 한다.
기괴한 빛 때문에 사람을 보지 못하고 쏘아버린 도류의 전설 때문에 눈을 고쳐주
는 약사여래의 명성이 파생된 것이 아닐까 생각해 보았다.

경내에는 참도(參道)에 늘어선 관음상과 고보다이시상이 참배객들을 맞이하고
있다. 도류지에는 특히 관음상이 많아 경내에 총 270여 개의 관음상이 있다고 한
다. 또한 휴게소나 벤치 곳곳의 작은 공간을 차지한 귀여운 소품들이 유난히 많
다. 그리고 할아버지가 나누어주는 자기불도 곳곳에 숨어 있었다. 참배객들 중
일부가 놓아두고 간 것 같은데 나는 기념으로 간직하기 위해 가지고 돌아왔다.

78번 절 고쇼지(향조사, 鄕照寺) 가는 길 중간에 Joyfull에서 점심을 먹었다.
커피를 마시며 본격적으로 비가 내릴 경우의 대비책을 찾아보다가 어제 휴게소
에서 사진을 찍어두었던 젠콘야도 우탕구라에 생각이 미쳤다. 이 근방이었던 것
으로 기억하고 있었기 때문이다. 찍어둔 사진을 찾아보니 78번 절 근방이라고
적혀 있었다. 비가 많이 내리면 이 곳에 연락을 해 볼 생각이다.

고쇼지는 헨로길 88개 사찰 중에 유일하게 시종(時宗)이라는 종파의 사찰이다. 참배를 하다 보니 대사당 옆에 만체관음동(万体観音洞)이라는 공간이 특이했다. 수많은 관음상이 어두운 동굴 안에서 촛불에 의지해 빛을 발하고 있었다. 고쇼지는 언덕지형에 지어진 절이라 맑은 날에는 주변의 세토내해와 세토대교를 조망할 수 있다고 하는데 이미 비가 본격적으로 내리고 있어 절경을 볼 수 없어서 아쉬웠다.

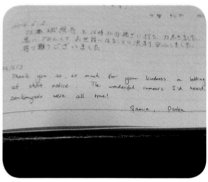

참배를 시작할 때의 비와 마칠 때의 비가 전혀 달랐다. 삼문을 나설 때는 이미 길가의 배수로에 물이 개울처럼 흐르고 있었다. 오후 1시 30분. 이른 시간이었지만 숙소를 잡기로 했다. 우선 젠콘야도 우탕구라에 문의를 해보고 안되면 좀 더 걸어가 숙박업소를 찾기로 했다. 주택가 골목길에서 공중전화를 발견하고 우탕구라에 전화를 하니 주인 아저씨가 받았다.

"안녕하세요. 아루키헨로입니다만 오늘 숙박이 가능할까요?"

"네, 언제 오시나요?"

"사실 지금 고쇼지 근처입니다. 이른 시간인데 괜찮을까요?"

"괜찮아요. 걱정하지 말고 와요."

주인 아저씨는 흔쾌히 빠른 체크인을 허락해 주었다.

도착해서 얘기를 나눠보니 주인 아저씨는 나를 오늘 숙박을 예약한 헨로 두 명 중에 한 명이라 생각했다고 한다. 그는 방송국에서 일하다가 퇴직 후에 부인과 함께 우탕구라를 운영하게 되었다고 했다. 한국사람이 꽤 많이 온다고 하셨는데 2014년에 한국을 여행할 때는 숙박했던 한국사람들이 안내를 해주어 즐거운 여행이 되었다고 얘기했다. 방명록에서 제이미의 흔적을 발견했다. 날짜를 6월 5일로 적어놓는데 주인아저씨께 물으니 어제 묵고 오늘 갔다고 한다. 아마도 오늘 아침 출발 전에 방명록을 남긴 것 같은데 날짜를 착각한 것 같다.

오후 4시가 넘으니 예약했던 숙박자들이 도착하기 시작했다. 먼저 도착한 사람은 어제 다케모토상 젠콘야도에서 함께 묵었던 시미즈상이었다.

그는 나와의 재회를 반기며 우리가 인연이 있는 것 같다고 했다. 다른 한 명은 오후 5시쯤 도착한 아다치상이었다. 그는 해상자위대에서 일하는 군속(軍屬)이라고 했는데 주말마다 시간을 내서 헨로길을 걷는다고 했다. 아다치상 역시 헨로 경력이 오래된 사람으로, 몇 년 전에 KBS의 <걸어서 세계속으로>라는 프로그램의 인터뷰를 하기도 했다며 휴대폰으로 인터뷰 영상을 보여주었다. 그는 자신이 직접 제작한 엽서를 건네주며 오헨로 관련 웹사이트를 운영하고 있다고 소개했다. 간식거리를 사러 함께 마트에 다녀오는 길에 아다치상은 우리나라와 북한, 일본의 관계 등에 대해 얘기하면서 세계의 모든 사람들이 사이 좋게 지내면 좋을 텐데 왜 이렇게 분쟁과 전쟁이 많은지 모르겠다고 말했다. 나는 그의 말이 공허하게 들렸다. 동북아시아의 전쟁과 분쟁에 대해서라면, 그 책임의 절반 이상은 과거와 현재의 일본에게 있다고 생각하기 때문이다. 현상의 원인은 찾아보지 않고 세계평화라는 당위만을 주장하는 그의 모습 안에는 일면 현재 일본인들의 평균적인 정치의식이 투영되어 있었다.

역사 문제에 대해서, 일부를 제외한 많은 일본인들은 회피하는 경우가 많다. 일본이 과거에 잘못한 것이 있다는 것은 피상적으로 알고 있지만 자신들은 학교에서 배우지 않기 때문에 자세히 알지 못한다는 것이다. 어쨌거나 과거는 과거일 뿐이고 평화를 위해서 협력해야 하는데 한국과 북한, 중국 등은 항상 과거를 물고 늘어진다는 불평을 한다. 배우지 않았기에 모른다는 것은 사실이라고 해도, 가르치지 않는 사회를 만든 것 역시 그들 자신이라는 것도 사실의 영역에 속한다. 과거의 잘못을 제대로 정리하지 않으면 역사는 미래로 전진하지 않는다. 사죄하지 않는 또는 마지못해 표면적인 유감만을 반복하는 가해자와 아무일 없었던 것처럼 협력하며 살아가기는 어려운 법이다.

일본은 섬이라는 지리적인 이점으로 외세의 침입을 거의 받지 않았고 별로 걱정하지도 않았다. 섬이라는 하나의 완결된 세계 안에서 생겨난 여러 국가들이 패권을 다투기는 했지만 그것은 본질적으로 하나의 언어와 문화를 공유하는 사람들 사이의 투쟁이었다. 현대적인 의미의 국가와는 거리가 있었다. 그래서인지 일본인들은 다른 언어와 문화를 가진 타국과의 관계를 정립하고 풀어나가는데 서툴다. 그들의 방식은 내부적으로는 잘 작동하고 그래서 좀처럼 변하지 않는다. 변화의 필요성을 절박하게 느끼지 못하는 것이다. 결과적으로 제 2차 세계대전 이후(실질적으로는 에도 막부의 붕괴 이후 근대화를 추진한 메이지시대 이래로 지금까지) 일본의 정치는 실질적으로 자유민주당(자민당) 1당의 독재가 이어졌다. 물론 그간 합리적이고 양심적인 학자나 단체, 정치인들도 있었지만 그들은 항상 소수였다. 일본인들은 이러한 구도를 타파하고 정치적으로 진일보할 수 있을까? 현재까지의 상황으로는 회의적이라고 생각할 수밖에 없지만 앞으로도 그럴 것이라는 법은 없다. 헨로길에서 만난 많은 사람들 속에서 나는 희망을 본다.

나는 아다치상에게 아무런 얘기도 하지 않았다. 다시 공허한 대답만이 돌아올 것을 알고 있었기 때문이다. 그저 빗 속을 묵묵히 걸어갔다. 영원 불멸한 것은 없다는 불교의 가르침을 아다치상이 언젠가 헨로길에서 깨닫기를 바란다.

우탕구라에 돌아오니 주인 아저씨가 난처한 듯한 표정으로 방을 옮겨도 되겠느냐고 물었다. 나와 시미즈상, 아다치상이 짐을 풀어놓은 방은 2층이었는데 1층 별채로 옮겨도 되겠냐는 것이었다. 사정을 물어보니 <시코쿠 헨로 친구들의 모임(四国遍路友の会)>이라는 단체의 마츠오카 회장을 통해서 미국인 단체 손님이 오기로 되어 있는데 여자분들이 있어서 화장실을 이용하기 쉬운 방으로 배정을 부탁해 왔다는 것이었다. 주인 아저씨는 원래 그들을 1층 별채에 묵게 할 생각이었는데 별채에는 화장실이 따로 떨어져 있어서 우리에게 양해를 구한 것이었다. 대강의 눈치로 복잡한 사정이 있음을 알 수 있었다. 젠콘야도에서 묵어가는 처지에 까탈스럽게 행동할 입장도 아니라 우리는 순순히 방을 옮겼다.

미국인 단체 손님은 7명이었다. 4명의 가족 그리고 그들의 지인 3명이었다. 그들을 데려온 마츠오카씨는 중년의 아저씨였는데 시코쿠 헨로를 알리기 위한 대외활동을 한다고 했다. 단체의 우두머리라며 거들먹거리는 타입의 사람이 아니라 쾌활하고 서글서글한 성격이었다. 7명의 미국인, 주인장 부부, 마츠오카상, 나를 포함한 아루키헨로 3명, 총 13명이 저녁식사를 함께하며 와인과 맥주를 꽤 많이 마셨다. 밤 10시가 넘어서까지 이야기를 나누며 즐거운 시간이 이어졌다.

술자리를 마치고 방으로 돌아와 시미즈상, 아다치상과 이야기를 조금 더 이어나갔다. 시미즈상은 결원까지 이제 일주일이 채 걸리지 않을 것이라고 했다. 이제 남은 고비는 87번 절과 88번 절 사이의 뇨타이산(女体山)이라고 했는데 돌아가는 길도 있지만 피하기에는 경치가 너무 좋다고 했다. 시미즈상은 내게 첫 헨로길이니 꼭 뇨타이산을 넘어가는 길을 걸어보라고 했다. 나는 알았다고 대답했다. 나도 그러고 싶었다. 아다치상은 13번 절 다이니치지의 주지 묘선스님과 한국인 센타츠 최상희씨가 싸웠다는 소문이 있다고 비밀스럽게 얘기했다. 마트에서 돌아오는 길에 아다치상과 정치얘기를 하지 않은 것이 탁월한 선택이라는 확신이 들었다.

Day 37. 소비내역

아침식사(카레우동, 튀김) 440엔

커피 100엔

점심식사(Joyfull) 422엔

공중전화 100엔

저녁 식료품 등 903엔

소계 : 1,965엔

누계 : 106,676엔

Day 38. 6월 5일. 비
마라톤은 낭만적인 운동이었구나

　새벽부터 비가 요란스럽게 쏟아지고 있었다. 짐을 정리하고 방명록에 흔적을 남겼다. 우탕구라 주인장 부부는 떠나는 헨로들에게 주먹밥을 정성스럽게 싸주었다. 오늘은 시미즈상과 함께 걷기로 했다. 주인 아저씨와 아주머니에게 작별인사를 했다. 문 앞까지 우리를 배웅하며 결원까지 다치지 말라고 덕담을 건네주신다. 문을 나서는 순간 숙박비를 드리지 않은 것이 생각나 말씀을 드렸더니 "아 그랬나?" 하시며 천 엔 한 장을 받으셨다. 식사 재료비에도 미치지 못할 것 같은 적은 금액이다. 시미즈상에 따르면 주인장 부부는 헨로들에게 먼저 숙박비를 달라고 얘기를 꺼내지 못한다고 한다. 생각할수록 순하고 착한 분들이다. 반드시 한 번 더 들러서 보답해야겠다는 다짐을 하고 빗 속을 가른다.
　오늘은 경로를 고려하여 79번 절 덴노지(천황사, 天皇寺 / 고쇼인(고조원, 高照院)이라고도 한다.) >> 81번 절 시로미네지(백봉사, 白峯寺) >> 82번 절 네고로지(근향사, 根香寺) >> 80번 절 고쿠분지(국분사, 国分寺) >> 83번 절 이치노미야지(일궁사, 一宮寺)의 순서로 걷기로 했다. 하기모리상이 추천했던 순서였는데 시미즈상도 이 루트가 좋겠다고 했다.

　79번 절 덴노지는 고쇼인이라고도 불린다. 스도쿠상황(숭덕상황, 崇德上皇, 1119년~1164년, 상황은 생전에 퇴위한 덴노를 말함.)이 보원의 난(保元の乱, 1156년 교토에서 덴노 계승문제를 둘러싸고 귀족세력과 무사세력 간의 알력으로 일어난 내란. 귀족세력이 패하여 스도쿠상황이 지금의 가가와현인 사누키로 쫓겨나게 되었고 이후 무사세력이 정권을 장악하게 되는 계기가 되었다.)으로 인해 사누키 지방으로 밀려난 뒤 햇수로 9년 동안 유폐된 이후 세상을 등졌고, 조정(朝廷)으로부터 영지(令旨)를 받기까지 14일 간 관(棺)을 안치한 곳이 바로 이 곳 덴노지라고 한다. 유해는 시로미네산(白峯山)에 봉해졌고 차후에 영령을 위로하기 위해서 시로미네궁(白峯宮)을 세웠다고 한다. 81번 절 시로미네지의 사찰명은 여기서 유래한다. 비 내리는 아침, 덴노지의 참배객은 아이 둘을 데리고 온 가족이 전부였다.

　비가 내려 걸음의 속도는 나지 않았고 이런 날이면 어김없이 습한 공기가 몸 속으로 파고드는 것이 느껴졌다. 몸에서 발산하는 열기와 밖에서 파고드는 한기가 미묘한 조화를 이루고 있는 상황이다. 이 상태를 유지한다면 감기는 걸리지 않을 것 같았다. 시미즈상은 무릎이 아프다고 했는데 다친 것은 아니고 원래 지병이 있다고 했다. 절룩거리는 걸음걸이가 걱정되어 괜찮으냐고 물으니 길에서 죽더라도 포기하지 않을거라고 비장하게 말했다. 무릎 때문인지 시미즈상은 즈에 두 개를 양 손에 짚고 걷는다. 시로미네지로 오르는 산길의 휴게소에서 주먹밥을 먹었다. 하나는 삶아서 양념간장에 절인 콘부(昆布, 다시마)가 들어 있었고, 다른 하나는 우메보시(梅干し, 매실장아찌)가 들어 있었다. 새콤한 매실장아찌의 맛이 저기압에 내려앉은 기분을 조금 일깨워 주는 것이 고마웠다.

81번 절 시로미네지에서 나의 참배는 짧았고 시미즈상의 참배는 짧지 않았다. 그가 참배하는 사이 나는 경내를 둘러보며 사진을 찍었다. 주먹밥을 먹은 지 두 시간도 지나지 않았지만 배가 고팠다. 맑은 날보다 비 내리는 날은 확실히 에너지 소비가 많음을 알 수 있었다. 본당의 처마 아래에 쪼그리고 앉아 시미즈상과 크림빵을 나눠 먹었다. 비에 젖은 몰골이 처량하게 보였을 테지만 덕분에 시미즈상과 좀 더 가까워진 것 같았다. 이어지는 산길을 따라 82번 절 네고로지를 향해 길을 나섰다.

네고로지로 가는 길은 안개가 자욱했다. 하얀 봉우리라는 뜻의 시로미네라는 이름이 바로 이 안개 때문이라고 시미즈상이 말했다. 오늘처럼 흐리고 비 내리는 날은 안개가 더 심해진다고 한다. 나중에 찾아본 자료에 따르면 주변 다섯 개의 홍(紅), 황(黃), 청(靑), 백(白), 흑(黑) 오색의 봉우리(五色台) 중에서 이 곳이 백 봉(白峯)이기 때문에 시로미네지가 되었다고 설명하고 있었다. 하지만 막상 길을 걸어보면 시미즈상의 설명도 틀린 말이 아님을 느낄 수 있다.

나는 시미즈상과 30미터 정도 거리를 두고 걸었는데, 약 35미터를 기준으로 더 멀어지면 안개속으로 사라지고 가까워지면 나타나는 시미즈상을 찾는 것이 재미있었다. 만일의 사고를 대비해서 가끔씩 오고 가는 자동차에는 주의를 기울여야 했다. 비포장길로 접어들어 걷다가 네고로지와 고쿠분지로 가는 분기점이 되는 지점에 있는 휴게소에서 쉬었다. 이 때만 해도 오늘 밤을 이 곳에서 지내게 될 줄은 알지 못했다.

휴게소 처마에 앉아 있는데 우리가 지나왔던 길에서 작은 체구의 헨로 한 명이 내려왔다. 히로시마에서 왔다는 그녀는 헨로길은 처음인데, 올해는 갸쿠우치의 해라는 말을 듣고 멋모르고 갸쿠우치를 하고 있었다. 그녀는 마라톤을 오래 해서 체력에는 자신이 있었는데 헨로길 며칠 만에 '마라톤은 낭만적인 운동이었구나.' 를 깨달았다고 했다. 처음 헨로길에 나설 때는 아루키헨로를 하려고 했는데 3일 째 부터는 전차나 버스 같은 교통수단도 적당히 이용한다고 했다. 그녀를 보면서 내가 헨로를 막 시작했던 때를 떠올렸다. 오헨로 순례길이라는 것이 방송이나 책, 인터넷에 등장하는 것처럼 숭고한 구도의 길이라거나 재미있는 모험이라는 환상이 하나 둘 깨지기 시작하면서 생겨나는 내적인 갈등을 그녀도 겪고 있었다. 네고로지까지 함께 갔던 그녀는 참배를 마치고 예약해 둔 민박집을 찾아 마을로 내려갔다.

시로미네지부터 따라온 하얀 안개는 넓게 연결되어 네고로지까지 끊기지 않았다. 온통 하얀 안개에 둘러싸여 있었지만 네고로지는 다섯 개 봉우리 중 청봉(靑峯)에 위치한 절이다. 이 절은 지형의 의외성이 재미있었다. 보통의 사찰이 좌우 또는 상하의 지형에 직선으로 자리잡는데 반해 네고로지는 내려갔다가 다시 올라가는 작은 분지 모양의 땅에 자리잡고 있었다. 그래서 지루하지 않고 재미있다는 느낌을 준다. 네고로지라는 이름은 본존을 만드는데 사용한 나무의 향기가 좋아서 붙었다고 한다.

　네고로지에 들어설 때부터 비가 더욱 세차게 내리기 시작했다. 참배를 마치고는 뭔가 대책을 세워야 할 정도로 심각한 상태였다. 바가지로 퍼붓는 수준의 호우(豪雨)가 되어 있었기 때문이다. 시미즈상과 나는 이대로 80번 절 고쿠분지로 가는 것은 어렵다는 것에 동의했고 가장 가까운 곳에 있는 휴게소에서 짐을 풀자고 합의했다. 그렇게 해서 지나왔던 분기점 근처의 휴게소로 다시 이동했다.

휴게소로 되돌아가는 산길은 곤죽이 되어 거의 뻘밭이 되어 있었다. 거리상으로 1km가 되지 않는데 도착하는데 1시간이 걸렸다. 쉬어갈 때는 처마에서 잠시 비만 피하느라 몰랐는데 휴게소는 새로 지은듯 시설이 훌륭했다. 내부는 복층 구조로 되어 있었고 휴게소 아래에는 별도로 화장실과 수도 시설도 있었다.

이 휴게소는 <오색대 아이들의 마음을 전하는 곳(五色台子どもおもてなし処)>이라는 근사한 이름을 가지고 있다. 그 이름처럼 주변 지역의 아이들이 직접 만든 소품과 그림으로 내부장식을 꾸몄다. 또한 아이들이 용돈을 모아 헨로들을 위한 간식거리를 놓아두기도 해서 코끝이 찡했다. 아이들의 마음에 호응하듯 헨로들의 오사메후다가 벽과 천장에 빽빽하게 붙어 있었다. 나도 한 장을 더하고 방명록에 감사를 남겼다. 먼저 묵었던 헨로가 휴대용 뜸을 남겨두고 갔다. 시미즈상은 무릎에, 나는 발목에 뜸을 떴다. 너무 받기만 하는 것 같아 송구스러운 마음에 오셋타이로 받은 뿌리는 파스와 한국에서 가져온 바르는 파스를 다음 여행자를 위해 놓아두었다.

저녁 6시가 되기 전에 밤처럼 어두워졌다. 시미즈상은 1층에, 나는 2층에 자리를 잡고 얘기를 나누었다. 천장이 높아서 그런지 벽에 반사되어 돌아오는 목소리가 부드럽게 울렸다. 잠들기 전에 얼핏 빗소리가 잦아들었다는 느낌을 받았다. 지구의 중심으로 녹아 내리듯 한없이 깊은 잠을 잤다.

Day 38. 소비내역

우탕구라 숙박비 1,000엔

커피 100엔

소계 : 1,100엔

누계 : 107,776엔

Day 39. 6월 6일. 흐림
형님의 유언으로 헨로길에 나선 쿠즈야상

비가 그친 하늘이 반가운 아침이었다. 아직도 하늘에 구름은 잔뜩 걸려 있지만 무거운 비를 털어내고 조금은 가벼워져 있었다. 오전 6시, 출발 준비를 하고 있는데 시미즈상이 내 즈에에 관심을 보였다. 길고 단단해 좋아 보인다고 했다. 나는 시미즈상에게 즈에를 바꾸자고 했다.

어차피 결원 후에 사찰에 봉납할 계획이었기 때문에 나는 별로 상관이 없었다. 시미즈상은 앞으로도 5년에 한 번씩은 헨로길에 나선다고 하니 좋은 즈에는 나보다 그에게 더 필요할 것이다. 즈에를 바꾸고 즐거워하는 시미즈상을 보니 나도 기분이 좋았다.

　80번 절 고쿠분지로 가는 산길을 따라 남쪽으로 한 시간쯤 걸었더니 한 순간 시야가 트이고 다카마츠시(高松市)가 모습을 드러낸다. 고쿠분지는 저 아래 호숫가 근처에 있다.

　일본에서 고쿠분지라는 이름의 사찰은 덴노의 명에 의해 건립되었다고 보면 틀리는 경우가 거의 없다. 80번 절 고쿠분지 역시 쇼무덴노(성무천황, 聖武天皇 701년~756년)의 칙령으로 건립되었다고 전한다. 곧게 뻗은 참도와 길을 호위하듯 심은 소나무가 왕가의 권위를 은연중에 뽐내고 있는듯 도도하다. 내게 인상적이었던 것은 경내에 비가 내린 흔적이 별로 없었다는 것이다. 배수에 신경을 많이 써서 지은 것은 아닐까 추측해 보았다.

　고쿠분지는 납경소와 대사당이 하나의 건물을 공유하고 있는데 입구가 여닫이 알루미늄 문으로 되어 있어서 놀랐다. 고쿠분지라는 이름의 격에 맞지는 않아 보였지만 어떠한 사정이 있는지는 알 수 없었다.

참배를 마치고 납경소 앞 벤치에서 지도책을 보고 있는데 어제 잠시 함께 걸었던 히로시마에서 온 마라톤 헨로가 도착했다. 그녀는 어제 너무 힘들어서 오늘 아침 민박집을 나설 때까지 포기할까 말까 고민하다 나왔다고 한다. 이후에 그녀를 다시 마주칠 일은 없었지만 건강하게 결원 했기를 바란다.

시미즈상과도 고쿠분지에서 인사를 했다. 헨로길 순례를 할 때마다 그가 꼭 묵어가는 젠콘야도가 있는데 여기서 멀지 않기 때문에 천천히 가면 된다고 했다. 원래는 어제 묵을 예정이었는데 폭우 때문에 일정이 조금 어긋난 것이다. 젠콘야도 때문이 아니라도 그는 무릎이 완전치 않기 때문에 나와 페이스를 맞추려면 서로 힘들 것이었다. 시미즈상은 활짝 웃으며 오늘 푹 쉬고 내일부터 서둘러서 따라잡겠다고 말했다. 다시 만나지 못할지도 모르니 연락처를 교환하고 내가 먼저 길을 나섰다.

83번 절 이치노미야지 가는 길에 우동집에서 아침을 먹었다. 어제 산 속에서 예정에 없던 숙박을 하는 바람에 먹거리가 없어서 휴게소의 초콜릿과 과자 몇 개로 버텼더니 뱃가죽에 등이 달라붙기 직전이었다. 우동 한 그릇에 단호박튀김과 가지튀김이 다 해서 330엔이었다. 배를 채우고 나와 이번에는 부족한 카페인을 채우기 위해 편의점으로 들어갔다. 커피만 마시려고 했는데 주먹밥이 맛있어 보여 하나를 집어 들었다. 밥 배와 면(麺) 배는 따로 있는 법이었다.

83번 절 이치노미야지는 전차역에서 가까운 시내에 있는 절이다. 참배를 할 때는 몰랐고 나중에 자료를 통해 알게 되었는데 본당 앞에 지옥으로 통한다고 하는 구멍이 있어서 지옥 불가마의 소리를 들을 수 있다고 한다. 다른 헨로들도 무심하게 참배만 하던 것을 보면 그다지 유명하지 않은것 같다. 그래도 어쩐지 호기심이 남아 확인해보고 싶다는 생각이다. 유명하지는 않아도 진짜일 수도 있지 않을까?

　이치노미야지 벤치에 앉아 지도책을 보다가 문득 88번 절까지 이제 다섯 개 밖에 남지 않았음을 새삼스레 깨달 았다. 대략 1,200km라고 하는 헨로길을 1,100km 정도 주파한 셈이었다. 어느새 시간이 많이 흘렀구나 싶었다. 시간은 무심하게도 차곡차곡 쌓였지만 마음의 공력은 그 렇지 못한 것 같아 조금 후회가 되었다. 잠시 앉아 땅을 바라보았다. 갑자기 형용하기 어려운 감정에 휩싸여 주변 의 시공간이 멈춘 것 같은 기분이 되었다. 그러다 어느 순 간 퍼뜩 이런 생각이 떠올랐다. 마음의 공력은 쌓지 못했 지만 그래도 재미있었다! 스르르.. 멈추었던 시공간이 다 시 움직이기 시작했다. 지금은 지난 시간을 돌아볼 때가 아니라 다가올 시간을 맞이해야 하는 시간이었다.

　84번 절 야지마지(옥도사, 屋島寺)는 약 20km 거리 밖에 있었다. 산 속에 있는 절이기 때문에 오늘 중으로 참배를 하고 내려오기에는 시간이 빠듯했다. 무리하 지 않고 주변의 숙박업소를 이용하기로 했다. 야지마지 주변 마을에는 호텔이나 민박이 적지 않게 분포하고 있었기 때문에 적당한 곳을 선택하면 될 것이다.

　이치노미야지를 떠나 한 시간을 조금 넘게 걸었더니 주택가 맨션건물 1층에 문 을 열어둔 헨로휴게소가 있었다. 사람은 없지만 쉬어가도 되는 것 같아 배낭을 내려두고 앉았다. 잠시 쉬고 있는데 지나가는 동네 아저씨가 내게 말을 걸어왔 다.

　"오헨로상, 주인 할머니 없는가?"

　"네, 아무도 안 계시네요.. 잠시 쉬어도 되나요?"

　"그럼, 내가 주인 할머니 불러줄게. 앉아 있어."

　아저씨는 총총걸음으로 어디론가 사라졌고 잠시 후에 주인 할머니가 나타났다. 할머니는 여기서 오래 젠콘야도를 운영하고 있다고 했다. 외국 사람들도 많이 온 다며 지난 몇 년치의 방명록을 꺼내 펼쳤다. 수 년 전에 들렀던 헨로들의 특징을 정확하게 기억해내고 설명해 주셨다. 벽에 붙여둔 신문 기사 등의 내용도 요약해 서 알려주시며 열성적이었다. 할머니와 얘기를 나누다가 이곳이 하기모리상이 추천했던 하야시(林) 젠콘야도라는 것을 알게 되었다. 아마 할머니가 하야시상 일 것이다. 할머니의 권유에 나도 분위기를 타서 방명록을 적어두었다. 할머니는 몇 년 후에도 나를 기억해 주실까? 다시 오게 되면 확인해 볼 일이다.

　할머니와 얘기를 나누는 사이 한 시간이 훌쩍 흘렀다. 어느새 시간이 오후 2시 를 향하고 있었다. 이제 일어나려고 하는데 시미즈상이 도착했다. 시미즈상이 오 늘 예약해 두었다는, 헨로길에 나설 때마다 꼭 묵어간다는 젠콘야도가 바로 이곳 이었던 것이다.

"어? 내가 벌써 따라잡은 거야?"

"그러게요. 제가 여기 오래 있어서 그런가 봐요."

시미즈상은 익숙한 듯 주인할머니와 인사를 나누었다. 두 분은 모자지간처럼 친근한 사이였다. 시골 할머니댁 같은 포근함에 나도 묵어가기를 청해볼까 싶었지만 그만두었다. 젠콘야도라고는 해도 미리 전화를 해서 예약을 하지 않으면 주인장에게는 부담이 될 수도 있기 때문이다. 피치 못할 상황이 아니라면 그렇게 하고 싶지는 않았다. 주인 할머니와 시미즈상에게 인사를 하고 다시 길을 나섰다. 길을 나서 10분쯤 걸었을 무렵 작은 오토바이 한 대가 내 옆에 멈추었다. 헬멧을 벗은 운전자는 머리가 하얀 할머니였다. 그녀는 내게 오셋타이라며 200엔을 건네주고 떠났다. 멀어지는 오토바이를 향해 인사를 드렸다.

하야시 젠콘야도에서 다과를 대접받기는 했지만 점심을 먹지 않았더니 배가 고팠다. 길가에 보이는 편의점에 들어가 카레라이스를 먹으며 적당한 숙소를 물색했다. 오후 4시에 가까운 시간이었기 때문에 슬슬 결정해야 했다. 그러는 중에 아루키헨로 한 명이 편의점에 들어와 도시락을 사서 내 옆자리에 앉았다. 지도책 뒤에 실린 숙박업소 전화번호를 찾는 나를 보고 그가 먼저 말을 걸어왔다. 쿠즈야(葛谷)상과의 인연은 이렇게 시작되었다.

"숙소 찾는 거예요?"

"네, 야지마치 근처로 적당한 곳을 찾아보려구요. 여기 야지마로얄호텔이 괜찮아 보여서 전화해 보려고 합니다."

"정말? 나도 오늘 거기 예약했어요."

쿠즈야상은 자신의 휴대폰을 빌려주었다. 예약을 마치고 쿠즈야상과 함께 걸었다. 오후 5시가 조금 넘어 호텔에 체크인을 했다.

쿠즈야상이 저녁을 함께 먹자고 해서 젖은 옷가지를 세탁한 뒤 저녁 7시에 로비에서 다시 만났다. 먹고 싶은 것이 있냐고 묻기에 아무거나 괜찮다고 했더니 이자까야에서 식사 겸 간단히 한 잔 하겠냐는 제안을 했다. 나는 좋다고 대답했고 쿠즈야상은 로비의 직원에게 이자까야를 추천해 달라고 요청했다.

쿠즈야상은 일본 도요타자동차 관련 업체에서 얼마 전에 정년퇴직을 했다고 한다. 가족은 부인과 딸이 네 명. 헨로길에 나선 것은 사연이 있었는데, 쿠즈야상의 형님이 작년에 돌아가시면서 자신을 대신해서 순례를 부탁했다고 한다. 돌아가신 형님의 유언으로 헨로길에 나선 것이다. 쿠즈야상과는 이야기가 잘 통하는 편이었다. 즐겁게 마시고 조금 취해서 호텔로 돌아왔다. 취기에 금세 잠이 들었다.

Day 39. 소비내역

커피, 주먹밥 210엔

우동, 튀김 330엔

커피 100엔

점심식사(편의점 카레라이스) 295엔

숙박비(야지마 로얄호텔, 선불) 5,040엔

세탁 200엔

오토바이 할머니 오셋타이 -200엔

소계 : 5,975엔

누계 : 113,751엔

Day 40. 6월 7일. 비
최악의 폭우

지난 밤의 숙취를 안고 아침에 조금 늦게 일어났다. 오전 7시 30분에 쿠즈야상과 로비에서 만나 아침을 먹기로 했다. 호텔 조식은 간단한 샐러드와 빵 정도였다. 식당의 창 밖으로 비가 내리고 있었다. 어제 세탁을 뭐하러 했나 싶다. 쿠즈야상은 오전 9시쯤 출발한다고 했고 나는 30분 정도 일찍 출발했다. 다시 만나게 될지 알 수 없으니 일단 오사메후다와 연락처를 교환하고 인사를 했다. 체크아웃을 하고 길에 나서는 것과 거의 동시에 비가 굵어지며 바람이 거세지기 시작했다. 등굣길의 아이들이 노랑 우산을 기울여 바람에 맞서는 것이 보였다.

배낭에 레인커버만 씌우고 비옷은 입지 않고 나왔는데 금세 비에 젖어버렸다. 길가의 등나무 벤치에서 비를 맞으며 비옷을 꺼내 입고 슬리퍼로 갈아 신었다. 바람의 흐름을 타고 빗줄기가 약해지지 않을까 싶어 조금 기다려 봤는데 점점 기센 비가 되어갈 뿐이었다. 어느 순간 기대를 접고 조금이라도 빨리 절에 도착해야 한다는 논리가 머릿속에서 확립되었다.

야지마지로 오르는 길은 상당히 경사가 가파른 길이었다. 경사가 급한 것과 비례하여 비가 흘러내리는 속도도 빨랐다. 절에 도착했을 때는 이미 폭우가 한창 위세를 부리고 있었다. 최악이다.

야지마지는 따로 보물관(寶物館)을 두고 있을 정도로 규모가 상당히 큰 절이었다. 관광지로도 유명해서 항상 붐빈다고 하지만 이런 날씨에 절을 찾을 관광객은 당연히 없었다. 거대한 사찰 경내가 온전히 나만의 공간이 되었다. 비는 잠시 잊고 이곳 저곳을 돌아다니며 사진을 찍었다. 본당 옆에 커다란 너구리 석상이 입구를 지키고 있는 신사(神社)가 있었는데 들어가 살펴볼 여유는 없었다. 참배를 마치고 하늘을 올려다 보니 오전 시간임에도 저녁처럼 어두웠다. 기다려도 그칠 비가 아니었다.

야지마지에서 나와 삼문 처마에서 지도책을 펼쳐 보고 있는데 쿠즈야상이 올라왔다. 비가 그칠까 싶어 지체한 결과 늦게 출발한 쿠즈야상이 나를 따라잡은 것이었다. 다시 함께 걷기로 하고 쿠즈야상이 참배를 마칠 때까지 기다렸다. 쿠즈야상과 함께 내려오는 길에 야지마지로 올라오고 있는 시미즈상과 만났다. 그는 아침 일찍 출발했다고 했다. 빗 속이라 간단히 인사만 하고 다시 헤어졌다.

85번 절 야구리지(팔율사, 八栗寺)는 작은 항구를 사이에 끼고 야지마지를 반대편에서 바라보고 있다. 즉 야구리지에 가려면 야지마지에서 내려와서 강 하구와 바다가 교차하는 항구를 건너 다시 산을 올라야 하는 것이다. 거리상으로는 6km 정도이지만 폭우 속에 걷기엔 만만치 않은 거리였다. 야구리지는 산 아래에서 절까지 연결하는 케이블카도 다닌다.

야지마지를 내려와 마을을 걷는데 쿠즈야상이 내게 편의점에 가자고 했다. 나는 그가 무언가 필요한 것이 있나 싶었는데 내게 새 비옷을 사주려고 한 것이었다. 사실 내비옷은 찢어질 듯 얇은 비닐로 된 도시용이다. 헨로길 내내 많이 사용해서 이미 찢어진 곳도 있고 앞섶을 여미는 단추도 뜯겨나가 있었다. 괜찮다고 사양했지만 쿠즈야상은 기어코 내게 하얀 새 비옷을 안겨주었다.

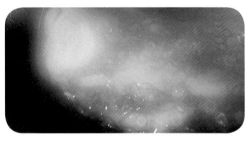

점심시간이 되었는데 쿠즈야상이 주변에 유명한 우동집이 있다고 해서 찾아갔다. 커다란 면(麵)공장을 함께 운영하는 우동집이었는데 궂은 날씨에도 손님들이 줄을 선 집이었다. 뜨끈한 국물이 몸을 녹여주니 몸이 풀리는 기분이었다. 쿠즈야상은 우동도 사주겠다고 했는데 밥값까지 받기에는 송구스러웠다. 우동 값은 내가 치르겠다고 고집을 부렸더니 쿠즈야상이 그러면 내 우동 값의 절반인 250엔만 내라고 하셨다. 외국에서 일부러 일본에 찾아와 준 손님이니 그 이상은 양보할 수 없다고 그도 고집을 부렸다. 못이기는 척 250엔을 냈다.

　85번 절 야구리지는 원래 야구니지(팔국사, 八国寺)였는데 당나라 유학을 앞둔 고보다이시가 여덟 개의 구운 밤을 사찰 주변의 땅에 심고 차후에 당나라에서 돌아와 보니 구운 밤 여덟 개가 싹을 틔워 밤나무로 자라났다고 해서 사찰명도 여덟 개의 밤을 뜻하는 야구리지로 바뀌었다고 한다.

　야구리지에 도착할 무렵에 드디어 비가 조금씩 잦아들었다. 참배를 마칠 즈음에는 확연히 가늘어진 빗줄기를 느낄 수 있었다. 어쩌면 오늘 비가 완전히 그치지 않을까 기대를 하며 86번 절 시도지(지도사, 志度寺)를 향해 산을 내려왔다.

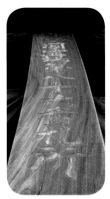

　86번 절 시도지는 세토내해의 시도만(志度湾)을 면한 바닷마을에 자리잡은 절
이다. 마을의 해녀와 관련된 창건 전설이 전해지고 있어서 그런지 마을 사람들이
시도지를 친근하게 느끼고 있다고 한다. 우리가 도착했을 때에도 마을의 아주머
니 한 분이 절에서 나오고 있었고 경내에도 헨로보다 평상복 차림의 마을 주민들
이 많았다.

　쿠즈야상과 참배를 마치고 납경소 내의 휴게소에서 한숨을 돌렸다. 오후 4시가
가까웠는데 87번 절 나가오지(장미사, 長尾寺)까지의 거리는 7km가 남았다. 지
도책을 보니 중간에 적당한 숙소는 없는 것 같아서 나는 오늘 시도지 주변에서
숙박을 정하기로 했다. 쿠즈야상은 나가오지 주변의 숙소에 미리 예약을 해두었
기 때문에 조금 더 가기로 했다. 쿠즈야상과 나는 내일 헨로증명서를 발급해 준
다는 <헨로교류살롱>에서 만나기로 하고 헤어졌다.

시도지 주변 숙소 중에 타이야료칸이라는 곳에 자리를 잡았다. 식사제공을 하지 않는 스도마리가 3,000엔이었다. 어제 빨았던 옷가지들이 모조리 젖어버렸다. 거기까지는 예상을 했는데 비닐봉투에 넣어 두었던 메모노트와 오사메후다 등 배낭 안의 모든 물품이 물에 젖어 있었다. 한나절 내린 비였지만 기세는 가장 강했던 탓이다. 물건을 모두 꺼내어 말려두고 마을로 나왔다. 우동집에서 카레우동과 튀김을 먹고 자기 전에 배가 고플 것 같아서 마트에서 도시락과 스시를 더 샀다. 우동을 먹는 사이에 비가 완전히 그쳤다. 구름이 걷히고 거짓말처럼 파란 하늘이 모습을 드러내고 있었다. 야속하기도 했지만 최악의 폭우 속에서 함께 걸었기 때문에 쿠즈야상과의 동행은 오랫동안 잊지 못할 것이다.

숙소로 돌아와 하루를 정리했다. 물건을 말리기 위해 에어컨을 틀어두고 주인장에게 목욕을 부탁했다. 료칸이라서 욕탕은 공용이었다. 목욕 준비가 되었다는 주인장의 알림을 받고 몸을 뜨겁게 덥히고 돌아오니 다시 배가 고팠다. 마트에서 사 온 도시락과 스시를 먹고 일찍 잠이 들었다. 오늘처럼 폭우를 만나지 않는다면 내일은 드디어 88번 절에 도착할 것이다.

Day 40. 소비내역

커피, 빵 203엔

간식(차와 센베, 미치노에키에서 쿠즈야상과 먹음) 180엔

점심식사(우동) 250엔

저녁식사(우동, 튀김) 550엔

도시락, 스시, 음료 등 800엔

소계 : 1,983엔

누계 : 115,734엔

Day 41. 6월 8일. 맑은 뒤 흐림
나비의 낮, 반딧불이의 밤

오전 5시 30분에 일어나자마자 바깥 공기를 살폈다. 감격스럽게도 맑은 하늘이
다. 밤새 널어둔 옷가지와 물건들도 물기를 모두 털어내고 바짝 말라 있었다. 메
모노트 등 종이류는 재질이 변성을 겪었지만 어쩔 수 없었다. 오전 6시 30분 체
크아웃을 마치고 출발했다.

한 시간 정도 걷고 첫 휴게소를 만났다. 아기자기하게 꾸
며둔 휴게소였는데 사각형 창살이 예뻤다. 앉아 있는데 저
멀리서 익숙한 실루엣이 나타났다. 시미즈상이 걸어오고 있
었다. 하루 만의 재회였다. 반바지를 입고 있었는데 무릎 보
호대를 하고 있기에 괜찮으냐고 했더니 조금 시큰거리지만
견딜만하다고 했다. 시미즈상과 함께 걷다가 88번 절 오쿠
보지(대와사, 大窪寺)를 가리키는 이정표를 발견했다. 처음
으로 88번 절을 알리는 물리적인 징표를 접하니 조금 울컥
했다. 오늘 중으로 도착할 것이라는 사실이 새삼스럽게 실
감나기 시작했다.

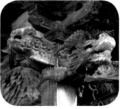

  87번 절 나가오지는 땅으로 낮게 깔린 듯한 첫인상을 안겨주었다. 어째서 그런
가 생각해보니 첫째, 평평한 대지에 자리잡고 있어서 건물들의 높낮이가 크게 다
르지 않고 둘째, 시야에 산이 들어오지 않아 하늘이 유난히 높아 보이기 때문이
아닐까 싶었다. 삼문을 들어서면 오른쪽으로 수령 약 800년의 녹나무가 풍성한
그늘을 드리우고 있다. 나무 아래의 분홍색 벤치에 배낭을 놓아두고 참배를 했
다. 남은 사찰이 하나밖에 없어서 그런지 시미즈상은 더욱 간절하게 참배를 드리
는 것 같았다. 날씨가 흐려지는 것 같아 걱정을 했는데 시미즈상이 일기예보에
비는 없었다는 말을 해주었다. 충분히 쉬고 마지막 사찰 오쿠보지를 향해 발걸음
을 옮겼다.

오전 10시 10분경에 <헨로교류살롱>에 도착했다. 이 곳은 88번 절 오쿠보지로 올라가는 두 개의 길이 갈라지는 지점이기도 하다. 뇨타이산을 넘어가는 산길과, 3번 도로와 377번 도로를 거쳐서 돌아가는 길로 나뉜다. 무엇보다 이 곳에서는 결원을 증명하는 <시코쿠 88개소 헨로 대사 임명서>를 발급해준다. 아무런 효력도 없는 종이 한 장일 뿐이지만 내게는 좋은 기념 선물이 되었다. 작은 배지와 CD 한 장을 임명서와 함께 받았다. 덤으로 지역 주민이 만들어서 기증했다는 파우치도 하나 따라왔다.

그리고 쿠즈야상이 기다리고 있었다. 30분 전에 도착했다고 하는데 마지막으로 내 얼굴을 보려고 기다렸다고 했다. 그는 예약해 둔 기차시간 때문에 오쿠보지 앞에서 1시 51분 버스 막차를 타야 한다고 했다. 오쿠보지로 올라가는 시간을 생각하면 늦을 수도 있을 것이었다. 일정이 있음에도 쿠즈야상이 일부러 기다려주어서 가슴 한 구석이 찡했다. 결원 명부에 쿠즈야상 다음으로 이름을 적었다. 헨로길의 끝 무렵에 친구가 되어준 쿠즈야상과 시미즈상이 내 앞뒤로 명부에 이름을 올린 것을 보니 뿌듯했다. 버스시간에 맞추기 위해서 쿠즈야상은 먼저 출발했다. 언젠가 꼭 다시 보자는 인사를 하고 그를 배웅하는데 눈가에 눈물이 핑 돌았다.

헨로교류살롱 한 켠에는 전시관이 마련되어 있어서 옛 헨로들의 순례를 상상해 볼 수 있었다. 30분 정도 둘러보고 오전 11시가 되어 나도 길을 나섰다. 시미즈상은 무릎 사정을 고려해서 돌아가는 길을 택했고 나는 뇨타이산을 넘어가는 길을 택했다. 시미즈상과도 작별 인사를 나누었다. 그에게도 언젠가 꼭 다시 보자는 인사를 했다. 무뚝뚝한 시미즈상도 얼핏 눈가에 그리움을 드러냈다.

쿠즈야상과 시미즈상을 보내고 1번 절에서 출발할 때처럼 다시 혼자가 되어 길에 남았다. 헨로교류살롱 앞에 세워진 '결원의 길'이라고 쓰인 비석을 한동안 바라보았다. 결원 후에는 무엇이 기다리고 있을까? 이제는 그것을 확인해야 하는 시간이다.

　뇨타이산을 오르는 산길은 하천을 따라 완만하게 시작된다. 하지만 오쿠보지를 4.3km 남겨둔 지점에서부터 경사가 급격하게 변한다. 정상 부근에 이르면 일본에서는 흔치 않은 커다란 바위를 타고 올라가야 하는 길을 만난다. 마치 관악산이나 북한산 같은 바위산 구간이었다. 두 시간 가량 열심히 오르면 해발 776미터를 표시한 이정표와 그 옆의 휴게소가 뇨타이산 정상에 올랐음을 알려준다. 시미즈상이 말했던 것처럼 뇨타이산의 경치는 황홀했다. 첫 헨로길에서 빠뜨려서는 안 되는 구간이라는 말의 의미를 수긍할 수 밖에 없었다. 휴게소 테이블 위에 은색의 사각 양철통이 있고 그 안에 방명록이 들어 있었다. 길에서 만난 모든 사람들에게 감사의 마음을 담아 방명록을 적었다. 좋았던 기억을 선사해준 사람들은 물론 불편한 기억을 안겨준 사람들에게도 고마움을 전하고 싶었다. 길에서 만난

모두에게 빚지고 있다는 생각이 들었기 때문이다. 정상에서의 휴식 뒤에 오쿠보지를 향해 내려간다. 오쿠보지는 해발 445미터에 위치하고 있으니 약 330미터를 내려가는 것이다.

오후 1시 45분에 드디어 시코쿠 헨로길의 마지막 사찰 88번 절 오쿠보지에 도착했다. 산길을 걸어온 탓에 삼문이 아닌 절의 뒤쪽에 난 작은 오솔길을 통해 경내에 들어섰다. 웅장한 삼림을 짊어진 형태의 사찰이 결원까지 무사히 걸어온 헨로를 따뜻하게 보듬어 주는 듯한 느낌을 받았다.

본당 옆에는 결원한 헨로들이 봉납한 즈에와 스게가사가 모여 있었다. 마지막 절 오쿠보지에서만 볼 수 있는 모습이었다. 우선 본당을 참배하고 대사당으로 가기 전에 잠시 벤치에 앉았다. 감개무량(感慨無量)이라는 감정이 이런 것일까? 무엇인가 가슴 속에서 꿈틀대며 심장을 조금 더 빠르게 뛰도록 추가적인 에너지를 공급하는 것 같았다.

金剛杖・菅笠等
奉納される方は
納経所へお申し出下さい

이 때 신비한 일이 벌어졌다. 본당과 내가 앉아 있던 벤치 사이의 공터에 갑자기 수많은 나비떼가 몰려와 군무(群舞)를 보여주었다. 마치 나의 결원을 축하하는 나비들의 오셋타이를 보는 것 같았다. 알 수 없는, 또는 알 것 같은 감정들이 뒤섞여 눈물이 되어 흘렀다. 슬픔의 눈물도 기쁨의 눈물도 아니었다. 내가 겪어보지 못했던 종류의, 그래서 서먹한 감정의 눈물이었다. 평생 처음 겪는 마음의 요동이었다. 춤추는 나비들을 바라보며 감정의 흐름에 잠시 몸을 맡겨 두었다. 조금 진정이 된 후에 사진을 몇 장 찍을 수 있었다. 언제나처럼 카메라는 사람의 마음을 온전히 그리지 못했다. 흙바닥 위의 나비 몇 마리를 어렵게 포착했을 뿐이다. 십 여 분을 마당에서 놀던 나비떼는 순식간에 어디론가 사라졌다. 나비의 공연이 끝나고 벤치에 앉아 잠시 눈을 감았다. 아무도 모른다. 지금의 나를. 아무것도 모른다. 나는.

마음을 추스르고 참배를 마저 끝냈다. 오쿠보지 대사당의 지하에는 88개 사찰의 본존을 모두 모아둔 공간이 있다고 하는데 가지 않았다. 1번 절부터 해왔던 대로 본당과 대사당에 예를 표하는 것으로 족하다고 생각했다. 삼문으로 나와 계단을 내려왔다. 계단 아래서 삼문을 뒤돌아 보았다. 거기에 있었다.

오쿠보지 앞에는 상점이 몇 군데 들어선 작은 거리가 있었다. 어떤 곳인지 슬쩍 둘러보고 한 식당으로 들어갔다. 무엇을 먹을지는 미리 정해두고 있었다. 시미즈상이 결원 후에는 꼭 우치코미우동(打ち込みうどん)을 먹어야 한다고 했기 때문이다. 각종 채소와 고기가 듬뿍 들어 있어서 기력을 소진한 헨로들의 원기를 북돋아 준다고 추천해 주었다. 식당은 특산품 가게와 우동가게가 절반씩 공간을 나누어 쓰는데 형형색색의 색감이 번잡스럽지 않아 보였다. 시미즈상의 말대로 우치코미우동은 일반적인 우동과는 달랐다. 전형적인 깔끔한 우동 국물이 아니라 재료에서 우러난 육수에 면의 전분 성분이 더해진 진한 국물 맛이 일품이었다. 면과 재료를 함께 끓이는 칼국수를 떠오르게 하는 맛이었다.

배를 채우고 나서야 쿠즈야상이 버스를 잘 탔는지 궁금해졌다. 오후 1시 51분 버스라고 했으니 내가 도착해서 바로 내려왔으면 만날 수 있었을지도 모를 것이었다. 하지만 헨로교류살롱에서 작별인사를 했으니 아쉬움은 없었다. 일상으로 돌아가서 연락을 해볼 생각이다. (서울로 돌아와 한 달쯤 뒤에 연락을 했다. 쿠즈야상도 시미즈상도 잘 지낸다고 했다.)

헨로길을 걷다 보면 '결원(結願)'의 정의가 헨로마다 다르다. 크게 네 가지로 나눌 수 있는데,

'첫째, 1번 사찰에서 88번 사찰까지 참배를 마치는 것.'

'둘째, 1번 사찰에서 88번 사찰까지 참배 후 다시 1번 사찰까지 돌아오는 것.'

'셋째, 1번 사찰에서 88번 사찰까지 참배 후 고야산까지 가는 것.'

'넷째, 1번 사찰에서 88번 사찰까지 참배 후 다시 1번 사찰까지 돌아온 뒤 고야산까지 가는 것.'이다.

나는 두 번째를 택했다. 길의 시작이었던 1번 사찰로 돌아가면 환형(環形)의 헨로길이 완성되는 것이 마음에 들었다. 끊어지지 않고 어디가 시작인지 어디가 끝인지 알 수 없는 둥근 고리모양이 불교의 가르침과 가장 가까운 헨로길의 형태가 아닐까 싶었다. 그래서 오쿠보지에서 즈에를 봉납하지 않았다. 하루를 더 걸어 출발지점이었던 1번 절 료젠지로 돌아가 나의 길을 완성할 것이다. 고야산에는 나중에 따로 가 볼 생각이다.

우동을 먹고 주인장에게 료젠지로 가는 길을 물었다. 주인장은 인쇄된 주변 지도를 주며 길을 알려주었다. 나처럼 료젠지로 돌아가 순례를 끝내는 헨로들이 좀 있는 모양이다. 우동값을 치르고 가게를 나서는데 주방에서 아주머니가 나오더니 주먹밥 하나를 손에 쥐어주었다. 주먹밥에 넣은 절인 양하(蘘荷)의 보랏빛이 깊었다.

377번 도로를 따라 두 시간 정도 길을 걸으니 도쿠시마현을 알리는 이정표가 나타났다. 갈림길에서 2번 도로를 택해 남쪽으로 걷다가 저녁이 되어 이와노터널(岩野トンネル) 입구의 작은 자동차 휴게소 겸 버스정류장에서 마지막 노숙을 하려고 자리를 잡았다. 양쪽으로 산을 거느린 계곡지형이라 오후 8시가 못되어 깜깜해졌다.

침낭 속에 들어가 잠을 청하려는데 뭔가 반짝이는 것이 시야에 들어왔다가 사라졌다. '뭐지?' 왠지 모르게 조금 무서워져서 가만히 숨을 죽였다. 내가 잘못 본 것이기를 바랐다. 그런데 잘못 본 것이 아니었다. 다시 한 번 하얀 불빛이 보였다. 불빛은 바람에 흔들리듯 흐르다가 천천히 사라졌다. 무서운 것이 아니라 반딧불이었다. 벌떡 몸을 일으켜 침낭을 걷어냈다. 일어나서 사방을 둘러보니 곳곳에 반짝이는 작은 반딧불이들이 날아다녔다. 오쿠보지에서 보았던 나비들처럼 이번에는 반딧불이들이 결원을 축하해 주는 것 같았다. 녀석들은 벤치 뒤 작은 풀섶에 많았다. 마치 전기가 필요 없는 크리스마스트리를 놓아둔 것처럼 여기저기서 반짝반짝 빛나는 쌀알 모양의 빛이 공중을 떠다니고 있었다. 어둠에 익숙해진 눈은 더 많은 반딧불이를 찾아냈다. 길 건너편의 산에서도 군데군데 작은 별처럼 빛나는 반딧불이들이 보였다. 풀섶 아래를 흐르는 개천의 물소리에 맞추어 반딧불이가 반짝이며 춤을 추었다. 이 순간 나는 아름다운 동화 속 세상에 존재하고 있었다. 너무 좋아서 코끝이 찡했다. 카메라로 나비의 군무는 흔적이라도 남길 수 있었지만, 반딧불이는 단 한 마리도 담아낼 수 없었다. 수 십 번 설정을 조절해서 셔터를 눌러봐도 LCD액정은 그저 까만 화면만을 출력했다. 사진은 포기하고 눈으로 담았다. 기억하고 잊지 않으면 그것으로 충분할 것이다.

Day 41. 소비내역

숙박비(타이야료칸) 3,000엔

빵, 커피(편의점에서 시미즈상과 함께 마심) 408엔

우치코미우동 850엔

담배 290엔

소계 : 4,548엔

누계 : 120,282엔

Day 42. 6월 9일. 흐린 뒤 맑음
잘 가요. 그리고 또 봐요. 나는 계속 걷고 있을테니

오전 6시가 조금 넘어 마지막 길에 섰다. 지도를 보니 2번 도로를 따라 5km쯤 걷다가 동쪽으로 방향을 틀면 10번 절 기리하타지 주변으로 진입하게 된다. 날씨는 조금 흐리지만 비는 내리지 않을 것 같았다.

한 시간 삼십 분 정도 걸었을 때 노견(路肩)에 무언가 이질적인 물체가 떨어져 있는 것을 보았다. 다가가 살펴보니 작은 새 한 마리가 죽어 있었다. 박새 계열의 새로 보이지만 이름은 알지 못했다. 차에 깔린 것 같지는 않은데 무언가 잘못 먹은 것일까? 녀석을 보고 있자니 지금 나의 처지와 비슷한 것 같았다. 오헨로 순례를 삶의 압축이라고 한다면 나는 오늘 태어난 곳으로 돌아가 소멸할 것이었다. 석가모니 부처는 열반하실 때 제자 아난다에게 슬퍼하지 말라고 했다. 영원히 그대로 있는 것은 없으니 끊임없이 정진해야 할 뿐이라고 했다. 작은 새 한 마리는 소멸하였지만 어디선가 새로이 태어나기를 기원했다. 그리고 슬퍼하지 않기로 했다. 서울에 돌아오고 나서 한 가지 후회가 남았다. 녀석을 다른 곳으로 옮겨 묻어 주었으면 좋았다는 생각이 들어서다. 어째서인지 그 때는 그런 생각을 하지 못했다. 그래서 사진을 볼 때마다 마음 한 켠이 시리다.

점점 낯익은 길이 되었다. 기리하타지 주변에 도착한 것이다. 사십 일 전에 지나간 길이지만 기억에 남아 있었다. 편의점에서 컵라면으로 아침을 해결하고 점심 때까지 계속 걸었다. 점심으로는 동네 식당에서 우동과 카레, 크로켓 세트를 먹고 또 걸었다. 마지막이라고 생각하니 걷는 것이 아쉽고 한편으로는 좋았다.

오후 1시가 되어 길 건너편에 눈에 익은 건물이 보였다. 첫째 날, 호시야마상 부부가 내게 점심을 사주었던 그 식당이었다. 잠시 서서 바라보고 있는데 건너편에서 지나가던 헨로가 손을 흔들며 인사를 해온다. 나도 손을 흔들어 답례를 했다. 조금 더 가서 호시야마상 부부를 처음 만났던 헨로휴게소를 찾았다. 아기헨로에게 처음 손을 내밀어 주었던 호시야마상과의 인연이 새삼 고맙게 다가왔다. 어느새 추억에 젖어 입꼬리가 살짝 올라간 나를 발견했다.

오후 3시 경에 드디어 1번 절 료젠지에 다시 돌아왔다. 료젠지는 여전히 영업이 잘 되고 있었다. 아루키헨로와 단체헨로들이 경내를 소리 없이 왁자지껄하게 점령하고 있었다. 마지막으로 참배를 하고 사무소의 보살에게 즈에를 봉납했다. 보살은 처음에 료젠지는 즈에를 봉납받지 않는다고 했는데, 내가 외국인이라 가지고 돌아가기가 곤란하다고 하자 봉납을 받아주었다.

오래 쥐고 있던 즈에를 손에서 놓으니 한편으로 허전하기도 하고 다른 한편으로는 정말로 순례가 끝났다는 실감이 났다. 물끄러미 즈에 커버와 방울을 바라보았다. 이렇게 끝인가? 조금 허탈한 기분이 되었다. 순례를 마치면 뭔가 극적인 변화가 있을 것이라는 기대감을 품고 있었음을 고백하지 않을 수 없었다. 물론 그런 일은 일어나지 않았다. 그런 것이다. 료젠지 삼문 앞에서 마지막으로 예를 표하고 돌아섰다. 료젠지의 마스코트 마네킹헨로가 배웅을 해주었다.

JR반도역에서 전차표를 사고 대합실에 앉아 전차를 기다렸다. 까맣게 탄 얼굴에 깡마른 중년의 사내가 손수레에 짐을 잔뜩 싣고 들어왔다. 한 눈에 직업헨로임을 알 수 있었다. 그가 먼저 내게 인사를 건넸다.

"안녕하시오, 헨로상. 결원하고 돌아가는 거요?"

"네, 40일 정도 걸렸네요. 이제 돌아갑니다."

"그래요. 잘 가요. 그리고 또 봐요. 나는 계속 걷고 있을테니."

사내는 알 듯 말 듯한 말을 남기고 화장실로 들어갔다. 나는 전차가 들어오는 소리를 듣고 개찰구로 들어갔다.

Day 42. 소비내역

아침식사(편의점) 352엔

물(자판기) 100엔

점심식사(정식) 680엔

커피 100엔

전차요금(JR반도역~JR도쿠시마역) 260엔

소계 : 1,492엔

누계 : 121,774엔

1일 평균 소비액 : 약 2,970엔

　덜컹거리는 전차에 앉아서 바라보는 풍경처럼 세상은 여전히 또렷하게 보이지 않았다. 어떤 순례여행자들의 책을 보면 여행 후에 세상이 아름답게 보인다거나, 내적으로 성장한 자신을 발견한다고 하는데 나는 그들의 수준에 이르지 못했다. 다만 희미하게 잡힐 듯 잡히지 않는 한 가지는 있었다. 꾹꾹 눌러 내딛는 고통스러운 한 걸음 한 걸음만이 결원에 이르는 단 하나의 방법이라는 건조한 사실이다. 조금 허탈하지만 그게 전부였다.

　어린 시절에 명절날 아침이면 꼭 TV에서 방영하던 이두호 작가 원작의 만화영화 <머털도사>라는 작품이 있었다.
　스승님은 머털이에게 허드렛일만 시키고 술법을 가르쳐주지 않았다. 조르고 졸라도 스승님은 머털이에게 아무것도 가르쳐주지 않았다. 어설픈 도술을 사용하면 스승님은 머털이를 호되게 나무랐다. 결국 스승님이 악당 왕질악 도사에게 죽임을 당하고 나서야 머털이는 허드렛일을 하는 과정을 통해서 이미 스승님이 모든 것을 가르쳐 주었다는 것을 깨닫게 된다. 어릴 때는 그저 재미있게 보았을 뿐이지만 곰곰이 생각해보면 모든 사람이 불성을 가지고 있다는 불교의 가르침과 잇닿아 있는 내용이다.

불자(佛者)들이 내면의 불성을 발현하기 위해 수행을 하듯 헨로들은 전 날의 피로가 채 풀리지 않은 몸으로 다시 길에 나서야 한다. 과정이다. 재미없는 허드렛일처럼 괴롭고 힘든 일이다. 하지만 길에 나서야만 과정을 만날 수 있다. 다른 방법은 존재하지 않는다.

오헨로 순례길에서 나의 과정은 호시야마상 부부, 히로이치 할아버지 부부, 잇큐 아저씨, 히로베, 알리아, 모리이, 사카에택시 사장님, 다나카, 벤트, 마르코스, 하기모리상, 가죽공방 아주머니, 무라노이에의 주인할머니, 가고시마상, 타다시와 아야카 커플, 사카다니상 부부, 게스트하우스의 재일교포 주인아저씨, 요시다 아주머니, 비즈니스호텔의 한류팬 주인아주머니, 니시가와상, 제이미, 시미즈상, 다케모토 아주머니, 우탕구라 주인 부부, 아다치상, 쿠즈야상, 원숭이와 뱀, 너구리, 나비, 반딧불이 등 각종 야생동물들 그리고 따뜻한 오셋타이로 여행자를 보듬어 준 모든 사람들과 소통하고 교류하면서 완성되었다. 그들이 있었기에 헨로길에서 보낸 시간이 빛날 수 있었다. 차곡차곡 쌓아 올린 과정의 결과가 결원이라는 형태로 드러났을 뿐이다. 결국 과정이 전부였다.

처음에는 결원이라는 목표를 보고 걸음을 시작했다.
결원을 하고서야 비로소 결원이라는 것이 무엇인지 정의하지 않았다는 것을 알았다. 결원은 오헨로 순례의 목표이지만 진정한 목표가 될 수 없는 목표일 것이다. 과정의 총합을 의미하는 개념일 뿐이기 때문이다. 그래서 결원이란 실제적이지 않고 체험적이지 않으며 동시에 허탈하다. 끊어짐 없이 흐르는 시간과 연속적인 공간을 살아가는 인간에게 멈춰있는 하나의 점으로써 목표라는 것은 무의미하다. 환희로 가득찬, 결원이라는 개념에 정지하는 것이 불가능하기 때문이다.

나는 시작부터 틀렸다. 결원을 위해 헨로길에 나서는 것이 아니라 걷기 위해 결원이라는 허상을 설정하는 것이다. 그 허상에 도달하면, 결원이라는 목표는 과정의 바다에 표류하는 작은 부표일 뿐이라는 것을 알아챘어야 했다. 애초에 결원은 끝이 아니었다. 고통의 삶 속에서 잠시 쉬어가는 휴게소였을 뿐이다. 잘 쉬었고, 그것으로 족하다. '잠시라도'라는 부사 하나는 잠시 가졌다. 곧 새로운 길에 나서야 한다.

무슨 말인지 모르겠다.
나는 덜컹거리는 전차에 앉아 있고 세상이 또렷하게 보이지 않는다.

‥ 참고도서

… 四国八十八ヶ所巡り
丸川賀世子　外、昭文社、2001
… 知識ゼロからの空海
福田亮成　監修、幻冬舎、2011
… ふらりおへんろ旅
田中ひろみ、西日本出版社、2010
… 空海入門
加藤精一、角川ソフィア文庫、2012
… 나의 문화유산 답사기 일본편1 규슈
– 빛은 한반도로부터, 유홍준, 창비, 2013
… 나의 문화유산 답사기 일본편2 아스카,나라
– 아스카 들판에 백제 꽃이 피었습니다
유홍준, 창비, 2013
… 나의 문화유산 답사기 일본편3 교토의 역사
– 오늘의 교토는 이렇게 만들어졌다
유홍준, 창비, 2014
… 나의 문화유산 답사기 일본편4 교토의 명소
– 그들에겐 내력이 있고 우리에겐 사연이 있다
유홍준, 창비, 2014
… 설마, 지금까지 잘못 살아온 건 아니겠지? 1권 / 2권
시마 타케히토 지음, 김부장 옮김, 애니북스, 2014
… "남자한테 차여서 시코쿠라니"
김지영, 책세상, 2009

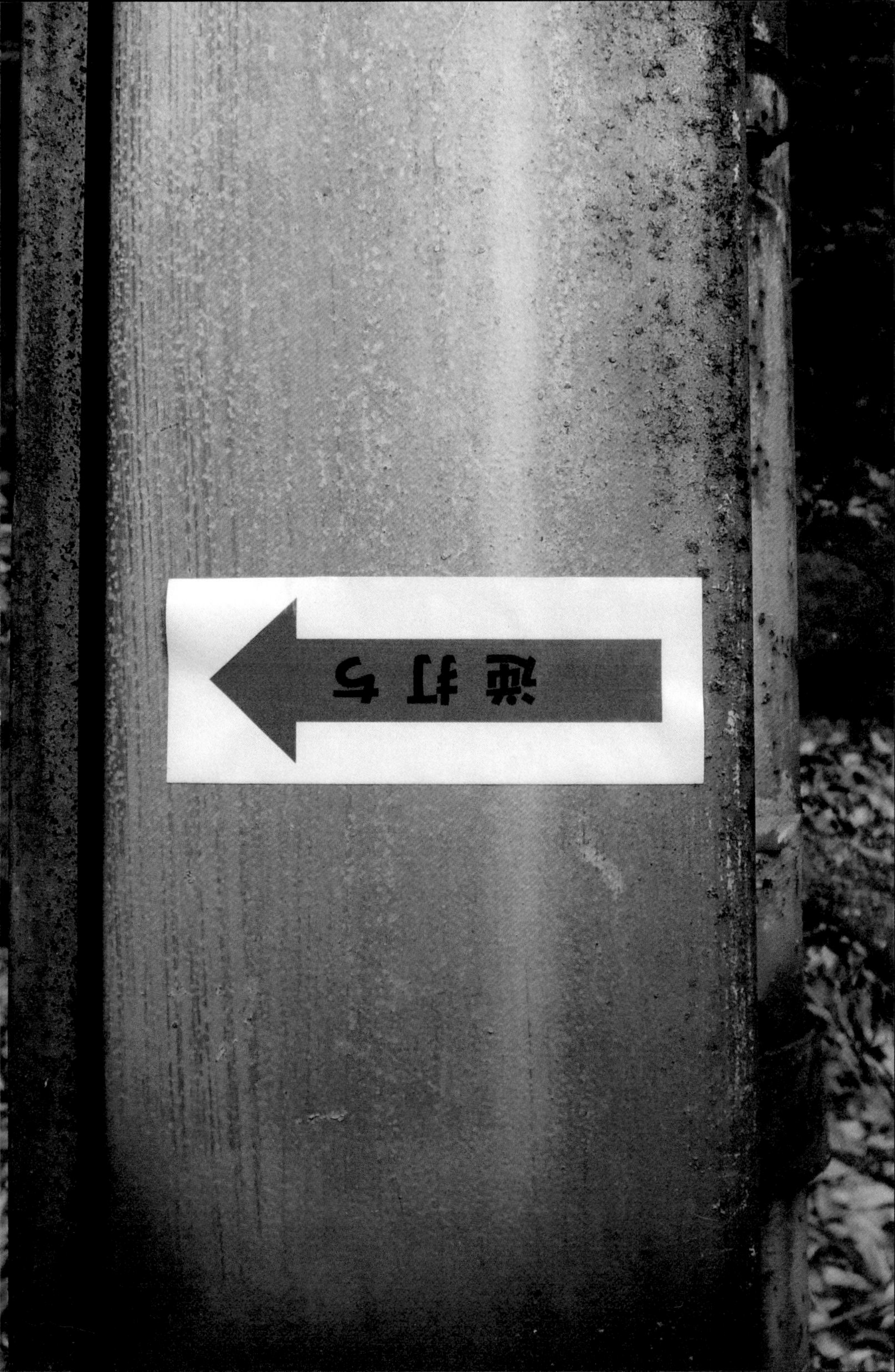
逆打ち

시코쿠 오헨로 1,200km

발   행 | 2020년 4월 21일

저   자 | 손석태

펴낸이 | 한건희

펴낸곳 | 주식회사 부크크

출판사등록 | 2014.07.15.(제2014-16호)

주 소 | 서울특별시 금천구 가산디지털1로119 SK트윈타워 A동 305호

전   화 | 1670-8316

이메일 | info@bookk.co.kr

ISBN | 979-11-372-0479-9

www.bookk.co.kr